一路畅通　　　　　李莉 杨洋 著

华艺出版社
HUA YI PUBLISHING HOUSE

图书在版编目（CIP）数据

一路畅通 / 李丽　杨洋著.—北京：

华艺出版社，2009.12

　ISBN 978-7-80252-072-1

Ⅰ．①一… Ⅱ．①杨… ②李… Ⅲ．①回忆录—作品

集—中国—当代 Ⅳ．①I251

中国版本图书馆CIP数据核字（2009）第218773号

一路畅通

统　　筹	黑薇
责任编辑	刘方　许静
文字编辑	任华　吴婧
封面设计	赵芳
装帧设计	吴婧
出　　版	华艺出版社
社　　址	北京市海淀区北四环中路229号
电　　话	(010)82885151
传　　真	(010)82884314
经　　销	新华书店
印　　刷	北京人教方成彩色印刷有限公司
开　　本	32开
字　　数	160千字
印　　张	10.5
版　　次	2010年1月第1版
印　　次	2010年1月第1次印刷
书　　名	ISBN 978-7-80252-072-1/I·515
定　　价	36.00元

通达欢畅的心灵舞台

陆莹 （代序）

在我没来电台之前，北京交通广播《一路畅通》节目就已经在京城"火"起来了。2001年的冬天，一场小雪竟然使北京全城交通瘫痪，不幸的是那天我也在路上，回家的路走了六个多小时车程，我的司机在寸步难行时想到在广播中搜寻信息，于是，我听到融雪车上路了，某些路段、某些交通方式还可通行的消息，以至于我们在无路可走的情况下，听到广播里传来慰藉的话语和歌声，心中感到无比温暖。从那时起我才知道还有这样一种播交通路况的广播。2003年底我调到电台工作才知道这个节目叫《一路畅通》，一直是北京交通广播、北京人民广播电台的王牌节目，也是电台重要的广告创收"大户"。

应该说，《一路畅通》的创立、发展到成熟主要是前任领导和交通广播的历任干部、采编播人员的创造与贡献。我到电台后主抓业务工作，《一路畅通》更多的处在巩固和局部微调的状态。因此，由我对《一路畅通》九年历程做评头品足总觉有些不妥。然而，近几年里，为纪念长征胜利70周年、中国人民解放军建军80周年、新中国成立60周年，我和交通广播（包括《一路畅通》）几次共同策划实施跨省市纪实寻访报道活动，大家一路同行，一起工作、交流、切磋和议事，增进了相互了解，共同承担着欢乐与压力，也结下了深厚的友谊，因而，无论于公于私，还是于情于理，在《一路畅通》跨入第十个年头的时刻，都应该为之鼓与呼。

就我所知，在中国广电业界，除新闻、电视剧栏目外，很少见一个栏目能够长盛不衰、一播十余年的。而在广播这种更适于节目内容、形式随时变化的传播介质中，能够保持栏目的风格、形式一脉相承，而始终有着较大社会影响力、持久广告增值力的栏目就更为鲜见。然而，北京交通广播的《一路畅通》节目至今开播十年，每天两档、每档两个小时超长时间的直播节目，居然做到了常盛不衰，历久弥新！它所创造的广告收入占到整个北京人民广播电台广告收入的1/4！在过去的时日里，它曾经让一度濒于休克的广播复活，并且创造出全国广电单频率、单栏目利润率第一的辉煌业绩，在中国广电业堪称奇迹。因为如此，交通广播成为全国广电系统的标杆式单位，全国广播电台在这里召开现场会，其经验、做法推广至全国。于是，在全国，一批交通广播油然而生，一批广播因此复生，一批广播电台再现生机，进而为广播业界再创奇迹。

有关北京交通广播以及《一路畅通》的创立和经验，已经有专家、部门、机构及实践者的若干总结，全面且透彻。在我个人的"隔靴"感受看来，我以为，是审时度势、理念创新使《一路畅通》应运而生并独树一帜。这种审时度势来自于顺应时势，在北京的道路、车辆快速发展之时适时创办交通广播，定位服务移动人群，为他们送上与出行相关的道路、车辆、路况等新闻、生活、服务咨询；审时度势来自于一度穷棒子们的背水一战，不是四处派人扑路况，而是因时、因势、因地制宜，在交管中心设直播间，掌控信息的前端，用低成本、小制作第一时间、全面、准确地播报路况信息，并辅以串接话题，反得风气之先；审时度势还来自于较早采用、对接最方便快捷的新技术，从热线电话转为短信互动，再到网上跟贴，加大、加快信息流量、充实信息含量，最高时短信一天达到8000多条。而理念创新则来自于变传统媒介单向传播为人际、信息相互沟通交流的平台，"大家帮助大家"，主持人和听众，听众和听众"你、我、他"均可交流；理念创新来自于主持人与听众的平等视角，及与之相匹配的聊天式话语表达方式；理念创新还来自于媒体喉舌送去的话语不再是说教训导，而是温暖的人文关怀。《一路畅通》疏堵与疏心并行。疏堵，作为媒体只能尽其所能传播信息，为相关部门作辅助配合性工作，在突发事故时，显示信息疏导在城市大范围交通疏导中的力量；而疏心，面对芸芸广众则其他部门难以做到，而只有媒体具有优势了，特别是广播媒体的方便快捷、贴身伴随性此刻变得弥足可贵，正如交通台台歌中唱道的："有我陪着你，你还怕什么，喧嚣路上我会守望着。"还有什么能比在烦闷、狂躁、苦恼时有人和你交谈，给你送来温暖、慰藉，带来欢笑更为珍贵呢？这就是《一路畅通》的创造！

但是，广电节目、栏目的成功有时并不全在审时度势、理念出新，采取什么样的节目样态呈现前者，往往互见高低，成败恰恰在于此。《一路畅通》采取的是路况信息+贴心话题+出行提示+主持人欢快幽默风趣的沟通交流。节目从疏堵、疏心切入，最终达到让出行人心灵通达畅快的舒心境界，这是《一路畅通》媒体人的创新设计，也是栏目成功的关键。《一路畅通》能够提出大众都能参与的贴近性话题，更敢于直面交通的拥堵等问题，但是，主持人能欢笑地对待生活、对待事物、对待每一天，能用发展变化的眼光去欢笑着看待生活、看待问题、看待事物、看待每一天。您昨天堵车，今天堵车，或许明天还会堵车，但是，您昨天只能有一条路线可走，今天有几条线路可选，明天兴许就能四通八达。这样的眼光让欢笑不是无厘头的空穴来风，而是有附着现实的落脚点，舒心有了客观基础，欢笑也因而持久。在欢笑与舒心中，不仅是主持人的欢笑，而是主持人引领下的主持人与听众、听众与听众之间的欢笑，《一路畅通》其实成为了移动出行者心灵沟通交流的舞台，你方唱罢我登场，中间有对唱、合唱、交响，也偶有特色乐器的亮音出现，惊呼着："我找不到高速路出口，谁来告诉我。"贴近、服务、沟通，轻松、幽默、风趣，这就是《一路畅通》的基调和风格。所有主持人在这个总体基调上有各自的特色：或爽朗如杨洋、或清纯如李莉、或诙谐调侃如罗兵、或亦庄亦谐如刘思伽、或稳而不失机敏如顾锋、或欢畅如王佳一、或时有冷幽默如郭伟、或灵动如圆圆，他们的共同特点是，可以把痛苦说成轻松，把烦恼忘却脑后，让你舒心。在这个心灵舞台上，当每一次两小时的直播大幕拉开，主持人便进入"脱口秀"竞技场。话题的主题是事先设定的，而每个细节是短信临时出现的，如何串联话题，深化和生发话题，让话题生动精彩，切近而不落俗套，时尚而不空中楼阁，诙谐而不低俗，高雅、文化而不端着拿劲儿，这考验着每个主持人事先的准备，平时的知识积累，现场发挥的能力和本领。同时，《一路畅通》做的是疏堵、疏心的为民节目，无形中公众对节目、对节目中出现的主持人有了一把心灵境界和能力水准的丈量尺子，你心里有听众吗，你是说给听众的吗，你在乎他们的感受吗，你能说到他们的心坎里吗，你能为听众做点实事吗，如同这些年《一路畅通》曾做过的，在"非典"时组织出租车司机接送病人，号召为白血病患儿捐款，为丢失物品的乘客寻找失物，为迷路的司机指点路径——总之，《一路畅通》竭尽全力站位在听众的角度，采取所能想到和做到的方式，让听众在出行道路上道路畅达、心灵畅达，他们为此设计了，为此奋斗了，也为此搭建出通达欢畅的心灵舞台。

《一路畅通》一路高歌走过十年，而今在为它庆贺、为它欢呼的同时，作为电台的节目总管，我也深感压力，常常为它的今后思忖。我想，《一路畅通》的每个采编播人员也会与我一样，有着这种压力和危机感。因为《一路畅通》面临着前所未有的环境。如果说，十年前《一路畅通》是在一无所有的白纸上画最新最美的图画，那么，今天《一路畅通》需要在一张已经画满彩图的画布上再创造出一幅灵动、秀美、可以再度激发出人的想象力的画卷，前后两者各有各的艰难。今天，《一路畅通》幽默风趣的脱口秀方式已经成为广播节目普遍采用的主持方式；路况信息不仅北京交通广播用、北京台内各个频道都在用；而且，北京地区的其他广播电台、电视台等都在《一路畅通》直播间的同一地点——交管中心搭建了直播间；车载播放器中汇集着广播、电视、导航等越来越多的媒体信息；信息爆炸，需要重新回归第一时间、第一现场的新闻播报，需要信息的整合、检索，为受众提供最快捷的有效信息。《一路畅通》作出了反映，这两年，《一路畅通》也一直在调整：重大交通新闻、突发事件，无论神舟七号升空、青藏铁路通车、三元桥塌陷、央视楼起火断路、四川汶川地震、F1环球赛事，不管事发北京还是外地，交通广播、《一路畅通》力争不落空，保持业内高端地位；必做的重大宣传，与其必做则下工夫做到穷尽，重走长征路，南下西沙、五指山走军营，踏遍与我国陆路接壤的14个国家的边贸口岸，力求作出热点、作出特色、作出影响来。然而，日常节目继续贴近的话题，而当话题不能充分施展时，能否提高话题中的信息节奏？靠什么提高有效信息密度？提高后幽默风趣的风格与信息密度是否出现冲抵？当年，大家都在播报大事，《一路畅通》反其道而行之，专说百姓关心的、贴心的日常事，今天，《一路畅通》是否也可以尝试在说百姓关心的日常事、贴心事时，也可以说说开车的、坐车的、大家都感兴趣的大事、热门事？他们又在尝试！把大事说的和小事一样生动，说的和每个人日常生活也能密切联系起来，说的依然让听者开怀舒心，这是当前他们在思忖和尝试的大事，《一路畅通》想让心的舞台像北京首都这座开放的国际都市一样，放得更开，舞得更美。可以说，广播是主持人的艺术，同样的文章可以说的让你微笑，也可以把你说的流泪。一个看似简单的变化，在主持人那里却是一次大幅度的跨越。《一路畅通》的主持人，每天不停地说，每天笑着说，每天抖着机灵变化着说，每天直说到回家什么话也不想再说。如此度过了十个365天！我理解，在画满彩图的画布上再画出清新秀美的图画，难，难，难。但是，我相信交通广播，相信《一路畅通》的所有采编播、策划人员，这是一个活跃的、团结和谐的、涌动着生机活力与创造性的、自信是无往而不胜的队伍。今天，借助我的笔，将《一路畅通》历久弥新的志向也"说"给听众"听"，我们渴望得到心灵的碰撞，渴望和听众的心灵畅达，也渴望听到你们说：嘿，我希望在下一个十年里《一路畅通》这么办！因为《一路畅通》是我们的、你们的，是我们共同的。我们为了对以往的共同的庆贺，为了我们永远的一路欢畅，用最真诚的心祝福吧！

2009年10月30日

畅通·一路

就这样，我来到了交通台。
想起当时的交通台，
我就不禁要偷着乐：
为自己刚开始的误解而乐
——以为是声讯服务台，为大家播报一些交通信息；
也为自己选择而乐
——交通台的汪良、王秋两位台长都很真实睿智，
所以台里环境十分宽松，
大家都有很大的个性张扬和自我发展的空间。

我的广播情缘：从邂逅到痴恋

2009年深秋的一个下午，开车经过我无数次经过的幸福大街，只是因为脑海里一个小小的闪念，车子便停在了北京市崇文区汇文中学门口。

熄火儿、下车、锁车——我的动作很连贯，一如身边那群刚刚放学的孩子熟练地打开自己单车的链儿锁；立起风衣衣领，整理被秋风吹乱的头发，在一群身着校服、短发的中学女生们的注视下，我很自然地走进了汇文中学的大门——自然得好像昨天刚刚来过，但也许要在这个昨天后面加一个时间注解——十五年前。

汇文中学——我的母校。

漫步在既熟悉又陌生的校园，我的思绪也许和每一个故地重游者一样，只剩下回忆……

我普通却温馨的家，同为老师的父母、姐姐、同学、朋友……

冰窖厂小学——汇文中学——广播学院……

毕业的选择、广播的情缘、阅历的积累……

校园的大门是一道闸门，任凭门外繁华喧闹，走进校门一切都归于平静、尘埃落定，成长的电影便会"昨日重现"。

其实不必忆得太远，就从这里开始。

真好，这条大街的名字叫做幸福。

高中毕业报考广院

如果不是因为那个悄悄溜走的保送机会，现在的我也许正在汇文中学做一名音乐老师。

直到现在我依然感谢我的班主任张顺芝老师和年级组长祝生主任，在即将高考面临毕业的节骨眼儿上给我吃下的那颗"定心丸"。尽管没有最终实现，却让我有勇气面对自己那看似有些与众不同的发展方向。

触景生情，回忆总是很简单——

"李莉，年级组长有请！"——班长在教室门口洪亮地一声招呼，招来了全班同学同情的目光，他们的眼神似乎都在告诉我"凶多吉少"。

其实我是一个天生乐天派，很少会把事情想得很坏，直到现在我依然如此。但是在高三那样的"非常时期"，连我也开始保持警惕。

我心事重重，小心翼翼地来到办公室。

毕业班老师的办公室总是充斥着紧张的气氛，每一个老师的办公桌上都堆满了各种试卷、作业本、练习册，要想看到他们严肃的脸，目光必须穿过这些东西堆成的一座座"小山"。我想也想不到，班主任张老师和年级组长祝主任竟然在"小山"后面对我笑脸相迎。

"学校打算保送你上首都师范学院音乐系，毕业后如果你愿意，可以再回到汇文中学当音乐老师。"祝主任率先开口，张老师补充道："杭天琪就是从那里毕业的。"

现在想起来，当时在大多数同学还在做高考最后冲刺，终日徜徉在题海里的时候，我可以逃离怎么学也学不好的代数几何，而且又有机会和名人同门，脑子里只有三个字儿——中奖了！

"我愿意！"

"天有不测风云"这句话，一定是给像我这样容易得意忘形的人预备的——当我几天后再一次被老师"传唤"的时候，可靠消息传来：首都师范学院音乐系当年不招保送生！

重新捡起代数、几何书的滋味可想而知。

一定是为了安慰我，一天，班主任又找到我，建议我去北京广播学院播音系报名面试。这个建议，一定程度上决定了我的人生走向。

报考广院过关斩将

据说直到现在，报考广播学院（今中国传媒大学）播音主持艺术专业，依然要面试两次，依然会有我当年考试时的那几项内容。

填报志愿，对于一个高考生来说简直太关键了，当妈妈得知我要报考一所艺术院校时并不赞成，一是怕耽误宝贵的时间，二是对我并没有信心，因为家里还没有出过一个"搞艺术的"，说白了，就是没有这个遗传基因。好在爸爸支持我。

报名那天，寒风凛冽，爸爸到广院时，报名处的老师们已经开始收桌子了，我成了最后一个报名者。现在想来，这还真有点儿"注定"的意思。

初试那天，我自认为声情并茂地朗诵了朱自清先生的《春》，又读了一篇充满错字、病句和难读字音的文章，自己没抱太大希望，但结果是顺利通过。

复试自然要比初试复杂一些，记得最清楚的就是在五分钟时间里针对抽到的题目完成一个演讲，后来这种考试方式发展成为播音系一个经典考试形式——即兴评述。

　　我清楚地记得，那道题目是让我评述"扫黄打非"。

　　考场里，四个考官并排坐在桌后，一台摄像机架在旁边，考生入场，在那个封闭又有些宽阔的空间里站定，自然会有些不自在，而这些都会被经验丰富的老师以及不停拍摄的摄像机记录在案。老师见的太多啦！你是不是这块料，一目了然。

　　走进那间考场，每件事对我而言都是第一次——第一次面对摄像机、第一次即兴评述、第一次见到我国播音界泰斗级人物——张颂，时任广播学院播音主持艺术学院系主任。

　　如你所料，我的大学生活在广院开始了。

广院的温情回忆

　　往事如电影般闪过，镜头回到了广院的"八号半"——我们宿舍楼的名字。上好的胶片记录着最美丽的那段时光，也记录着和我朝夕相处的那些同学们清晰靓丽的身影……

　　首先出现的是和我同住436宿舍的三位美女。

　　李朝珍，这个来自广西的美丽姑娘，现在是广西电视台的主持人。她执著、勤奋——如此貌美而又能拥有这两个优点的姑娘现在可是绝对的"珍稀品种"了。之所以这么评价她，是因为恐怕我们班除她以外的人都逃过课，但是，她肯定没逃过。她每天都会背着一个很有广西民族风情的包，下面还带着小穗儿的那种，认认真真地去上课，风雨无阻。

第二个是文倩。文倩是湖南人，身材娇小，长相精致，透着鱼米之乡的灵气。给我最深刻的印象就是她嘴辣心软的特点。还记得她段段精彩的点评，非常到位，甚至有些辛辣。人说"湘女多情"，应该是不错的。文倩这家伙一入学就定下了男朋友。最难能可贵的是这段大学的恋情历经爱情长跑后健康开花结果，文倩现在安享"相夫教女"的幸福。她这段情比金坚的恋情成为我们寝室的佳话。

我下铺的这位是李湘。李湘大名赫赫，就不用我介绍她现在的情况了。我觉得她才是典型的湖南妹子。李湘长得很漂亮，皮肤白皙，大眼睛水汪汪的，一看就是既漂亮又聪明的那种女孩儿，而且是很有韧性，定下目标就会很执著地去争取的人。说实话，在宿舍见到李湘的时间很少——因为追求她的男孩子实在是太多了！我们宿舍的喇叭几乎就是为她而设的。常常会听到门框上头喇叭里传来传达室大婶的声音："436宿舍李湘有人找！"这时，正在照镜子整理妆容的李湘就会冲着门抬起下巴说道："哎！知道啦！"不多一会儿，湘妹妹就仪态万方地出去了。今年10月，湘妹妹荣升母亲，养女是福，祝福她！

以上就是和我同宿舍的三位同班姐妹，另外还有四位舍友是电视系的靓女李海英、酷女于漫、乖女刘婷、才女陈琦，就不一一介绍了。主持人班一共16位女生。

再来介绍434室的三位。

向真：现在是北京电视台当家花旦之一。一个和我一样来自北京的女孩儿。她做事果断、利落，当时就是班里最上镜的女生之

一。小巧精致的五官搭配在一起，却有一种浑然天成的大气和灵气。我们称她为"小关之琳"，您仔细看看，她的眉眼间，还有唇部和下巴的轮廓，是不是很像年轻时的关之琳呢？甚至更为精巧哦！她的分配是落实得比较早的。毕业的时候，她去北京电视台试镜，很快就定下来了。对灵性而用功的她来说，这个结果是毫无悬念的。

白雪：此白雪可不是那个歌手白雪哦！她来自冰城哈尔滨。在当时来看，白雪属于另类女孩。我们播音班的女生打扮大多走的美女路线，都是秀发飘逸，裙袂飞扬的。而她的打扮却是很知性的那种，有时甚至会有男孩子的帅气。

徐珂：她虽然是个山东姑娘，但是却有着江浙美女的温婉和贤淑。所以，当初的她也是众多男孩子追求的对象。现在北京电视台做记者。

接下来要请出的是435的八姐妹。

龚宁：相信大家对她会比较熟悉。她是北京电视台的主持人，主持过"公益歌曲大播台"等节目。现在主持"喜来坞"节目。龚宁是典型的江西美女。皮肤永远是白皙透亮，长发飘飘，宛如琼瑶阿姨笔下走出的美女。但是她性格并不柔弱，有着不屈不挠的刚强。

王蓉：《我不是黄蓉》这一首歌红遍大江南北，也让大家认识了一个"不是黄蓉"的动感王蓉。当时在我们班里，王蓉就是唱得最好的。如果你看到她在政治关系课上埋头苦干，不要误认为是在用功啃马列，她那时肯定是在抄英文歌词。记得当初那首好听的《巴比伦河》就是她教我唱的呢！这个来自山西的姑娘极有韧性，也很泼辣无畏。记得那次我们坐小公共从学校去城里，我们坐在司机座位后面临时加的小木板上，面对着大家。车上有位男士在抽烟，大家扇着呛鼻的烟味，都皱着眉头，隐忍着没说话。这时王蓉大声说："那位同志，公共场合，您能不能不抽烟啊？"那男子有些尴尬，悻悻的把烟掐灭了。"我不是黄蓉，我不会武功"唱出了王蓉西北女孩本色的率直，无畏。

孟普：这位山东姑娘是我们班里公认的最贤淑温婉的女孩。当然，她还有着山东女孩的坚忍。现在在《美好家园》做执行主编。也许您会感到奇怪，出身于播音班的她怎么没有做播音这行呢？记得孟普曾经说过，她从小就爱跟着妈妈收拾家里，喜欢把家里打理得井井有条，情趣盎然。所以，做《美好家园》的执行主编更适合她的兴趣爱好吧！既有自己梦想的事业，又有爱自己的丈夫、女儿。这家伙，真是幸福极了！

吴冰：这位来自江苏南京的吴地美女现于北京电视台总编室就任。在所有同学里，她的选择是最让我觉得意外的。吴冰是我们班的班长，说话做事干脆利落。我原以为她会朝女强人方向发展，没想到她是班里最早生孩子，最安享于家庭生活的。每次聚会看着她一脸的满足与幸福，我就由衷地为她高兴和祝福。

闫玉娣：乍一听这名字，也许您会误认为她是一个上海姑娘吧？其实，她是一位标准的新疆姑娘——她的睫毛弯又长，她的眼睛圆又亮。一直觉得，玉娣属于中国男人审美中最喜欢的类型。大学时代对玉娣最深的印象就是她的文静——似乎她永远是不声不响的状态，永远是在倾听的位置。这似乎与一个主持人的要求相悖。其实不然，会说的主持人很多，而会倾听的主持人却不多。玉娣现在上海电视台。节目如人，她的主持风格是温婉柔和的，从来不咄咄逼人。

刘蓓：这位来自安徽的美女也是让我在视觉上形成了错觉的。她从来都是安安静静的，乖乖巧巧的，给人感觉是那种需要人保护的柔弱小女孩。我清楚地记得，来自黄梅戏故乡的她唱过越剧《天上掉下个林妹妹》。那时候感觉她就跟林妹妹似的。但是后来她到了凤凰卫视当编导，独当一面。而且独自一人供弟弟上学、买房。她有花的美丽，有草的顽强。在她柔弱的外表下有一颗坚强的心，使她能扛起家庭重担。

冯琳：这位东北姑娘的豪爽、热情自不必说了。那时，她就是她们屋的开心果。她并不是有意地开玩笑以取悦于人，而是她与生俱来的东北人特有的喜剧天赋让她一开口就幽默十足，给大家带来源源不断的笑声。如此幽默的她现在中央台军事频道做女主播，荧屏上的她少了寝室里"巧笑倩兮"的邻家妹妹的模样，但那飒爽的英姿也着实使不少人着迷。

刘芳：这位天津美女准保让人过目不忘。因为她的特征太明显了——她的眼睛真大，完全可以跟赵薇媲美；她那条黑黑粗粗的大辫子，使她完全能取代舒淇去做力士的广告。她的声音也很有特质，属于难得的女中音，我们播音里称之为"宽音大嗓"。

后来又来了两位插班生：高珊和田向平。美女们都介绍完了，最后介绍一下我们班里那两根珍稀的"班草"吧！

夏瑞鹏：这个来自东北的男生，一开始我怎么看怎么觉得面熟。我还纳闷：难道我以前见过他吗？不可能吧？看着看着，我自己笑了：他长得那么像郭凯敏，难怪会觉得他面熟呢！大家想想，一双笑眼长在一张国字脸上，这将会是多么妙趣横生！正因长相上有如此的优势，所以他最大的特点是：不笑不说话。夏瑞鹏也是我所认识的男士里，脾气最好，心地最善良的。作为班里二位护花使者之一，他对班里的女生都很照顾。他后来回到了东北，据说是做了部门领导。有时候还会想想：这位善良的好脾气的男生已将谁的长发盘起，又为谁做了嫁衣呢？

"地主"登场。

王为：我们交通台的名嘴现在就不用我过多介绍了。作为老同学，我在这里好好给他爆爆料吧！

王为是个典型的北京男孩，说话很善于挤对人——这点大家在《欢乐正前方》里他和闻风的唇枪舌战中已经领教了吧？当年，由于班草珍稀，且他又对北京很了解，于是当仁不让地当上了我们班的团支书，领导着一支比较纯粹的娘子军。印象中，他总是双手插在裤兜里，从男生宿舍到女生宿舍不知疲倦地溜达——因为他身为团支书，总要来通知我们好多事情，比如"435、开会"，"同学们，晚上有事，大家到小礼堂集合"。他那招牌式的声音常常会在我们宿舍的喇叭里响起，叫人想不记得他都不行。也不知道是他确有魅力，还是当时广院男生太少，总之，喜欢他的还大有人在。

王为有时候会很苦恼，因为他的说话腔调和风格，不了解他的人会觉得他油腔滑调。其实，作为老同学、老同事，我要很负责任地对大家说：王为是一个很靠谱的人。他在事业上孜孜以求，创办主持了《欢乐正前方》、《1039交通服务热线》在全国都叫得响的名牌栏目；他很念旧，对于老朋友能帮上忙的他从来不遗余力；他还很孝顺，经常会把老爷子王铁成的教导挂在嘴边，记在心头，前些日子妈妈摔伤了腰，他虽然自己工作很忙，但是仍坚持天天照顾，孝心可鉴。

16朵花自在灿烂摇曳，在岁月中沉淀出了各自的一份美丽，两株班草日渐显出劲草风骨。这份同窗的纯净情谊，任何时候回忆起，都能温馨满怀，心中盈满感动。

最后，谨以恩师付成老师的嵌名诗作为这篇怀念文章的结尾，祝大家：健康、快乐、幸福、平安！

求　真

瑞雪似玉本无冰，

唯有向真梦乡宁。

高山流水倩容在，

田渴逢霖历朝珍。

结缘电台交通广播

那年春天，生命都勃发着新绿，朝气而张扬。而临近毕业的我，却被分别的伤感和择业的痛苦折磨着，经常在校园里闲逛，近乎游荡。

求学的这段路程走完了，似乎站在了另一个岔路口。然而，我拼命引颈张望，也看不到自己的方向，不知道自己以后要成为什么，会成为什么。去电视台吗？——这似乎是唯一可行的出路，也是离成功最近的一条路。因为在当时，电视太火了，俨然是一副王者架势，根本没有与之抗衡的媒体：没有网络，没有百花齐放的平面媒体，更没有如今这样节目夹在广告里播的电台。当时我们班的18个同学——16个女生和两个男生，无论决定留京还是回家乡，理想都是到电视台。记得李湘到北京电视台和中央电视台都试过了，最后还是决定回湖南电视台发展，王蓉已经开始在音乐道路上初露

锋芒，向真、龚宁早早定下了去北京电视台，班草儿王为自不必说啦……可是我呢？看着绿叶绽放新绿，听着鸟儿空自婉转，仿佛这春天，这生机是它们的，唯有我独自惆怅。但，骨子里有些叛逆、不服输的我，此时心中油然而生一种抵触的情绪："为什么一定要去电视台呢？我不走这条独木桥就没有出路吗？去电台不也挺好吗？只闻其声，不见其人，多神秘啊！"——那时候的我，并没有想到广播还会有如今这般广阔的前景。

就这样，我来到了交通台。想起当时的交通台，我就不禁要偷着乐：为自己刚开始的误解而乐——以为是声讯服务台，为大家播报一些交通信息；也为自己选择而乐——交通台的汪良、王秋两位台长都很真实睿智，所以台里环境十分宽松，大家都有很大的个性张扬和自我发展的空间，而我当时又在假日部，周六日有节目，平时只要到台里做一些案头准备工作就行——这很符合我随意闲散的性格；更为自己的定位而乐——我要踏踏实实地做起，学前辈之所长，把广院所学的都用到工作中来。

就这样，年轻的我与年轻的交通台邂逅并紧紧牵手，结下这份电波情缘。几年下来，主持过的一系列节目在脑海中一一闪过：《中国歌曲排行榜》、《金曲派送》，还有《欢乐正前方》……踏实积累的四年过后，我们兴奋地迎来了千禧年——2000年；北京也迎来了真正的汽车时代——捷达、富康、桑塔纳这老三样开始进入千家万户；北京的电波里也出现了一档全新的广播节目——《一路畅通》。

就这样，我与电波的情缘，与北京交通台的情缘，在《一路畅通》中一路畅通地续写着……

牵手一路畅通

人生中机遇良多，关键在于你是否抓得住。

——题记

与《一路畅通》的缘分，似乎是冥冥之中的注定。2001年，它友好地向我招手，我们初次接触，一直牵手，走到今天。

《一路畅通》热播带来变化和需要

到2001年的时候，《一路畅通》进入了第二个年头。

回想2000年设立《一路畅通》这个栏目，不能不说是交通台领导前瞻性的目光和睿智的决策。因为他们在当时北京拥堵日益加剧的交通状况中，看到了交通台的优势——有着丰厚便利的交通信息资源。为什么不利用这个资源，引导大家快捷出行呢！用信息给大家畅通，用音乐使大家放松。就这样，在早晚高峰时段，以交通资讯和音乐为主要内容的《一路畅通》出现

在了北京的电波中，周一到周五上下午共两个小时。当时的主持人是唐琼、刘思伽和杨洋。

由于节目播出后的良好反响，台里决定在2002年将《一路畅通》的播出时间调整为周一到周日每天播出，且每期节目时间加长——上、下午各两个小时。而且，当时唐琼要去担任新闻部主任的工作。这样，《一路畅通》需要一对新的主持搭档。于是台里开始物色合适的人选：不仅了解北京的道路，还具有采、编、播的综合能力，声音阳光亲切，明快从容。

我的心动　台长的质疑

那时还没有"选秀"的风气，所以也没有"海选"的排场。但是在当时，台里选《一路畅通》主持人的动静可不小。从警官到记者、从编辑到主持……无不成为考虑的对象。此时的我正在主持《金曲派送》，也正希望几年的音乐类节目主持人形象有所突破，成为一名更专业的交通话题类主持人。听到《一路畅通》需要女主持的消息，我心动之余，也有点儿莫名的胆怯。

正在举棋不定之际，唐琼主任找到我说："李莉，你要不要试一试？"她的一句话仿佛点醒我原来我也与此事有关。记得当时王秋台长未置可否，只问了我一句话："你起得来吗？"尽管我很瘦，但在台里是有名的能吃能睡、能玩能乐的享受主义者，尤其爱睡懒觉，每天基本都睡到10点多才起。可以说，射手座的特点在我身上体现得淋漓尽致。今天回头想来，主持《一路畅通》近十年来我没迟到过一次，王秋台长当时简短却一针见血的那句话是唯一的原因吧。尤其是在数九寒冬，窗外还是漆黑一片，我在温暖的被窝中作着思想斗争的时候，想到这句话，我仿佛精神百倍充满力量。面对王秋台长的质疑，我说："我想试试。"

第一次试播挑战变机遇

我清晰地记得那第一次试播——2001年10月（这是台里每年为来年的节目改版做准备的时间）。那天早上，秋阳明澈而温暖。我提前40分钟来到直播间。当时是有些紧张的，因为这是一次机会，同时也是一次挑战，我像一个舞台上的演员，知道自己的一举一动都会有人评判。还有一个原因就是，唐琼和刘思伽都属于直播经验丰富、主持风格老道的知性女主持。我呢，则是轻松、自然、快乐的主持风格。这种截然不同的风格，能否被认同和接受？心里实在有些忐忑。1998年做完《中国歌曲排行榜》之后，已有两三年没有做直播节目了，直播节目要求主持人所拥有的应变速度语言驾控能力，我能做到吗？

就这样，我和罗兵一个小时的试播节目开始了。也许我属于临场发挥型吧，话筒一开，心里的忐忑和紧张便悄然溜走。我仿佛到了我的世界、我的地盘，在节目里表达着我的轻松和快乐。罗兵声音沉着稳健，很感性，是一种透着质感的低沉，而我的声音更透露出朝气、跳跃和明快。

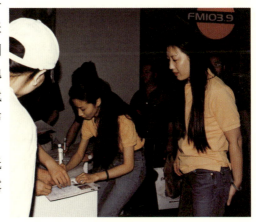

声音的反差，也许给了当时《一路畅通》的听众一种不同感觉。于是我们也就比较顺畅默契地完成了这第一次试播。

试播结束后，唐琼的电话就打过来了："几位台长的反馈都不错！"就这样，我和《一路畅通》顺利牵手！

一个新策划搭档变杨洋

熟悉我们节目的听众恐怕要问了，"自从你加入到《一路畅通》，不一直是和杨洋搭档吗。可是你的搭档怎么从罗兵变成杨洋了呢？"这还得从我们那个《1039猜猜猜》的节目策划案说起。

作为同事，我和杨洋早就认识了，私下里也很聊得来。这可能与我们俩性格中很多相似之处有关——阳光、朝气、直接、透明。当时交通台主持人都要主持两档节目。2001年下半年，我们在一次聊天中，很偶然地碰撞出了合作一档直播节目的火花——这就是《1039猜猜猜》。这个名字大家肯定觉得很陌生，因为根本没有播出过。但正是这个节目的样带把我和杨洋定位在《一路畅通》的快乐版里。

说干就干，这是我们共同的性格。10月份，两人交了这个节目策划案和样带，等待专家评委和领导的定夺。11月初，台里领导和评委们审查节目的时候发现：咦？这两个年轻人主持风格很像啊。无论是声音的特质，还是表达的方式，都很类似，很合拍。于是领导们灵光一闪：都是《一路畅通》的主持人，为什么不让这两个人搭档呢？而且《1039猜猜猜》中的很多形式和元素完全可以用到《一路畅通》里啊！

就这样，这未曾诞生的《1039猜猜猜》使我在《一路畅通》中的搭档变成了杨洋，将近十年的时间，直到今天……

生活中会有很多偶然，工作中会有很多机遇，当机遇伴随挑战来临的时候，我们笑着从容面对，便会打开一片开阔、灿烂的天地……

揭秘现在版
《一路畅通》的诞生

　　这些年来，清晨上班的时候和黄昏下班的时候，大家已经习惯了我们几位《一路畅通》主持人在交管局指挥调度中心直播间里的陪伴，或听我们在播报路况信息，或听我们调侃，或听《一路畅通》"家人"们对话题的高见以及对求助者的热心支招……这一切，现在的您或许都已经习惯了。而这些形式，都来自于2002年的那次较为彻底的改版。说起2002年的《一路畅通》和前两年相比的最大不同：第一，直播间搬到了交管局交通指挥中心；第二，采用了手机短信互动的形式。

　　《一路畅通》直播间移师交管局的改变源于2001年底王秋台长提出："要把《一路畅通》做成一档集路况、资讯和音乐于一体的服务性节目。"台长把路况播报提到了最重要的位置，这在当时是很具前瞻性眼光的。因为当时的北京，一项调查显示每十个家庭中就有一个家庭拥有汽车，拥堵状况日益明显，所以大家对路况的需求在提高。为了更直接快捷地了解实时路况，我们《一路畅通》的直播间搬到了交管局指挥调度中心。大家也许对我们在交管局的直播间比较好奇吧？我给大家描述描述：在交管局指挥调度中心的直播间，我们眼前有一个三层高的屏幕墙，上面显示着各主要路口路段的汽车行驶情况。老百姓交通出行方式的改变，城市道路交通拥堵状况的加剧，电台媒体服务角色的定位，使得我们《一路畅通》节目移师，更有了现场感，而且能更

好更快捷、更直接的服务大家。

　　第二个改变更值得称道了。因为在北京的广播界，《一路畅通》是引入手机短信互动形式最早的，也是用得最好的。

　　"请输入HD加短信内容到10621039。"这句话相信大家已经耳熟能详了。的确，现在从电视到广播，从报纸到网络几乎没有一个栏目不用到短信平台，借此来展开和听众、观众、读者的互动。然而，在八年前，电台还是古老的"播音"的模式——主持人播报，听众收听。2002年，《一路畅通》彻底改版，颠覆了以前"主持人给，听众听"的播音模式，成了第一个"吃螃蟹"的节目——与手机短信顺利联姻，听众越来越多的参与节目，手机短信的互动方式使节目灵活而丰富了起来。《一路畅通》节目"大家帮助大家"的宗旨和定位也因此而渐渐明确了下来，直至今日。

　　我清楚地记得最初与交通台合作的是搜狐。那天，杨洋带着搜狐的工作人员来台里和唐琼主任及几位主持人洽谈与节目的合作事宜。中午饭局上大家你一言我一语的畅谈中，手机短信用到广播中的形式确定了下来。以前听说过外地的广播媒体利用手机短信来做节目，大多是以点歌送祝福的形式为主。那短信如何运用到《一路畅通》节目中？又如何切实为《一路畅通》服务、推进节目的发展呢？大家当时也没有商量出一个手机短信和《一路畅通》联姻的明确方法。因为的确存在一些顾虑：一、手机短信是付费的形式，听众会不会买账，愿意花钱来参与节目吗？二、我们在节目中到底用手机短信做什么？（是点歌？还是疏解情绪？还是其它？）三、手机短信是需要用手输入的，而我们的节目面对的大部分是开车人，一旦开车时发短信，安全就会成为听众对我们最大的质疑。这些都是摆在我们面前的问题。

但我们每个人都明白，当遇到新事物或新环境时，"机遇与挑战并存"。把短信互动的形式揉入到广播节目中，在当时还是有很大压力。但我们也深知越是看不到一个新鲜事物的发展方向，越需要试一试，才有可能发现它的潜力和前景。凭着杨洋对新生事物的敏感以及新闻部主任唐琼的支持，我们带着种种顾虑和百倍信心，

开始了大胆的尝试。

还记得，刚刚开始的时候，短信数量很少，而且内容多是为别人点歌。有一天的一条短信打破了这种僵局，从此我们茅塞顿开。

还记得，那天有人短信求助："我要去城北，想知道东二环和东三环哪条路好走？你们节目能告诉我吗？"这一个问题看似平常，却打破了我们平时节目的惯有路况播报模式：指挥中心提供交通信息，我们再播报给听众。而现在，听众把自己需要解决的问题直接提给了我们，从以前的一对多的服务需求变成了一对一的有针对性的服务了。于是，我们请交管局民警借助305指挥调度平台立即查到了相关路况，赶紧在节目中告诉这位听众："东二环拥堵较为严重，建议您选择东三环行驶。"就是这条看似不起眼的询问求助短信，使我们的节目形式发生了质的变化。从此，《一路畅通》中出现了大量的交通咨询信息，我们也能有针对性地提供交通服务和路线指导，为疏导北京交通提供了新的渠道。

如果说这则信息是打开了《一路畅通》的交通资讯询问的渠道，那么那天的一条"喜鹊食物"的短信则打开了《一路畅通》中大家对感兴趣的话题畅所欲言的渠道。从此这里也渐渐成为了一个无话不谈的大家庭。

还记得，那天短信平台上出现了这样一则信息："我家阳台上掉落了一只喜鹊，该喂它什么呢？"当时，我和杨洋都有些纳闷，互相对视一眼："这种问题也来问我们吗？"同时我们也有些束手无策——喜鹊究竟喜欢吃什么呢？商量之后决定把这个问题在节目中播报出来，求助于广大听众。马上有听众发过来说："喜鹊是杂食性动物。""喂它吃家里的小米就可以。""喜鹊也可以吃肉的。"……看着快速刷新的屏幕，看着大家的热心，看着大家的博学，我们惊喜不已！何不就此放弃原来一直所扮演的处处专家的角色，求助于听众，让"大家帮助大家"？路，会越走越宽。

现在看来，这两条短信帮《一路畅通》和短信的联姻找到了出路。我们可以点击资讯，播报路况，我们也可以诉说心情，启发引导，我们还可以出谋划策解决难题。慢慢的，《一路畅通》开始了每期"话题"的设立。有话题，而不唯话题。有话题，能把人气聚拢；不唯话题，又能使节目丰富。这也成就了真正意义上的广播互动。

此时的《一路畅通》改变了主持人播报解读的姿态，对主持人在驾驭话题和具备随机应变的能力等方面都提出了更高要求，而真正和听众之间建立起来的这种沟通源于真诚并富有亲和力的语言风格。作为主持人的我们欣喜地接受并适应着眼前的一切挑战。

温情　在一路畅通中蔓延

渐渐的，《一路畅通》成了空中电波里的一个温暖的家。在热心听众的短信互动中，"大家帮助大家"的理念越来越深入，这个"家"也越来越温馨，家庭成员越来越多，温情故事一个接着一个……

"您好！您能不能让前面的那辆捷达车主停下来，车牌号是……我捡到了他的车牌。开了好久追他，可人家越开越快。我都开过自己家了，他还没停呢！"一条信息闯入我的眼帘。又是一位热心的家人，我会心地一笑，赶紧播报了这条信息。

节目快结束时，我还惦记着这件事情：掉车牌的捷达车主听到我们的播报了吗？车子停下来了吗？拿到车牌了吗？正在担心的时候，短信平台上又出现了一条短信："谢谢主持人！我是那位掉车牌的捷达车主，已经拿到车牌了。我没想到她是要还我车牌，还以为是要跟我飙车呢！所以她越追我就越跑。没想到她那么热心执著，更没想到，追着还我车牌的还是一个漂亮的女孩子。"这就是我们的家人，有热心的帮助，有真诚的感谢。我赶紧把这条短信播报了出去，心里隐隐觉得，这件事还有下文，故事才刚刚开始……

我们隔天上班的时候，捷达车主又给我们发短信了："杨洋李莉，还记得我吗？丢车牌的小伙子！今天我想请捡车牌的女孩吃饭表示感谢，你们说去哪儿好？"果然，故事越来越精彩了。我赶紧把他的问题播了出去，让《一路畅通》的热心家人们都来出主意。

"酒吧不要去，因为他们俩都开车，不适合。"

"最好去茶楼，那里安静，好聊天。"

……

短信平台上出现了一条又一条热心的短信，大家纷纷出着主意。我们一一播报着，这份关心与温情在电波中弥漫开来……

半年后，又一次节目中，短信平台上又出现了一条信息："杨洋、李莉，你们知道吗？我下个月要结婚了。我的新娘就是那个捡车牌的女孩。"

看到这条短信，我和杨洋又惊又喜，没想到，《一路畅通》居然还能当成红娘，居然还能成人之美。我们赶紧把这条幸福的短信播报了出去，很多"家人"发来了祝福，一如当初给那位男孩子支招时的热情。

这对我们来说是莫大的鼓励，一档广播节目能够凝聚如此多的听众，能够赢得如此多的关注，能够充满如此多的温情……我们渐渐明白：《一路畅通》的真正定位应该就在于能够真正为路上的人提供帮助，用我们的热心和真心，凝聚听众的热情和真情，拉近人和人心灵的距离，让《一路畅通》成为电波中一个最温暖的家。

我们一直在节目中提倡："堵车，不堵心。"的确，在堵车时，在电波中无论是话题的讨论、资讯的播报，还是音乐的播放，都是为了将"家人们"的焦虑拂去，将他们的心情放松下来，把人

们的心灵拉近。

有一天，短信平台上出现了这样一条短信："我的富康车爆胎了，停在三环边上。请问附近哪儿有修车的？"看到这条求助短信，任何人都能体会到车主的焦急。我们随即播出，坚信会有热心的"家人"积极帮忙。果然，很快就有人发来短信："富康车的具体位置在哪儿？我们马上过去。"还有短信说："我的车正好也是富康，我有备胎，您告诉我他在哪里。我帮他去换。"还有汽修厂的"家人"也发来了短信，要去帮忙。看着大家热心的回复，我们都感动不已。第一时间在广播里播报了大家的信息。车主很显然一直开着收音机在收听我们的节目，赶紧回了信，原来车主是位女司机，对爆胎这种情况束手无策。于是我们赶紧播报了她所在的具体位置，并且告诉她别着急，有人已经去帮助她了。

"感谢《一路畅通》，感谢大家，我身边已经停了三辆车，他们正在帮我换轮胎。"这是那天她发来的最后一条信息。看到电脑屏幕上的短信，我的脑海中却浮现出一个又一个温暖的画面，他们正在为一个素不相识的朋友换着轮胎，坦诚而热心。此时鼻子有些发酸。我被大家的热心和真诚感动着，也为节目中涌动着的那份温情感动着。

在《一路畅通》中，短信平台营造了一个家的氛围，短信拉近了"家人"之间的距离。我们在电波中传递着温情，并延续到现实生活当中，温暖着彼此的心。

"非典"记忆中的《一路畅通》

2003年，春天如约而至了。小草绽绿，杨柳飞絮，花儿怒放。然而，随着春天的到来，一个不受欢迎的访客也不期而至——"非典"。就是在2003年生机勃发的绿色春天里，"非典"的肆虐却给我们带来了黑色而恐怖的回忆。

在"非典"这个变异恐怖的病魔面前，人显得是那么渺小！衣食住行都被打乱，学生停课，商店歇业，饭店关门。马路上车少了，商场里人稀了，大厦里人闲了，歌厅里没声了……

《一路畅通》依旧在直播着，但是已经发生了很大的变化。

首先是内容的变化。我们已经不需要再播出复杂的路况和一条条拥堵信息，我们在节目里经常播出的就是：北京各路口路段交通正常。因为那时的北京条条道路都因车辆稀少而畅通无阻！难怪大家回忆"非典"时，最大的感慨就是："那时候的交通真好，真正是一路畅通！"估计那是我们节目最名副其实的时候了。更主要的内容就是：方便面脱销，口罩脱销，消毒水不足，请大家不要囤积物资。在节目里，我们一遍遍播报着那些冰冷而恐怖的数字，又一次次安抚着大家的心灵。

其次是地点的变化。由于道路的通畅，我们已经不用去交管局直播了。不用看那些屏幕都知道：现在北京各路口路段行驶畅通！

然后就是上班时间的变化。原来我们两组《一路畅通》隔天上班。现在变成了隔周上班——每组一次上一周。原因自然是为了减少出行，减少感染几率。

　　还清晰地记得那时候，直播的主持人都住在台里，分男女生宿舍，恍惚又回到了学生时代。每天，王秋台长和大家同吃同住。搭档杨洋做完节目就不见了踪影，王为和高潮东在忧伤的气氛中播散着笑声。我白天下了直播就上楼，到办公室聊天，或是回宿舍上网，又或者去会议室看录像。记得那时候还尤其喜欢看恐怖片，惊悚不已，看得晚上睡觉还做噩梦。但是，再害怕也还坚持看，似乎要用影片中的恐怖来驱散或忘却"非典"带来的现实中的恐惧。也曾尝试过看温情的故事，但是，那些温情的画面会引起更多的感伤。当生命遭到威胁的时候，会更留恋生命，更留恋生命中的温情。

　　那天，做完节目，回到宿舍。空空的宿舍里，我倚窗而立，无意中望向楼下的长安街。空空的长安街上，只有几辆车稀稀疏疏地疾驰而过，完全没有了往日那车水马龙的热闹景象。我有一阵恍惚，仿佛时光倒转，又回到了80年代的北京。但是，目光所及处的高楼却又清晰地提醒我这是21世纪。外面春光明媚，这时候我才发现，自然中的春意正浓了！杨树的叶子全然舒展开来，嫩嫩的，绿绿的。微风拂过，那片片绿叶随风轻摆，仿似一个个嫩嫩的小手掌，拍手欢呼着。明媚的阳光投射下来，照在叶片上，将一片片嫩叶照得如透明的翡翠。也有几缕阳光照在身上，身上暖暖的，却驱不走内心的惶恐和凄寒。

尽管台里把我们的工作时间进行调整就是为了减少和外界的接触，从而减少感染。但是，那时候的我比什么时候都要想家。所以，晚上经常会偷偷地回去。在路上，看着空空的路面和急剧渐少的车流，会有一种浓烈的凄凉感、孤独感涌上心头。再繁华热闹的都市，在一种无形无影的传染病毒的魔影覆盖时，都会陷入凄惶无助，弥漫着莫名的悲伤。而这时候的家，就成了最温暖安全的港湾。回到家，看着厨房里忙碌的妈妈，嘘寒问暖的爸爸，常常会有想哭的冲动。那时候，生命在肆虐的"非典"面前变得那么脆弱，那么不堪一击。我们都会一遍又一遍地互相提醒："记得洗手。""少去人员密集场所。"虽然朋友的聚会少了，但是，发短信的机会多了。原来短信的内容多是"结婚了吗？""生孩子了吗？""发财了吗？""高升了吗？"而现在的短信都会强调健康。在无形而强悍的"非典"面前，我们开始回归生命的本真。事业的追求，金钱的获取，都变得不那么重要了，我们开始关注最本真的亲情、爱情、友情。亲人和朋友间，虽然看不到，却加深了彼此的惦念。"非典"使我们的空间距离远了，但是，心却近了。

是不是要等到生命临危时我们才会想起亲人温暖的手？是不是要到存亡时刻我们才会想依靠爱人厚实的肩？其实，有时候我真的又感谢"非典"，它让我们在灾难面前深切反省，摒弃有害健康的陋习；它让我们的思想褪去浮华的泡沫，触摸到最本质的温情，并懂得珍惜！

此时，台里为"非典"录制的歌曲《我们的家》在耳畔悠悠响起，温情弥散在房间的空气里……

和《一路畅通》并肩亲历2008

2008，注定是不平凡的一年！注定是考验中国人的一年！先是大雪封途，然后山崩地裂，接着就是聚集全球目光的2008奥运会。这一年，中国人战胜了灾难，迎来了曙光！

雪灾——白色的2008

寒风怒吼，大雪飘飞。几乎是迅雷不及掩耳，一场罕见的雪灾降临了。

那天我在办公室，听到春晓着急地说："糟了！糟了！我在网上找了好多地方，都订不到机票，更别说火车票了。"于是我和她一起在网上找。看到了一张触目惊心的图片：火车站，人山人海，拥挤不堪，一眼看去，除了人还是人。有站着排队的，有席地而坐的，有枕在行李上躺着的……无论以怎样的姿态，大家都怀着一个同样的愿望——回家。文字解说中说：因为南方大雪封路，大家买不到回家的票，有的已经等了一两天了。这张照片看得我直揪心，也让我意识到雪灾的严重。漫天的大雪，盼归的人们。原来在南方温情美丽的雪今年却挟带着戾气和凶险无情袭来！信号断了，家人失去了联系。

犹记得，由中央电视台、北京电视台、北京人民广播电台几家媒体和红十字会联合举办的大型募捐义演晚会，要在两天之内举行。两天时间，对一台大型晚会来说是何等的仓促！而对灾区人民来说，又是何等的漫长！现在，时间就是生命啊！我们马上在《一路畅通》里做了一期特别节目，一次又一次地播报着灾情，一遍又一遍地播报着捐赠热线电话，呼吁大家帮助大家，呼吁社会各界来参与晚会，参与捐助，帮助灾区的同胞！

短信如潮水般涌来：

"我是一个舞蹈演员，报名，恳切希望参加募捐义演，随叫随到！"

"我写了一首歌词，关于这次雪灾的，谱曲就能唱。给你们发过来，你们看能不能用？"

"我是一个歌手，现在长春。需要我参加的话，我马上飞回北京。"

"李莉阿姨，我是一个小学生。灾区的小朋友好可怜！请您告诉他们一定要坚强！我们一定会帮助他们的！我刚刚和妈妈一起打完捐赠电话，我把压岁钱都捐出来了。"

看着这些短信，我们感动着，振奋着。两天内举办一台大型晚会，这看似不可能的任务却在大家的热情和帮助下圆满完成了。那天，热线电话打爆了，节目也在无限延长，很多一线演员都参加了演出，不仅没有报酬，而且慷慨解囊；更让人感动的是当时在场的观众，募捐箱所到之处，大家都是踊跃捐赠。靠近后台处的观众离募捐箱比较远，他们就大声地喊着我们的名字，把钱放在信封里扔下来，让我们捐到台上的募捐箱里去。此时，大家没有了芥蒂、没有了戒备，没有了小我，有的只是那"我们都是一家人"的信念，有的只是帮助灾区人民的热切的愿望！

是什么融化了冰雪？是人们那一颗颗火热的心啊！

震灾——黑色的2008

天崩地裂，地动山摇。同样的猝不及防，多少生命被无情地吞噬！

那是下午两点多。北京市公安交通管理局及北京交通台的领导和主持人们在为《一路畅通》节目召开策划会。我忽然觉得有些头晕，目光所及处，对面墙上的那幅字画似乎也在晃。我还以为是自己的错觉，还在心里埋怨自己："这两天严重睡眠不足，开会都头晕了！"这时，就听到楼道里有人喊："地震了！地震了！""地震了？地震了应该干吗？"我这么想着，人依旧呆坐在沙发上。楼里已经是一片慌乱和惊叫声。

四川地震了！八级！那时候听到这个级数时，并没有觉得有多么惨痛——对于这个数字我还很陌生。随着后来逐步深入的报道，我才真切明白这山崩地裂的结果是如此的触目惊心！那么多建筑在顷刻间崩塌，秀美的天府之国瞬间变得满目疮痍，那么多鲜活的生命掩埋在了废墟之下，那么多残存的生命在渴盼着生的希望……

节目进行调整，这是我工作十年来的唯一一次，《欢乐正前方》等娱乐类节目全部停播。全天的节目内容调整为来自地震灾区的报道，受灾情况的报到，捐款的进展，地震的预防，各界人士的关心……

那是我做广播节目以来最难过的一段日子。每天我都被灾区的人们所遭受的惨烈灾难而心痛，每天都在被他们自救的顽强所振奋，每天都在为四面八方而来的温暖援助而感动。这些心痛、振奋、感动，在内心激荡，让我忍不住经常会在播节目的时候泣不成声。

有一个在北京做广告的成都男孩给我们发短信说，地震发生后，他和家人就失去了联系，他心急如焚，辗转坐飞机回到成都，见到家人还都平安时，他搂

着他们哭了！但是，也有很多熟人、朋友在地震中去世了。想到前些天还见到的活生生的人，在顷刻之间就生死两隔，不禁让人唏嘘不已。为逝者哀伤的同时，我们更需要做的是：为生者努力！

作为北京青基会的爱心大使，我第一时间联系了青基会的陈淑惠主任。我们在《一路畅通》里把青基会的捐款电话也播报了出去。人们积极捐款，让她感动不已。她还给我讲了这么一个故事：那一天，有一位老人在一个女孩的搀扶下来到基金会，从一个陈旧的布袋里拿出了二十万元现金："捐给灾区人民，你们一定要为他们做点实事啊！""不要拍照，不要宣传，我就只是来捐款的。"老人说完，让陪同来的女孩签完字，又在女孩的搀扶下离开了。陈主任一再地想留下老人的姓名和电话，都被婉言谢绝了。就是在这些无名英雄的帮助下，我们才能那么强有力地对抗并战胜无情的震灾！这些无名英雄都是我们民族的脊梁啊！

灾难面前，大家都拉紧了手，为我们受灾的亲人做着自己最大的努力。有钱的捐钱，有力的出力。我们的的哥的姐们更让我们感动。

灾区开始重建后，特别缺少的就是大米。于是，韩红爱心救援队和《一路畅通》合作，向灾区捐赠、运送大米。我们在节目中发出倡议，请大家把大米捐到位于北二环的救援队办公室。大家积极响应，捐来的大米一个办公室根本放不下，最后只能堆在便道上摞成了山。救援队的工作人员被大家的热情和无私感动了，同时又发现搬米成了一个大问题，于是给我打电话说："莉姐，能不能在节目中呼吁一下，让大家来帮我们把大米搬到车上？"我们赶紧在节目中向大家求助，请求大家来帮助大家。五分钟后，接到了工作人员的电话，电话里他兴奋而激动："莉姐，你们的节目太厉害了！现在就有二十多辆出租车和一个车友会的十几辆车停在了旁边，的哥的姐们都在捋胳膊挽袖子地忙上了！咱们的的哥的姐真伟大！"

大米搬完了，韩红爱心救援队立即驶向灾区。夜幕低垂中，我们的哥的姐和车友会的会员们逐一散去，或是疲倦地回家休息，或是继续工作……

难怪韩红每次见到我都说："交通台真棒！《一路畅通》真棒！的士司机真棒！"

黑色的震灾，我们一起见证团结的力量，人民的无私，民族的伟大！

奥运——红色的2008

2008年8月8日晚上八点零八分，世界所有的目光都聚焦北京。华灯璀璨，北京不眠，29个焰火的脚印灿烂而稳健地走向鸟巢，鸟巢成了红色的欢乐海洋！那天，我白天做《一路畅通》的直播，晚上和家人一起看奥运会的直播，心里别提多激动了！

我和杨洋跟奥运真的很有缘。奥运开幕的这一天是我们直播，申奥成功的那一刻也是我们直播。

我和杨洋的第一次合作就是奥运促成的。我清晰地记得，那是2001年7月13日，台领导找到我，通知我和杨洋一起主持晚上的申奥特别节目。当时我很兴奋激动，又有点紧张害怕。

清晰地记得那个眼神的交汇。到最激动人心的时刻了！深受中国人民喜爱的萨马兰奇先生迈着稳健的步子向主席台走去，坐在观众席上的何振梁目光急切地追随着他。正在这时，萨马兰奇也看了他一眼。看到这个不到半秒的眼神交汇，我有种奇异的预感：这次肯定会成功！当萨马兰奇宣布"Beijing"的时候，我和杨洋在话筒里不可自抑地欢呼起来！十三亿中国人的梦想，百年奥运的希望，今天、这一刻，终于圆梦了！我的眼睛模糊了，模糊中仍然是满眼的喜庆的中国红！

更加清晰地记得，长安街上那满眼的中国红。结束了申奥转播，走出电台大门我才发现，长安街已经是沸腾的红色海洋。车

基本上都是停滞的状态，错杂的鸣笛声唱响着国人心中的欢乐，每个人脸上都洋溢着幸福灿烂的笑容，很多人都下了车，认识的、不认识的相互拥抱，竖着大拇哥，称赞着我们的国家，我们的民族，我们的奥运团队。还有在车上的人干脆打开天窗站了起来，伸出半个身子，挥舞着手中的国旗。那时，五星红旗是最流行的装饰，是中国人最诚挚炽热的表白！国旗挥舞飘扬处，已是幸福激动的红色海洋！

那夜的长安街上，车，已然是走不动。那也是中国老百姓最幸福最难忘的一次堵车吧！甚至希望堵得越长越好，好让奥运梦圆的幸福延续，延续……

这一延续就是七年。七年的备战，而今面向世界的奥运帷幕就要在鸟巢拉开。那天，又是我和杨洋直播《一路畅通》。

8月8号，就像是过节，回忆中，又是满眼满心的中国红。7号晚上，我就半梦半醒没睡踏实，但是一醒来就是抑制不住地高兴，喜悦满怀。我们在直播中作着开幕式的倒计时，记录着火炬传递越来越近的脚步。节目一开始就收到尾号是8341的听众的短信：

"主持人早，今天要去现场看开幕式，兴奋得一晚上没睡，太激动了！"看来因为奥运失眠的人不止我一个。短信平台上"中国加油！奥运加油！"的祝福满眼皆是；还有好多朋友特意选了这伟大的一天去领结婚证；这是中国人的大喜事，所有中华儿女在这一天都在共盼、共享……

直到晚上八点，中国五千年的文明和奥运激情拥抱……

多灾多难的2008！光荣自豪的2008！我们遭遇了百年不遇的灾难，但是，在灾难面前，我们紧紧携手，全球炎黄子孙一起面对，承担！我们创造了百年奥运的新历史，在荣誉面前，我们全民动员，全球华夏儿女共享这份无与伦比的光荣！

我何其幸运，见证着一个又一个令我们感动的时刻，我知道，这幸运是这份职业赋予我的。话筒后的我，只求继续真挚地把这一份份感动传递给大家，让大家帮助大家。欢乐幸福，我们共同分享；艰难困苦，我们一起分担！

莉太郎写给搭档喜洋洋

根根挺立的头发，亮亮的前额，大大的眼睛，轻抿的嘴唇，不笑时总显出一种酷酷的冷峻；当笑容绽放，却又是那么亲切而阳光——这就是杨洋。

我跟杨洋搭档近十年了，我可以毫不谦虚地说：我是最了解他的人了！如果让我稍微谦虚一点说，那就是：没有比我更了解他的人了！他是什么星座？什么血型？什么性格？有哪些爱好？下面就让我来爆爆料吧！

他是一个追求完美的人。杨洋是处女座。处女座的最大特点就是——追求完美！完美主义者往往会很浪漫。而杨洋恰恰又属牛，所以他在追求完美的处女座中，又多了一份勤恳踏实。就这样，杨洋一直在踏踏实实地追求完美。

就拿他对自己身材的要求来说吧！那可不是一般的苛刻。他坚持健身已近五年了——我估计台里除了王为，就数他坚持的时间最长。印象中，第一次见到的他和现在的他简直判若两人。原来的杨洋是一个典型的"DIOR男"，但是现在他却成了"健美男"！很多看杨洋夏天穿T恤的人都会很惊讶——他有肌肉！居然他会有这么发达的胸肌！听到这种惊讶的赞叹，杨洋会很得意的一笑。当然，追求完美的他对自己现在的健美身材还是不满意——八块腹肌！我老是听他在抱怨："这腹肌怎么就那么难练呢？"

苛求身材的他对自己的肤色也是比较苛刻的。不知大家注意到没有，杨洋近几年的皮肤总是小麦色的。这可是他去了泰国之后爱上的颜色。从泰国回来后，他把每一缕阳光都当作是上天对他肤色的馈赠。

他是一个很阳光的人。有听众评价他是个"阳光少年"，快乐无忧。还有听众说："我最喜欢听他憨憨的笑了！"的确，杨洋那具有特质的呵呵一笑，显得憨厚，透着一份自然的快乐。但是作为搭档，我觉得他是外表阳光，内心还是有些小资的blue。

他是一个生活很精致的人。可谓是一个真正的小资男。他喜欢莱卡相机，喜欢LOMO生活，喜欢拍出各种写意的照片；他喜欢台湾的诚品书店和北京的"光合作用"；他喜欢三里屯的Village。

他还是一个很体贴的人。很绅士的他喜欢照顾身边所有的女士，不喜欢看到她们疲于奔命的忙碌。

他是一个有些羞涩的人。他和陌生人在一起，总会显出腼腆的一面，不太言谈；但是在朋友面前，他会表现出他激昂的热情，高谈阔论。

他是一个有小小迷信的人。因为他说他五行缺木，所以他总喜欢补绿。或者是绿色的衣服，或者是绿色的用品，总之，在他身上，在他的用品当中，你肯定能找到绿色。而内蕴生机的绿色，和永远朝气的他也总是搭配得天衣无缝。

他是一个有理想的人。他的理想就是"做一个真实的人"。而在这样的一个时代，一个社会当中，做一个真实的人，有时候是会碰壁的，甚至是碰得头破血流。但是，他执著于自己的理想，不伪装，不掩饰，从不轻易妥协。

嗯……还有些什么呢？让我想想……杨洋……阳光……

对了——

他最爱的几个地方是：上海，泰国，台湾。

他喜欢直言。如果你胖了，他一点都不会掩饰，肯定会说：你最近应该少吃点；如果你瘦了，他会直接告诉你：你最近脸色不好。

他喜欢思考。喜欢在节目当中体现出自己的不同想法和思路，常有惊人之语。

他喜欢早早到达交管局，审听一遍自己准备的CD。

他还喜欢背着大书包。以至于每次都有人问他：你今天背这么大的包要去赶飞机吗？

他喜欢在取得成绩之后，把别人摆在前面，而不是居功自傲，或是一人独享。

他喜欢坐地铁出行——尽管他有汽车。

他喜欢排球，尤其是沙滩排球。

他喜欢陪着父母出去旅行。

他还喜欢……

这就是我可爱的、阳光的、挑剔的、忧伤的搭档——杨洋！

让我们祝福他吧！祝他拥有完美的八块腹肌，祝他头发像他追求的一样更加浓密，祝他能够早日脱团独自畅游台湾，祝他早日找到和他一样喜欢上述一切的人，祝他永远活在自己的理想里，祝他……

畅通·生活

2004年
全国越野汽车场地锦标赛
共分7站，
北京站的比赛中参赛的160部车辆，
女选手有12名，
她们绝大多数为全国各地的专业赛手，
只有我是无组织的业余参赛者。

一次事故　我爱上了切诺基

原来一直过着坐车的生活，坐公交车，坐单位班车，坐出租车……2001年冬天，我终于过上了开车的生活——姐姐买了新车，就把她的切诺基7250淘汰给了我。

那是一辆两驱四缸2.5排量的切诺基，咖啡色。我在驾校学车的时候开的是桑塔纳，所以，一开始打心眼里不喜欢这个大家伙。也许因为是女孩子的缘故：要是自己有钱，肯定不开切诺基，一定买一辆高尔夫，小巧精致，颜色多样。但是，我也只能在心里冒冒幻想的美丽肥皂泡而已，因为，手里没有"雄厚"的"经济基础"，用姐姐的话来说，就是"有一辆车开你就知足吧"！

车是偷偷学的，第一次开车也是偷偷的。因为妈妈总担心我从小弱不禁风怎么开得动？家里最支持我开车的就是老姐了，她一边安抚妈妈，息事宁人，一边偷偷地把车钥匙给我，鼓励我大胆去开。就这样，我开始了和这辆切诺基偷偷相伴的日子。但最终还是被妈妈发现了。记得那次是我约了妈妈一起出去办事，我让她在家里等。如意算盘本来是这么打的，先把车停好，然后再叫妈妈下楼。谁知性急的妈妈早就在楼下等着了。我开着车大摇大摆地进入小区时，想掉头都来不及，就这样，被妈妈抓了一个"现行"。至今老人家回忆起当时还忍不住后怕：噫？这辆车怎么像无人驾驶似的就开过来了？我和切诺基身材的极大反差成为妈妈至今存有的疑问：这么大的车，你怎么就敢开呢？

其实，妈妈错了。我驾驭这个大家伙的同时，它也在保护我，给了我极大的安全感。就这样，慢慢地，自己对切诺基的好感越来越多，依赖感越来越强。那一次有惊无险的经历，更让我彻底爱上

了越野车。

　　上午十点多，秋阳正好，北京东二环上也很畅通。我轻松惬意地在内侧车道行驶。突然间，只听见"嘭"的一声，撞车了！红色桑塔纳，绿色富康，后面就是我。我开始有点发蒙，但瞬间就意识到——追尾了！传说中的交通事故就是这样发生的吗？我有点不知所措，只是在脑海里拼命回忆这撞车瞬间的情景：前面富康手刹位置飞起来很多巧克力糖，就像天女散花一般；还有，我那天没系安全带，头撞到了前风挡。于是，我下意识地看了看前面，发现前风挡玻璃上有一小片白白的东西——这不是我脸上的防晒霜吗？于是，臭美的我赶紧照了照后视镜。果然，脸上有块黑，是前风挡上的灰，迅速擦掉，啊！如释重负。

　　这时，富康的司机——一个年轻的小伙子走到我跟前，一脸的沮丧和无可奈何，一看就跟我一样是新手："小姐，咱这怎么办啊？"我这时才向前看去——两厢富康都快撞成"奥拓"了！我有些心虚，但是，坐在高高大大的切诺基上，却有一种莫名的安全感。打消了下车的念头，摇下车窗，故作镇静地说："打122

去。"他去打电话了。这时，我才开始分析，这起事故该怪谁。其实，在当时纷乱的思绪和紧张害怕的心情下，是什么都分析不出来的。无奈之下，我给姐姐打了求助电话。

警察来了，我下了车，才发现，富康已经惨不忍睹，尾部结结实实地凹了进去——被我顶成了名副其实的紧凑型轿车。而我的切诺基呢，除了车灯破碎之外，其他地方毫发无损，精神抖擞地站在那儿，就像一个肌肉强劲的保镖，严肃有力，顿时给了我极大的安全感。在等警察的过程中，我们聊了起来，原来是桑塔纳突然发现前面有障碍物，而毫无征兆地紧急停车，富康见状赶紧刹车，而神游于惬意秋色中的我没能及时制动，强劲的马力拽着车一下子就"强吻"上了富康！

这次撞车事件因为他的哥哥和我的姐姐居然是朋友而友好解决。据说那天女散花般的巧克力糖本是人家准备送给女友的生日礼物……结果成了大家和平解决撞车事件的战利品。嘴里品着甜甜的糖果，眼中望着慭慭的朋友，这位硬朗的保镖——咖啡色的钢铁卫士！其实，它一直都尽职尽责地陪在我身边，只是我原来过于注重炫目的外表而忽略了它的稳重和刚强。从此，我彻底被切诺基征服。以至于后来如此强烈地爱上了越野。

越玩越野

也许在很多人眼中我有些弱不禁风。2004年6月27日早上八点，全国越野汽车场地锦标赛北京站的比赛现场，一位带着墨镜的裁判正在上下打量眼前的我："你这么瘦，掰得动方向盘吗？"然而，他不知道，几年前的我就已爱上了这项运动——越野。

2004年全国越野汽车场地锦标赛共分7站，北京站的比赛中参

赛的160部车辆，女选手有12名，她们绝大多数为全国各地的专业赛手，只有我是无组织者——没有加入任何厂商队，而是以个人名义前来参赛的。

虽说没有太多比赛经验，但是，我对越野并不陌生。偏爱外形粗犷的越野车，喜欢它的视野开阔，喜欢它的通过性能。渐渐地，在一群车友的影响下自然而然地结缘越野。差不多每两周我们就会组织一次越野自驾。荒郊野岭之地路面状况和比赛场地有许多相似之处，比如砂石路面、搓板路、陡坡、单双边等等，为我提供了天然的练习场地。而教练就是身边那些同样酷爱越野的朋友，他们的指点使我的越野车技迅速提高。

所谓越野场地赛，是在一个相对封闭的赛道之内，有十几甚至几十个不同的障碍，你要一一通过，并且完成所有的规定动作，总时间少者为胜。此次越野场地锦标赛共设有跷跷板、巨石路、单双边、连续缓坡、V形闪电沟、泥坑、涉深水等20多个障碍，考验车手的方向控制、车速掌控、切弯、平衡等各方面能力。第一位女选手由于单双边完成的不理想，而且一些障碍连续失误，导致最终以5分04秒完成比赛。我被排在第二位出场，看着那些既熟悉又陌生的障碍，暗暗告诫自己：一定要稳，一定要先把每个动作做到位，然后才求速度。坐在心爱的蓝色6缸4.0的切诺基里，我环视了一下熟悉的车厢，觉得心里踏实了许多。深呼吸，稳了稳心绪，发动引擎……

巨石路、单双边、连续缓坡……这些障碍毫无悬念地一一通过。可到了跷跷板那里，看着那一车来宽的板子一头点在地上，一头翘向空中，我有些胆怯——因为在所有规定动作中这是我最大的难点。我对自己说：不要怕，要小心，慢慢来。眼睛估测着木板的宽度，小心翼翼地轰着油门缓缓开了上去。到平衡点时稍稍缓了一下，让另一头的木板落地，再一加油门，加速开出去。好！最发慄的动作顺利完成，就这样一路过关斩将，顺利地过泥坑、涉深水……最后，只用了3分27秒完成了比赛。最终，这个成绩在参赛女选手中名列第二，获得了北京赛区第一名，全国赛亚军。

看着我身边的战车，再看看赛后严重变形的前桥，我既心疼又欣慰——心疼爱车陪我一路辛苦征战"劳累"到了这般模样，欣喜于在爱车的陪伴下自己取得了不错的成绩。

始终迷信车是有性格的，一次次彰显个性的塑造与磨炼一定会让爱车更富有阳刚之气。常有人问我同样的问题：你这么一个看似柔弱的女孩子怎么喜欢开这么大的车？其实我早已把车看做我爱的人。一直认为，男人的美不只限于表面的刚强，那种处变不惊、不屈服于命运，面对苦难时的自信、坚毅、智慧和忍耐是一种特有的美。

就这样我深深地爱着越野运动，爱着我的越野车。

手拧麻花

李莉你好。

附件中是高山和我们双方一起改的合同，你如还有修改意见可以告之高山，也可以直接和我联系。

如没有问题，请给我一个你在云南的传真号码（比如酒店的商务中心），我将打印好的合同传真给你，请你签字后先传真回来，因我们报批需要，比较着急，正式的等你回来再签。

等你的消息。

谢谢。

遇凯

　　这是我在2005年9月21日收到的一封邮件，此时我正在云南出差。至今这封信还保存在我新浪邮箱里，遇凯先生就是舞台剧麻花的出品人。

　　于是2005年我参演了一出话剧——《麻花3：人在江湖飘》。想起这次拧麻花，我不知该用痛苦还是幸福来形容。

　　《麻花》全名是《想吃麻花现给你拧》。这个很怪的剧名，出自当年在北大85级中文系宿舍走廊里流行的《渡江侦察记》里的一个段子："各位客官楼上请，热乎馒头热乎饼，想吃麻花现给你拧。"《麻花》的故事形式与众不同：一个看似普通的故事中，巧妙地镶嵌了许许多多的时尚元素，很多当年发生的社会文化热点事件、人物，都会在《麻花》中看到影子。

　　其实，《麻花》剧组在2004年就通过我的高中同学高山找过我。他也是北大毕业的。那天在同学聚会的时候，他突然问我："李莉，你愿不愿意演话剧？""如果有机会、有合适的本子，当然愿意啊！"喜欢尝试新事物的我，对这部口碑不错的话剧自然不会拒绝——还没有真正演过话剧呢！我能演好吗？但是，真正让我担心的是——领导会不会同意？那时，我每周有一半时间在做直播。那排练、背台词、演出的时间如何安排呢？

　　思量再三，我敲开了秦晓天台长办公室的门："秦台，我有个事情想跟你商量商量。"一贯不爱找领导的我今天这么郑重其事，把他吓了一跳："出什么大事了？""有个剧本《麻花》请我去演，您看我能去吗？"秦台一听是这种事情，马上说："这就算了吧！总台是有规定的，电台的主持人要做自己的本职工作，不能做其他电视台的主持人之类的……"听到"那就算了吧"，我有些灰心沮丧，可是，听到秦台后面的话，我高兴了起来："秦台，第一，我不是去做其他电视台的节目。而且，各个主持人都有自己的特长，有些擅长于做节目得奖，有的擅长于文字，写书。我也在找自己的长处，特点。我也在摸索。其实排演话剧也是在自己发挥特长的同时摸索舞台语言的特色，而且这种舞台语言对于我在舞台上主持节目是有帮助的。您别看我这个人看着不务正业，一会儿开越野比赛去了，一会儿骑马去了，一会儿又去拍戏去了，其实，我是希望我到老了的时候不后悔，希望我坐在摇椅上慢慢摇的时候，既

能为工作的精彩而高兴，又能为自己做了那么多不同于生活本身的事情，体会更多彩的人生而高兴……""啊，都说到七八十岁去了。成！你去演吧！机会也挺难得的，但一定要安排好工作啊！"听了这话我真是喜出望外，居然就这么答应啦？估计秦台担心我在几十年后坐在摇椅上慢慢摇的时候埋怨他当初没让我排话剧而后悔吧，哈哈。总之说到这部戏，我真的挺感激秦台，没有他的支持，一切也不过是纸上谈兵。

接下来就是漫长的排练。排练的最大痛苦不是背台词，不是舞台调度，不是接触了一个完全陌生行当的距离感和生疏感，最大的痛苦就是时间。

回想起来新生代的话剧演员和导演作息时间和常人很不一样。他们习惯了下午两点起床、三点到排练场，然后是吃午饭兼晚饭。大家边吃边聊，聊八卦，聊时事，也聊剧本，恨不得晚上七点才开始着手讨论今天的剧情。这些新生代的导演和演员都是既能演，又能导的。剧本虽然一开始有雏形，但是，开始的剧本和后来的演出肯定是大相径庭的，因为好多内容都是大家在吃饭的时候聊出来的，碰撞出来的，很富灵感的气息，充满时尚的元素。七八点开始排，每天都得排到夜里一两点，然后吃夜宵、烤串之类的，高兴了还要去唱KTV，然后才各自回去歇息。这就是他们的作息时间。

而我呢，要做到工作和排练两不误啊！所以，我的作息时间是早上五点半起床，七点前到达交管局，直播到九点半，中午十二点到达排练场，十六点开车回交管局，十七点开始直播，到十九点下了直播，又回到排练场，一直排到一两点。这样安排下来，连睡个好觉都成了奢侈的事情。所以，我一直没有参加过他们的夜宵活动，更别说唱歌了，因为第二天一大清早就要上班。

现在回想起来，那段时间真是最苦的日子，几乎天天都在和时间拼命赛跑。除了时间的紧张压得我喘不过气来，另外一个痛苦就是有一段时间我总是找不到演员的感觉。在《江湖3：人在江湖漂》中，我演一个古装的野蛮女友——少帮主小白。要在舞台上淋漓尽致地体现她的蛮横霸道和善良纯真。但是，我总是找不到"小白"的感觉，尽管我也在拼命背台词，也在卖力表演，但总觉得在舞台上演着的不是我，也不是"她"。这种感觉让我特别别扭、特别伤心、特别没自信，总觉得自己演不好。

　　时间的紧张，表演的焦虑，使我的压力到了极限。一天，我终于爆发了。那天下午四五点钟了，导演陈畅和沈腾还要带着演员玩真心话大冒险，我当时就急了："我是来排戏的，不是来玩游戏的。"结果，大家不欢而散。我和"老麻花"梁超一起打车回交管局——明早七点半要直播，不想再回家折腾来折腾去了。在车上，我想着想着就哭了。"莉姐，你别担心，这部戏这两年都是这么排出来的。效果都挺好的。"梁超安慰我说，"你别给自己那么大压力，你已经演得挺好了！"到门口，出租司机一直在听我们说话。到了交管局才对我的身份恍然大悟。他看我还在哭便说："你就是主持人李莉啊！"他说："不管你演的怎么样，你是一个主持人，你干的是别人的活，能演就已经成功了！"听了他的话，我豁然开朗：对啊！我又不是一个演员，我为什么要以一个演员的极致来要求自己呢。我能努力去做就已经很好了啊！精神上的包袱竟被的哥一句质朴的话轻松卸去，那晚，我睡得特别香。

　　后来，这部戏果然反响非常好，场场爆满。本来演到春节结束，在大家的强烈要求下，情人节又加

演了三场。自然，票房也比前两年高出许多。

　　回忆起这次拧麻花的经历，感慨之余更要感谢剧组里的所有"麻花们"，是你们的精彩成就了我们的美好回忆。

爱马和坠马

　　骑马是一项集休闲、娱乐、健身和康复于一体的运动，素有运动之王的美称。一直很喜欢马术的优雅，时常憧憬策马纵情驰骋的淋漓和狂野。终于，我有了机会和马亲密接触。然而，骑马在给我带来了无尽乐趣之余，也曾带给我惊悚的回忆。

　　因为玩越野车的朋友里有一部分喜欢骑马，在一起越野的时候常听他们谈论骑马的趣事、探讨骑马的窍门，我渐渐地由好奇变为了喜欢，走近了马，开始了骑马的生活。于是马圈和车圈的朋友就自然而然合二为一了。

　　其实，那次坠马事件前，我已经骑了将近两年。一直骑的是一匹阿拉伯半血（一半阿拉伯马的血统），我亲昵地称它为"小阿"。小阿通体白色，体型健硕剽悍、头形清俊，前额宽阔。第一眼看到它时，它正在马厩吃草料，我就被它完美的外型吸引了，再加上正好这时它抬起头来，水汪汪的大眼睛一眨一眨地盯着我，我一下子就爱上了它。

　　小阿多动，似乎只会跑不会站，站着就会刨地，跑起来速度极快。平时到周末，我会到马场，看看它，刷刷马尾，修修马蹄，然后骑着它在马场练习，停下来后总会抚着它的鬃毛待一会儿。这时候的小阿温驯极了，静静地呆着，时不时还用头蹭蹭我的胳膊。马是极通人性的。就这样，小阿和我的感情日渐亲密起来。我渐渐适应了它的脾气秉性，它也慢慢适应我的驾驭掌控——骑马的技术不

是体现在让它撒开了狂奔，而是在于它是否可以对你言听计从。

可惜，那天骑的不是我的小阿。

那是2005年的4月1日，几个朋友约了去骑马。未曾想，在愚人节，上帝会和我开这么大的玩笑。

那天八达岭高速大堵车。我们约好的骑马时间快到了，可我们还堵在马甸桥。到达马场时已经迟到了十分钟。这时，马友们都挑好了自己的马。我匆匆忙忙换好衣服，从剩下的马中挑了一匹，牵着缰绳走了出来。这匹马体型也很健硕，眼中却不是小阿那种清亮的眼神。不过，着急的我并没在意。

看着同伴们都精神抖擞地骑在马背上，我也蹬着马镫，一翻身上了马背。4月份，人的身体还很僵，但是迟到的我连骑马之前的热身运动也没来得及做。我刚骑着马小跑了两圈，大家一招呼，就跟着大家开始策马奔驰。

我们那次是野骑，区别于训练场地里转圈跑，而是在树林和山道间奔跑。几十个人骑着马狂奔而出，场面蔚为壮观。我也紧了紧缰绳，腿部用力夹了夹马腹，快速驰骋其中。这里春天的味道已经比较浓了，树上绽放着片片新绿，地上的草也已是绿色占据了主宰。疾速驰骋中，柔和的春风拂过面颊，自己似乎和自然已经融合在了一起。

　　可是，好景不长。骑出十几分钟后，前面有棵树，所有的马都从右侧快速通过了，我也一猫腰，正准备快速通过。但是没想到这匹马见到树后，立刻向左闪去，没有任何准备的我被它无情地从右边抛下，在空中划了一道并不漂亮的抛物线，仰面落了下来，背部着地。当时我感觉喘不上气来，像是有人从后面重重地给了我一拳，我蜷缩在地上，无力动弹。马友们纷纷下马，有经验的马友叮嘱我千万别动，然后仔细询问我手脚麻不麻，有没有感觉之类的。看着马友们关切的样子，听着他们焦急的询问，眼泪不由自主地流下来了。

　　一阵忙乱的电话后，经过长途跋涉大家把我送到了医院。一番检查后，医生也不能做出定论来，要等照CT之后才能给出确定的结果。但是因为那天是周六，照CT只能等到周一，于是大家七手八脚地把我抬回家来。在家里的那两天真是度日如年。心里忐忑不安，生怕落下让人终生遗憾的残疾。周一赶紧去照了CT，结果为胸椎压缩性骨折。医生说不用手术，回家静养两个月再说。这时，我心里的石头才算落地。

　　为什么这匹马在大树下会突然向左闪呢？后来听马友们说，原来是这匹马对这棵树有不良记忆，曾有骑马者在这里呵斥、鞭打过它，所以那天它就下意识地左闪。这一

闪，把我闪下去了。坠马，自然是一件不幸的事。但是，幸运的是我落在一片沙土地上。但是，又很不幸的是沙土中有一块石头硌着了我的背部。

医生的建议是让我跟这项运动说再见，怕我也会有不良记忆。人就是这样，当你没有遭遇过某种伤害的时候即使别人再怎么给你渲染你也不会接受，但是，一旦你遭遇了，身体上就会留下"不良记忆"。就如同手指被刀割破过后，再见到那把小刀时，手指上被刀划破的感觉依旧会十分清晰似的。

从那以后，我把小阿转送给了朋友。从此，没再骑过马。

爱马小贴士：

1. 马的视觉是信息感知能力很差的器官，因此，突然接近马时，不要认为它已经看清楚你是谁。马眼位于头部两侧，全景视面可达330～360度，只有尻（kāo）部后方才超出它的视野。因此，马能够感觉有什么东西接近它。但马眼球呈扁椭圆形，由于眼轴的长度不良，物像很难在视网膜上形成焦点，看物体只能形成模糊的图像。马是认识主人的，但突然接近马时，它分辨不清你是谁。因此，需要以声音向马打招呼，不要以为它已经看清楚了。如果有人站在它后面时，它会觉得有威胁，但是它又看不到，他就会害怕，而抬蹄而踢，就是我们常说的尥蹶子。如果您被马踢伤，我们要说，这不能怪马，而要怪你不懂马。

2. 如果你想给马喂食，手掌一定要平平向上摊开，把胡萝卜平放在掌心，千万别用手捏着喂它，不然它会把你的手指和胡萝卜一起吃掉的。这也是因为它视力不好，分不清哪里是手指哪里是胡萝卜。

3. 马生性胆小，所以你接近它的时候，忌讳大叫猛跑，这样会吓到他。要真正接近它，从马的左前方向，沿45度角向马头接近，慢慢地，直视它的眼睛，稳稳地走过去。

4. 野骑前，要注意跟马做好感情交流，让它对你不排斥。走到马旁边，伸出手让马嗅你的气味，同时还不要忘记赞美它"你很乖"、"你真漂亮"、"你很帅"之类，说的马含情脉脉地看着你。然后顺势摸摸它的面颊，拍拍它的脖子，挠挠它的下巴，给它点胡萝卜、甜玉米或苹果之类。

铁汉柔情

为纪念2006年长征胜利70周年、2007年中国人民解放军建军80周年、2009年新中国成立60周年，北京人民广播电台交通广播《一路畅通》和《解放军报》共同策划实施跨省市纪实寻访报道活动，作为主持人的我们三度走进军营走近战士，真正了解了这些最可爱的人，感受着铁汉们的无限柔情。

重走长征路一路风光一路情

2006年6月，如果不是这70周年的提醒，是不是我们已经忘却了这条道路？如果不是这70年的回眸，是不是我们的心已经麻木在钢铁的城市丛林当中？长征，在很多人听起来似乎已经成为了一个"历史名词"。但是，70年的契机带来70年的回眸，在这回眸中，我重走长征路，在感受风光、感受民情当中，心灵也一次又一次地被震撼。

走进湘西，满眼翠绿，久居钢筋水泥丛林的我们感觉来到了一个天然氧吧。这里的树仿佛也得红军的灵气，一棵棵都挺拔笔直，如哨兵般屹立。一路驱车前行，感受着脚下这片红军曾经用双脚丈量过的土地。我在每一个颠簸中似乎都能感受到长征队伍过去时

迈出的坚实脚步。轻风拂过，放眼于路旁的绿树翠竹中，似乎依稀看到了坐在林中休憩的灰色军装的身影。定睛一看，才明白那是一种恍然。这里承载了太多的长征故事，让人觉得，这一草一木都在向我们诉说着什么……

在秀美的桑植，山环水绕，真有王安石笔下的"一水护田将绿绕，两山排闼送青来"的自然之美。一路上我们见到了很多亲历长征的老英雄，而在我眼中闪现更多的是他们的从容和淡定。

　　碧水弯弯，绿树掩映中，别具风情的吊脚楼依山而建。歌甜人美的苗寨出现在我们眼前时，我们有一种说不出的惊喜。走进格细小学，孩子们争先恐后地出来，快乐地跟我们打着招呼，新奇地盯着我们手中的各种数码装备。他们纯真的笑脸——定格在我的相机里时，我的心被深深地打动了——怎样单纯而清澈的笑容啊——单纯的向往、清澈的渴望。我知道，在先烈们用鲜血浇灌的土地上成长起来的这些孩子，走出大山，他们都是我们社会的栋梁！

　　我们一路驱车，尚觉艰难。真不知当时的红军战士们是怎样用双脚丈量着脚下的土地，"九死一生"地战胜一个又一个困难，走向一个又一个胜利的。今天的我们行走在这条英雄的路上，这条经历了太多腥风血雨和生死考验的路上，回顾着先烈们的顽强勇猛和赤胆忠诚，感受着这热血浸染过的伟大土地今日的民情、风光，人们在和平年代幸福地生活，红军英灵该在天际微笑了吧！

　　一路风光，一路慨叹。望着远方的山岭，恍惚中似乎又看见了那群灰布军装的身影，不断地行走，行走，一路绵延不绝……回首处，一张张纯朴的笑脸还回放在眼前，一路风光犹镌刻在脑际，一路心灵的触动依然清晰。我知道，这一切，已经深深写在了我的生命里。

西沙之行的感动

　　2007年7月，一艘船在碧蓝清澈的海面上破浪前行，前方的小岛上，红旗在海风中飘扬招展，一排身穿白色海军服的军人笔直挺立，以隆重的仪式欢迎着远道而来的朋友。这就是我和我的同事们在西沙受到的礼遇。

　　西沙，在古代被称为"千里长沙"，是南海航线的必经之路。在这50多万平方公里美丽而纯净的海域上，大大小小的珊瑚岛屿像一颗颗美丽的珍珠般散落着，美丽而神圣。

　　6月30到7月3日，在建军80周年之际，北京人民广播电台交通

台和《解放军报》共同发起了"走进军营"大型采访报道活动——向海、陆、空军分别派出了报道组。我很幸运地加入到海军采访组，要到西沙去采访军人，真正了解驻守我国最南端的海军的生活。

7月1日，我们坐船从海南榆林基地出发，据说要坐十几个小时才能到达。上船的时候，我非常兴奋。到最美丽的地方采访最可爱的人，我当然是欣喜不已！而且，早就听说西沙的海景美丽绝伦，没有旅游开发的海面如处子般纯净美丽。所以，对这次采访任务我比任何一次都充满期待。

但是，船一开我就开始犯晕。先是吐得一塌糊涂，然后强迫自己躺在床上，强迫自己睡着。当时就在心里暗暗发誓：这辈子再也不坐船了！

经过了一宿的颠簸，终于到了西沙。昏昏沉沉中我听到有人在兴奋地喊：看见了！看见了！一阵巨大的兴奋感迅速袭来，支撑着我也走向了甲板。远远望去，看见上面有一个红点，下面有许多白点一字排开。这是什么呢？船越来越近，才发现：红点是红旗，白点是一排身穿白色海军服的军人，他们在海风中笔直挺立，正对我们致以最隆重的欢迎。蓝天、碧海、红旗、身着白色海军服的军人，构成了一幅美丽的图画。

一下船我就找到了脚踏实地的感觉，晕船的症状马上消退，惊奇的感觉在心头滋长蔓延：岛上这么先进啊？我以为在这里见到的会是大大小小的渔村。但映入眼帘的却是林立的楼房，整洁的街道，干净的军车，让我恍惚来到了一个军队大院。

战士的实诚不容轻慢——军人要求不多，一份允诺就会让他们铭记一生。

当天下午，这里的陈俨政委就给我们做了报告，介绍了岛上的情况，讲了很多动人的故事，让我感慨良多。

初到这里的人都会觉得这里很好，碧海蓝天，风景宜人。但是，在这里当三年兵，就是莫大的挑战了——其中最大的挑战就是孤独。驻守海岛的军人大多是新兵。十八九岁，正是活力四射的年纪。在城市里可以去网吧，去夜店，去各种大大小小的娱乐场所。但是在岛上的军旅生活中，这一切都没有，有的只是无边的寂寞。听说为了克服寂寞的煎熬，他们最后无聊到互相数眉毛——他们能数出左边的眉毛多少根，右边的多少根。就是这群风华正茂的战士，用他们的青春守卫着我们美丽的西沙。

陈俨政委在报告中还讲到了一个故事：有一个战士很会唱歌。那一年有位著名的民歌歌手来到了这里慰问演出。喜欢民歌、也很会唱民歌的小战士还跟她合唱了一首。小战士很喜欢这名歌手，他问："我复员以后能不能去看你？"歌手说："当然可以啊！"还给他留下了手机号。这位实诚的小战士复员后真的兑现诺言去看她，但是这位歌手因为种种原因没能出来相见。他很遗憾，也很失望。"他们在这里是实心实意地守卫边疆，是实实在在的孩子，我希望任何一个跟他们有过承诺的人一定要实现自己的承诺，否则就不要答应，因为这种失落会让他们更痛苦。"陈俨政委语重心长地说到。

是啊，军人的实在真诚不容我们有任何的懈怠和敷衍。

　　没有人是生来就适合当海军的。记得上船采访船上舵手时曾了解到，我们有些军人也会晕船，在难受到极点时想跳海，战友们只好守着他、拽着他。"那怎么适应的？""三个月的时间，怎么也适应了。当你吐到什么都吐不出来的时候，就慢慢习惯了。"那个年轻的舵手说。

　　这里的碧海蓝天的风景是给来这里几天的人欣赏的。而对在这里日复一日长期驻守的官兵来说，这已经不是风景了。他们的生活相当艰苦，在岛上、在船上一呆就是一年半载，东西都是补给船送来的。而且夜里热，年轻小伙子们都盖不住被子，常年下来，风湿病成了他们的职业病。

　　当天晚上，我们很多主持人为官兵们演出了精心准备的节目。我唱了那首《弯弯的月亮》。唱到动情处，我哭了，所有人都哭了。回到北京后，每次想起西沙的战士们，似乎看到了他们在"海上生明月"之时，静坐于海边守望思乡的目光……

　　东瑁洲岛的诗歌——军人言语不多，但表达着细腻内心。

　　7月1号上午，我们来到了东瑁洲岛去慰问那里的官兵。

　　一上岛便看到沙滩上画着一个大大的棋盘。里面摆着好多棋子。这棋子跟我们平时下的象棋可不一样：用中指和拇指一捏就能轻轻拿起。这里的棋子都是用岩石打磨出来的，有我们在公园坐的石凳那么大。这不是纯粹的景观，岛上官兵们常在这里下棋。"这样多累啊！"我们感叹。随行的战士憨憨一笑，说："这是在锻炼脑力的同时锻炼体力。"

　　沿着一条小路向里走去，微风拂过，两侧树影婆娑。我突然发现两侧树上挂着很多绿色的小牌子。这是什么呢？我有些奇怪。仔细端详，才发现，上面都是军人们自己写的诗歌，有的字迹苍劲有力，有的字迹行云流水，在这一行行诗里，他们倾诉着对爱人和亲人刻骨的思念，表达着对战友热情的鼓励，抒发着自己美好的人生理想……我发现，在这小小的海岛上真是藏龙卧虎，不乏顾城，不乏海子，只不过，他们深情、温柔而且阳光。这一届届驻岛官兵是怎样把望海的寂寞凝成一种诗情，而写下这感人至深的诗行的啊！

在联欢的时候，我们正好发挥播音特长，把那些美丽的诗都给战士们朗诵了一遍。用声音演绎着一届届驻岛官兵的真挚情怀，我们朗诵得入情入境，战士们听得如痴如醉。乡情之作让他们眼眶红了，思恋之作让一部分小战士羞涩地低下头，一部分战士陷入神思，鼓励之作让他们开心地相视而笑……

这小岛上的官兵们不仅诗写得很好，而且心灵手巧。他们用弹壳粘出了很多模型，有飞机、大炮、坦克，还有一些小动物，摆在院中，栩栩如生，情趣盎然。大概，这也是他们驱除寂寞的一种方式吧！

这些感人的诗作，这些生动的模型，让我们看到了驻岛官兵的细腻和才情。

珍贵的珊瑚——军人的表达不热烈，但是无言中写满真挚。

相聚总是短暂，7月1号下午我们要走了。虽说相处时间不长，但是和美丽的西沙，和小战士们已经有了感情。我和春晓在岛上逡巡着，想留下一份带着独特记忆的东西。一块石头？一捧沙子？一片树叶？……我们冒出一个个主意，又一个个被否定。"岛上不是有超市吗？我们去看看吧！说不定有富有地方特色的纪念品呢！"春晓突然提议。于是我们打算去超市碰碰运气。从住所出来时正好碰到平时为我们开车的司机。他是山东人，来岛上三年了。瘦高个子，短短的寸头，大大的眼睛，很精神的样子。他平时很少说话，

但是我们的所有事情他都安排得井井有条。

　　他开车带着我们到了超市。毕竟不是旅游景点的缘故吧，这里的超市只卖一些日用品。看着我们从超市一无所获地出来，他问道："你们想要买什么样的纪念品啊？""我们也不知道。有纪念意义的就行吧。"坐在后座上，我们还在想着纪念品的事，春晓突然神往地说："要是能找到一棵西沙的珊瑚就好了！"说话时的神情写满虚幻和不现实，很明显，她自己也知道这是痴人说梦了。这时那位司机听到了，回头看了我们一眼："你们想要珊瑚？""也不是啦！想想而已。"我们真的只是想想而已。珊瑚那么珍贵，时间又那么短暂，哪能说要就要的到啊！

　　没想到，我们临走的时候，这位司机来了。他手里提着两个黑色塑胶袋，递给我和春晓说："这是给你们的礼物。"打开一看，是两棵红色的珊瑚！刹那间，感动涌上心头，多么实在的军人，不多言多语，却是如此细心。我们只是想想、说说而已的愿望，他却记下来，并默默地做到了！

回来后，我专门订做了一个精美的玻璃框，把这棵珍贵的珊瑚放在里面，将美好的回忆定格。

这次西沙之行，留下的美好印象还有太多太多。在西沙澄澈透明的海水里那难忘的游泳；官兵亲手做的可口的饭菜；还有我那只因感动而忘在西沙后来坐飞机回来的箱子……

我发现，魏巍说的真的没错，他们就是我们最可爱的人！走近他们，他们刚强，他们也柔情；他们粗犷，他们也细腻；他们勇猛，也有无比的才情；他们寂寞，他们孤苦，他们战胜着寂寞和孤苦，无怨无悔地守卫着我们美丽的西沙。

文章快写完了，我抬头望向那棵珊瑚，似乎就看到了西沙那碧蓝澄澈的海面，那树影婆娑中的诗行，还有驻岛士兵们那诚挚的张张笑脸……

凭祥的平安之行

2009年5月，"我不甘心——这是一个21岁的小战士临终前所说的最后一句话，"《解放军报》的罗干事一边讲述着一边擦了擦眼镜片，"这个小战士在中越边境第二次排雷过程中不幸踩到了地雷，腰部以下瞬间被炸飞。医生们虽然尽全力抢救，但还是……临走前，战友们哭着问他有什么话要带给家人，于是年轻的他只说出了文章开头的那四个字。当部队领导问赶来为儿子送行的老父亲有什么要求时，老人家淡淡地说了句：'给部队添麻烦了。'"

这个故事就发生在我们今天的采访地凭祥。虽然事隔10年了，罗干事讲起来却是如此惊心动魄，我和车上的同事们再也不忍打扰黯然神伤的他。坐在采访车上的我透过被雨水打湿的玻璃窗，眼前的美景很难让你想到战火纷飞的中越边境，想到战后人们担心踩到地雷的紧张气氛，想到那些为排雷而失去年轻生命的战士们……是

的，战争已经结束，和平是每个普普通通的老百姓最朴素的愿望，而如今眼前的一切恰恰告诉我们，他们的愿望实现了。

刚到凭祥，就被道路两旁大大小小的红木商铺、玉器商店所吸引。懂行的同事询了询价钱，发现同样的货品要拿到北京，应该能翻两三倍，看来作为投资或收藏都是极具潜力的。说到凭祥，自古与越南通商，关隘战时为军事要塞，和平时期即为商贸口岸。自宋代以来，凭祥一直是中越边境贸易的集散地，我国南方"丝绸之路"的必经之地。上个世纪90年代以后，随着中越关系的逐渐转好，凭祥市依靠得天独厚的地缘优势与区位优势，大力发展对越贸易，成交额一直保持在40亿元人民币以上，分别占全国、全区对越贸易的1/10和1/3。

凭祥也是中越边关旅游胜地，境内有气势雄伟的中国九大名关之一——友谊关。友谊关又是中越两国友谊的桥梁和纽带，50年代的援越抗法和60年代的援越抗美期间，大批援越人员和物资都是从关口通过。1992年，经国务院批准，友谊关被设立为国家一类边境陆路口岸。凭祥这座城市以友谊关而兴，大力发展口岸经济，外贸、物流、服务也得以高速发展。2006年投入2300多万元建成广西首个电子口岸，通关环境得到极大改善，提高了通关速度，有力地推动了口岸经济的发展。友谊关口岸区集通关、旅游和贸易功能于一身，成为广西区内历史最久远、景色最优美、设备最先进、功能最齐全的陆路口岸……

这一次的边贸口岸大型采访活动——广西之行使我有机会深入到祖国的边疆地区，不仅能够了解到这里经济的飞速发展，更亲身感受到当地百姓生活品质的提升。的确，和平年代为中越两国人民打造了合作共赢的平台，而只有合作共赢才能为中越人民创造更加和谐的美好生活。

《我爱我的2008》

2007年，我这个话筒后面的主持人，在电视荧屏上曝光得多了一些。没有其他原因，只是因为在为奥运如火如荼做准备的2007年，我想为奥运做一些力所能及甚至力所不能及但努力能及的事情。

离2008越近，我心中的期待越强烈，萌动的欢快和渴望也越强烈，可是，为什么还有一种小小的恐慌呢？而且越来越明显？后来我发现，我有些懊恼，有些难受。奥运，这是我们的百年梦想。百年梦圆之时，每个人都在为奥运作着自己的贡献。运动员们在训练馆里挥洒汗水，为夺金拼搏；志愿者们在训练场上顶着骄阳，为服务准备，我呢？此刻，觉得自己就像一个孩子，妈妈的生日快到了，可我却没有准备好一份像样的礼物。

也许是天可怜我，这时候，好友潮东在北京电视台主持的《我爱我的2008》邀请我去做嘉宾！太好了！光听这个栏目名称我就喜欢！冲潮东，我一定要去！冲2008，我更要去！

《我爱我的2008》之主持——潮东

我眼中的潮东，是一个睿智的人，是一个诙谐幽默的人。某人对他的评价很到位：他永远拥有一颗农民的心，开玩笑也那么朴实。他很直率，观点鲜明，说话从来不找中间色，要么就是黑，要么就是白，从不藏着掖着——在镜头面前也是如此。正因为这样，他才深受听众喜爱吧！

我和潮东在交通台就是很好的朋友。记得那时候，卫东和潮东两人一起主持五点的《伴您回家》，我主持六点的《中国歌曲排行榜》。两档节目都是直播，所以，每天都能见到他们，每天都有欢快的笑声。

潮东和卫东的风格很像，既机智幽默，又很有童心，纯真善良。他们俩都爱开玩笑，爱搞恶作剧，脑子里总能不断冒出新奇的鬼点子，好像永远也长不大。

记得那天在直播间，潮东忽然

提议说："我们看谁能用最意外的姿势播音吧！"说着，他就站到了桌子上，手持麦克，做播音状，另一只手还伸向前方，作抒情状，他招牌式的表情和激情的动作是那么不搭调，我不禁掩口笑得前仰后合！卫东也不甘示弱，赶紧蹲在椅子上，也是手持麦克，作播音状，看着一米八的他猫腰垂首，状似猴踞，我都笑喷了！多亏那时候的直播间没有监视器，所以比较放浪形骸。这两位主持大哥还给了我很多节目定位及播音方式的建议，对此我深表感谢。

　　潮东、卫东，不仅风格像，人也长得很像。还记得有这么一个小故事。那天，他们的节目出现了短暂的空播——所谓"空播现象"就是收音机里有超过五秒的沉寂，无人声，也无音乐。于是，总控室一位大姐来查到底是谁出了差错。但是，他俩早就下班走人了，我已接班。她说那个男主持她见过，好像叫什么"东"，我说："他俩一个叫卫东一个叫潮东，您说的是哪个东？要不您说说他长什么样？""一个戴眼镜的男的。"一听这话，我笑了，说："大姐，他们都戴眼镜。""哦！那他个子挺高的。"我更乐了："他们个子一样高。""空播的那个人穿着绿衣服。"可抓住特点了！我赶紧问导播武大姐今天谁穿了绿色衣服。导播说："他们俩今天都穿绿衣服，一个绿条儿一个绿格儿"我笑得都无语了！其实，尽管他们都叫"东"，个子相近，都戴眼镜，风格相似，那时候他们俩有一个很好区分的地方：头发多少！一个聪明绝顶，一个浓密茂盛。

《我爱我的2008》之嘉宾董路

《我爱我的2008》节目组每次都会请三位嘉宾。常见的有董路、那威、纪连海、刘一达、关凌、节目策划石述思、模特李艾等，还有很多演艺界的明星，以及方方面面的专家。每次节目中都各抒己见，各有各的观点。在众多嘉宾中，我印象最深的就是董路了！

我是在《我爱我的2008》的节目录制中才认识董路的。但是说起渊源来，应该早就认识的。因为他是我在交通台的前辈——他是交通台开播时的元老级主持人。只不过我来交通台的时候，他已经离开了，所以一直无缘相见。

他是一个有着羞涩气质的男子，在台下不是很爱说话。记得他第一次来录制现场的时候，大家正在埋头吃盒饭，我主动招呼他说："董路老师，到这儿来一起吃吧！"他带着惯有的羞涩腼腆走了过来。吃饭时，我聊起了他的博客："董老师，我经常看你的博客。你的女儿真漂亮！还有，你抱着吉他自弹自唱，乖乖女认真聆听的样子太可爱了！"他抬起头来，有些惊讶地望着我。虽然惊讶，但是话匣子从此打开了。那时他宝贝女儿才一岁多，说是他的掌上明珠一点不为过。而且从那以后，每次来，他都会从手机中翻出一张照片或是一段视频，让我看看他女儿最近的变化，父亲对女儿的宠爱溢于言表。原来一直觉得董路老师是一个很深刻也很苛刻的人，刚性十足。深入接触后才知道，他是一个充满柔情、勤奋仗义的人。"无情未必真豪杰，怜子如何不丈夫。"鲁迅的箴言在他身上表现得淋漓尽致。

《我爱我的2008》之奥运内容

《我爱我的2008》，这一个节目名称让人一听会觉得是一档体育节目，然而并非如此。介绍奥运会筹备情况只是其中一部分，而更多内容体现的是在2008大背景下，奥运对百姓生活的影响和促进。

听我们的内容您就会知道这档节目的"百姓路线"。

"别让牛皮癣脏了北京"、"从塑料袋开始，迎接绿色奥运"，这是讲百姓参与奥运环保的；"收藏奥运赚点钱"，这是讲百姓奥运收藏的；"别让骗子钻了奥运的空子"，这是提醒百姓提高自我保护意识的；还有"英文菜名，你来做主"、"寻找北京的新地标"、"无烟奥运=文明吸烟"……

尤其记得的一期是"奥运会，咱不带小偷玩"：给大家提个醒：奥运要来了，商机多了，小偷的活动也频繁了，借奥运赚了钱可别让小偷摸了去！教大家"看神色，观举止，看动作，识衣着"去火眼金睛地辨认小偷，而且还总结了小偷主要下手地点和惯用偷盗方式。最有意思的是嘉宾、观众、网友都支出了对付小偷的高招：

嘉宾：

鞋钉型：看准了他的脚，使劲用高跟鞋跟跺他脚面！（哈哈！这当然是我的高招！）

暴力型：小偷过街，人人喊打，但要先看清形势，分析能力再出手！

牢笼型：让司机靠边停车，别开门，马上报警！

观众：

直面型：抓住手腕，扭送派出所！

眼力型：发现小偷后瞪他！用眼神逼他下车！

吓唬型：假装叫朋友抓小偷，吓走他！

提示型：如果看见有小偷在偷旁人的物品，你可以大呼："哎呀!我的手机不见了！"以此提醒大家小心！

网友：

调侃型：对小偷说 "哎'哥们，你掏错口袋了吧'"

　　唐僧型：说服教育，感化小偷。

　　每期节目都是那么贴近百姓生活，每期节目都是那么热闹异常、妙趣横生。由于需要这种气氛，编导严格要求嘉宾要在节目中各抒己见中阐述观点，所以在节目中，我们几个嘉宾都像"杠头"一样，总是你吵我斗、各执己见的状态。像董路老师、纪连海老师他们这样的男杠头还好，像我这样的女杠头就很不讨好了——在中国传统审美里对女人嘴快强势总是不招人喜欢的。但是，为了节目需要，为了奥运，我似乎也越来越"杠"。哈哈，直到现在《一路畅通》的听众还给了我个抬杠版主持人的"雅"号。

　　在《我爱我的2008》节目中我会得到很多奥运的最新信息，也为我在《一路畅通》中增添了不少奥运话题。所以，《我爱我的2008》让我与奥运更近了。在工作中，在工作之外，我都能更多的为奥运做一些力所能及的事情。这是我最开心的了！看着一期又一期的《我爱我的2008》，我欣慰不已——祖国的奥运盛事，我也贡献了自己的一份力量！

　　我将永远怀念我的2007，我将永远怀念《我爱我的2008》。

畅通·自驾

一望无际的戈壁，

地上，

没有一棵树，

没有一条溪，

天上，

没有一只飞鸟。

举目望去，

除了戈壁还是戈壁，

除了黄沙还是黄沙，

视线没有遮拦，也没有停歇的地方。

现在，我就驱车在罗布泊里，

这个鸟儿都不停歇的地方，

没有路标，

没有水，

几乎没有生命。

那山　那水　那些藏区的孩子
——西藏巾帼自驾游

　　没有门的教室里，十几个孩子正在上课。没有玻璃的窗户透着早冬的寒风，破着洞的桌面下是破烂不堪的书，一跺脚就尘土飞扬的地面……然而，孩子们脸上都有灿烂的笑容。这，就是我在巾帼驾车西藏助学万里行中见到的可爱的藏区孩子。

　　2004年4月25日，"大家帮助大家——2004巾帼英雄驾车西部助学万里行"的车队从北京交通台浩浩荡荡地出发了！我很荣幸地被邀请担当此次活动的爱心大使。

　　"西藏助学"，虽然布达拉宫巍峨耸立，大昭寺金顶闪亮，但是由于西部和西藏海拔较高、交通不便的原因，部分百姓还处于贫

穷落后的状态，尤其是有许多孩子面临辍学或已经辍学。所以，我们将这次自驾游和公益活动结合起来，要为藏区的孩子送去我们的一份祝福和爱心。

"巾帼驾车"是什么意思呢？不错，一听这名字就知道，这次自驾活动最大的亮点就是108位司机中有80%是女性，男性只占20%，主要负责车队的后勤工作。

尽管有后勤保障队伍，但是仔细分析一下依然困难重重：

首先就是车况不熟。很多女性平时大多开轿车，而这次要开的是越野车。

其次是路况不同。这次自驾活动可不是在普通的高速上开车，而主要是山路，而且去纳木错和珠峰大本营的路面以搓板路和碎石路居多，很不好开。

再次，高原反应对身体和心理造成很大影响，在高原反应下还能开车吗？

还有，这种组队形式不像单位组织出去旅游。大家彼此不了解，相处是个大问题。俗话说"三个女人一台戏"，人在高原反应情况下一旦情绪波动，这得多大一台戏？

尽管分析到了这么多问题，但是由于大家都是为了公益，为了给藏区的孩子送去最及时的帮助而相聚到一起来，所以我们很有信心地出发了。果然，克服重重困难，由我们这80多位巾帼英雄唱的这台公益大戏唱得很好，很精彩！

自驾车去西藏，开始是很新奇的。久在城市中的人，看惯了高楼大厦分割开的局促之景，猛然来到这么广阔的地方，开阔的视野中，近处的草甸上有闲适的牛羊自在吃草，远处是连绵不断的山脉，颜色由深到浅，逐渐淡成水墨。你会觉得兴奋、幸福，觉得身体无限放松。

但是，渐渐地，你会发现，一路上全都是这种风景，会感到有

些单调。每天都是几百公里赶路，行程慢慢就变得枯燥起来。好在我们此行不是为了看风景，而是看藏区那些可爱的孩子们。有国旗的地方就有小学。很自然的，我们每天的行程中就有了一个盼望，盼望见到飘扬的国旗。

我们到达的第一所学校是宁夏的一所小学。看到国旗，车队就停了下来，我们拿着准备好的学习用品走进了学校。

这是一所什么样的学校啊！教室几乎看不到门，虽然有窗户，但是几乎都没有玻璃，仅有的玻璃也是破碎的，有的地方还糊着报纸，呼呼的西北风肆意地刮进来。屋里和外面一样冷。孩子们用的桌子，似乎已经用了几十年了，桌边都磨圆了，有的地方还露着"狰狞"的木茬。桌面上露着一个又一个窟窿，透过窟窿就能看到他们破旧的书本。黑板也是用了几十年似的，露着木纹，怎么也擦不亮了。由于对比不明显，白色的字在上面看得不是很清楚。那地面呢，连洋灰地都不是，一跺脚就扬起尘土。老师的宿舍在外间，里面只有一床，一桌。简陋的木床上被子很破，棉絮都露在外面。旁边是办公桌，和学生的课桌一样破，上面摞着卷边的书。

可是，在这里生活学习的孩子们一个个都是高高兴兴的，一点也不认生，不拘谨，开心地笑着跟我们打招呼，问我们从哪里来。

我们把带来的书和文具放在他们手上、桌上，交谈了起来。"同学，家里交得起学费吗？""交得起啊！我们的学费都是自己挣钱交的。""哦？"我很吃惊，这么小的孩子，自己交学费？"是啊！"看我这么诧异，他们自豪地笑了，"我们这里种枸杞啊！爸爸妈妈种，我们自己去卖。卖了钱我们就能交学费了！""那多辛苦啊！""不辛苦。爸爸妈妈说了，如果想读书就得自己去挣钱。"他们回答得很认真。说起这些来也很轻松，一点都没觉得这种过早的承担是一种苦。

看着他们灿烂的笑容，我心头有些酸涩，又由衷地钦佩。与城市里那些身穿耐克脚蹬阿迪，全家人都为他一个人服务也不觉得幸福，成天一脸阴云的孩子形成鲜明的对比。如果有一天他们彼此相见，又会作何感想呢？

孩子们成了我们行程中最亮丽的风景。我们会为他们艰苦的物质条件而心酸，更被他们纯真的笑容所鼓舞。从此，我们每天的盼望就是见到国旗。有国旗的地方就有那些笑容灿烂的孩子。我们见到国旗就停车，然后下车分发文具，乐此不疲。

如果说宁夏孩子的穿着还能看得过去，只是校舍过于简陋了的话，那么西藏的孩子给我印象最深的就是他们的穿着了。藏区的孩子有一个有趣的习惯，只要见到小车，他们都会欢呼着跑过来，站在路旁跟你打招呼。这种招呼不带有渴求，也不带有功利，男孩子的笑容大多是灿烂明澈的，女孩子的笑容则是清纯中有些羞涩。

西藏的孩子衣服上都满是油垢，还有很多嘎巴，头发也都是乱蓬蓬的，梳着头的小女孩也可以看出是好多天没洗过的。可见这里的生活之艰苦。但是，西藏孩子的笑容很灿烂，他们一笑起来，就远不止八颗牙了，十二颗牙都能看见。白白的牙齿格外引人注目。现在回忆起来，最先浮上脑海的就是他们那两排白白的牙齿，他们那明澈干净的快乐。回忆着，我也会不由自主地笑起来。

还记得有一次，我们的车队驶过一个村寨，一群孩子欢呼着跑了过来，我们赶紧停下来，拿着文具下了车。看着孩子们手拿文具高兴的样子，我心里有说不出的快乐。这时，我看到了一个小男孩在向我招手，他大概三四岁的样子，另一只手揪着哥哥的衣角。望着他空空的双手，我意识到把这个小家伙忽略了。可是他太小了，送文具不合适吧！正在我思量之际，旁边来自香港的索菲亚从车上拿下来一个鸡腿递给他。"嗯，这更适合他。"我这样想着。让我惊讶的是，他摇着手，表示拒绝。我和索菲亚都很奇怪：他要什么呢？这时，小男孩用手指了指我手里的文具。哦！我笑了！这么小的孩子都知道学习比吃更重要啊！我赶紧送给他几样文具，他开心地笑了，露出了那白白亮亮的牙齿。

"送人玫瑰，手有余香。"此行中，我们收获着给予的快乐，也欣赏到了西藏赠与我们的无比美丽的风光。在拉萨捐赠完电脑，我们驱车前往美丽的纳木错和珠峰大本营。

美丽的纳木错

久闻天湖纳木错的美名，据说，纳木错又被称为"灵湖"和"神湖"。她像一面巨大的宝镜镶嵌在藏北的草原上。有高原反应的我从车上晕乎乎地下来，见到纳木错时，我的高原反应似乎在刹那间消失了。这时的纳木错已经比较冷了，水面结上了冰。但一点也无损于她的美丽。湛蓝的天空，碧蓝的湖水，辉映着山上的皑皑白雪，闲游湖畔，似有身临仙境之感。此时，我面前的纳木错就像是一个美丽娴静不染纤尘的绝世女子，让我的心也沉静下来，纯净起来。走到湖边，席地而坐，语言已经显得多余，甚至思维都显得多余了。

至纯至美的纳木错边，象征地、水、火、风、空五大要素的五色经幡在随风飞扬。藏人相信海拔高的地方与神接近而漫天飞扬的经幡可以将不尽的祈愿，送到诸佛菩萨的耳中。此时，它们在风中发出的声音似乎是远方圣灵的慧语点拨，给人醍醐灌顶的启示。在

这种境界里，谁都无法不变得纯洁和高尚。喧嚣的城市在记忆中淡去，此时，我只想留在这个地方，静静地，与这蓝天、这碧水、这雪峰相伴……

俊朗的珠峰

"我们快到珠峰了，终于能见到梦寐已久的珠峰了！"车台里传来领队兴奋的声音，这个一路上一直很稳重的40多岁的中年男子竟然有些哽咽！听到这个好消息，我们也兴奋不已！要知道，来珠峰是一回事，能看见珠峰又是另一回事。很多人经常是怀着美好的愿望而来，背负着遗憾而去，因为这里晴空万里的日子并不多。我们领队来过几次，可都没看见过珠峰的清晰面容。

我一直有高原反应，一直是病恹恹的状态，听到这个好消息后，感觉精神了许多——终于能看到多次在梦里出现的珠峰了！也许正如领队所说："你们的运气太好了！第一次来就能这么清楚地看见珠峰！可能是你们此行做了善事，所以上天才如此眷顾你们吧！"

传说中的珠峰，从课本中读到的世界最高峰，现在就站在了我面前！我仰视着他，仰视着这8848米的高度，心中无限感慨！很奇怪，原以为珠峰这个泰斗级的"人物"应该是老态龙钟的，可是，全然不是这样！在我面前的珠峰俨然就是一个俊朗的小伙子，正伸开坚实有力的臂膀欢迎着我们。顶峰的左侧还有一大片白色的云，好像是珠峰的头上包裹的白色头巾甩下来的帅气的一角。领队介绍起来，声音中有抑制不住的激动："大家知道吗？这叫旗云！这可是很难得见到的美景啊！"

原来，"旗云"是珠峰独有的美丽奇景。是每当天气晴朗之时，在这座世界第一高峰的顶端，便飘浮着丝丝云彩。云沿着山顶飘向一边，仿佛一面迎风招展的旗帜，被称为"旗云"。时而像波涛汹涌的海浪，时而又变成袅袅上升的烟雾；刚刚似万里奔腾的骏马，转眼又如轻轻飘动的面纱，姿态万千，美妙绝伦。欣赏着自然奉献的难得美景，我心旷神怡，高原反应悄然消逝，深情凝望中，觉得自己仿佛都想羽化而去。

"你高耸在人心中，你屹立在蓝天下。你用爱的阳光抚育格桑花，你把美的月光洒满喜马拉雅。我多想弹起神奇的弦子，向你倾诉着不老的情话。我爱你珠穆朗玛，心中的珠穆朗玛……"深情而高亢的歌声响起，原来是队里最老的队员——67岁的石阿姨唱起了《珠穆朗玛》，之后又唱起了《青藏高原》。退休后一直在老年合唱团活动的她嗓音清亮激越，中气十足，居然在这5300m海拔的高原地区唱起了最爱的歌。这美丽的声音袅袅升腾，凝眸中，仿佛冷峻的珠峰也隐隐绽放了笑容……

这次巾帼自驾活动结束了，但是，那山，那水，那些有着灿烂笑容、洁白牙齿的藏区孩子，将永远留在我心中，激励我伸出双手，尽自己的绵薄之力，去帮助需要帮助的人们。爱，绵延不绝……

艰苦的洗礼　生命的启迪
——新疆罗布泊之行

一望无际的戈壁，地上，没有一棵树，没有一条溪，天上，没有一只飞鸟。举目望去，除了戈壁还是戈壁，除了黄沙还是黄沙，视线没有遮拦，也没有停歇的地方。现在，我就驱车在罗布泊里，这个鸟儿都不停歇的地方，没有路标，没有水，几乎没有生命。

2004年的"十一"，我会永远记住这段时光。就在这个灿烂的假期，我参加了以"寻找消失的绿洲，珍惜每一滴水"为主题的"新疆罗布泊自驾车探险之旅"——西藏之行后，心灵的洗礼和启迪让我爱上了这种有公益性的爱心活动。

赫然今昔对比

新疆罗布泊，在塔克拉玛干沙漠的边缘，被称为亚洲大陆魔鬼三角区。这是一个传说中幽灵般的神秘地方，许多优秀的探险者曾经舍生忘死来到这里，许多优秀的赛车手曾经在这里迷失。我们不是科考人员，我们也不是去专业探险，我们是去亲眼目睹罗布泊这个曾经的仙湖如今的干渴，目睹它震撼性的风景，真切地领略"水"的重要。

我们的车队有二十个人，五辆越野车、一辆补给车和一辆油罐车。这次开车横穿罗布泊，历时五天四夜。这五天，我们一行经历了人与车最艰苦的历程。

车开进罗布泊，就像开进了"土质的海"。在这里，没有地标性建筑，找不到方向。这是我最艰苦的一次越野经历。在这五天四夜，得忍受视觉上的单调，掉队的担心，还有那黄沙和干枯给心灵

带来的一次又一次疼痛的震撼。在这几天里，我只知道跟着车队机械地往前开。到了一个地方就安营扎寨，住在帐篷里，住在罗布泊土质的"海"面上。

然而，曾经的罗布泊，是一个怎样美丽的仙湖啊！牛马成群、绿林环绕、河流清澈……生命的绿洲。《汉书·西域传》中记载该湖："广袤三百里，其水亭居，冬夏不增减。"瑞典探险家斯文·赫定在他那部著名的《亚洲腹地探险8年》一书中写道：罗布泊使我惊讶，罗布泊像座仙湖，水面像镜子一样，在和煦的阳光下，我乘舟而行，如神仙一般。在船的不远处几只野鸭在湖面上玩耍，鱼鸥及其他小鸟欢娱地歌唱着……

我们面前的还是仙湖吗？已经全然不是了啊！这已经是死亡之海，茫茫盐漠，一模一样的盐碱地从眼前一直延伸到天边。

寻找生命

没有了水，罗布泊失去了生命；没有了水，这里的一切都被死亡之手扼住了喉管。正因如此，一进罗布泊，我就总是在浩渺而沉寂的沙漠中寻找生命的迹象。哪怕是一只小蜥蜴，都能让我们几个人趴在地上，扛着"长枪短炮"拍得兴奋不已！在这里，没有水，生命成为了太大的奢侈！

那天，我看到同伴贾斌趴在地上，屁股呈45度朝天，手里捧着他心爱的佳能正在拍着什么呢！我轻轻走过去，弯腰一看：那是一只小小的蜥蜴，趴在地上，正在跟他对视着，一动不动地盯着他。我不禁莞尔：这小家伙，仿佛依仗着自己的保护色，以为人类看不到它呢！谁知这一眨眼的工夫，它就消失了，不知它是循着怎样的轨迹瞬间消失的——正如我们也不知道它是怎样来的一样。

这，是我们在死亡之海遇到的第一个生命。

第三天早上，我在帐篷里就听到外面吵吵嚷嚷的声音。走出帐篷，看到大家围在一辆车前正在讨论什么呢！走过去，我禁不住瞪

大了眼睛：一只雏鹰卧在一辆车下！它灰白相间的羽毛，炯炯有神的眼睛，即使是冷得蜷缩着，仍射出锐利的光芒。这可是不速之客啊！在罗布泊这个鸟儿都害怕飞行的地方，居然能见到这种猛禽，太稀罕了！罗布泊里昼夜温差大，中午热到穿短袖，早晚要穿军大衣。这只雏鹰卧在车底，恐怕因为这里暖和吧！要出发了，我们小心翼翼地把它捧出来。它开始还缩了缩，估计是冻得不轻，也看出了我们的善意，它后来就不再挣扎了。也许是这几天我们习惯了罗布泊的死寂，以至于我们都不知道怎么处理这个突如其来的生命。于是，大家把它放在了一个绒绒的帽子里，带到了车上。整个上午，它一直蜷缩在帽子里，不吃不喝。到了中午，可能是身上暖和过来了，小家伙开始扑棱翅膀，用嘴啄着羽毛，眼睛还不停地滴溜溜地打量着我们。看到它精神了，我们赶紧叫车队停下来。将它举过头顶。它扑腾了几下翅膀，很快就飞起来了，在我们头顶盘旋了几圈，似乎在感谢我们，又似乎是在告别。看到它健康地飞走，我们有些不舍，但更多的是期待。

这，是我们在死亡之海遇到的第二个生命。

路边偶尔还会有很低矮的植物，及人的膝盖处，蔓出枝条低垂下来，上面还有一些红色的果实。这就是戈壁上的顽强生命——红柳。在茫茫的戈壁滩上，看到红柳绿中含着淡紫的身姿，会让你在戈壁荒漠中感受到难得的生机，寻找到荒凉中久违的温暖。听向导说，有红柳的地方就有野骆驼，因为野骆驼以红柳为食物。听过之后，我心里油然而生一种期待，要真能看到一群一群的野骆驼该多好啊！一路前行，顺着红柳的延伸痕迹，真看到了野骆驼圆圆的脚

印。我欣喜地用镜头记录了下来。但是，很遗憾，一直没有看到野骆驼的踪影……

　　然而，看到这一片延伸的红柳，我已经很满足了！它们，在无水罗布泊里，在死亡之海的罗布泊里，已经是生命的奇迹了！

　　惊险的掉队

　　那天下午五六点钟，我们还在茫茫的罗布泊中赶路。车上的人要方便一下，我们就跟前面的车说："你们先走吧，我们很快跟上。"在这里解决上厕所的问题很快，车在中间，男左女右。然而，就是这短短的两三分钟时间，我们掉队了！

　　开始还没有察觉。程刚发动引擎，开着车循迹而去。我们原本以为是不会掉队的，因为在沙地上阻力大，车速自然快不起来。没想到就是这么一会儿，我们看不到尾车了。这时，程刚慌了：怎么会找不到了呢？刚刚还用台子在说话呢！我们停了车。恐惧慢慢地占据了我的心，身体感到说不出的冷。一瞬间，好多念头在脑海中交织着，混乱不堪。在这里，辨别不了方向，自己就像那盐碱壳中的一粒微尘，随时可能漂移或被掩埋，不知道自己究竟身在何处。这时，就算能用台子联系上也没有用——在沙漠里就是这样，没有任何标志性建筑，没有参照物，说不清楚具体的位置。

就在这个时候，我们忽然听到了枪声！赶紧循着枪声开过去。几分钟后，看到了我们的车队，还有一队荷枪实弹的军人。我们又惊又喜！这是怎么回事呢？原来前面的车辆正往前开着，不知从哪里冒出来一队军人，看到有车辆，就冲天冲地分别鸣枪警示，让我们立即下车，并出示证件和入罗布泊的官方信函。真不知道在这个地方是哪里来的那么多军人。经他们解释，我们才知道，我们快接近楼兰了，因为近年有些人去楼兰捡文物，为了保护国家文物，他们特在这里守护。

就这样，我们掉队的惊险最后以枪声使我们化险为夷而告终。于是我想起了去罗布泊前导游讲的话：一定要在一起走。即使错，也要错在一起。

勇敢的单骑者

在罗布泊里，有时会见到路边有一瓶或半瓶的水。那些水可能就是徒步者，自己快完成任务时，就善意地把水留给后来者，还细心地写上"此水可喝"。因

为，对后来者而言，每一滴水可能是弹尽粮绝时的救命希望。

我们行程的最后一天，想着这艰难的行程终于快要结束了，想着终于可以舒舒服服洗个澡了，我们很是兴奋——要知道，这五天的风吹日晒中我们没有洗一个澡！但是，不知为什么，也有些莫名的不舍。

这时，我们看到了远处的一个小黑点疾驰而来，越来越近。靠近了，我们才看清楚，是一个人骑着简易的摩托车。看来他是要单人单车穿越罗布泊。可是，他的装备也太简陋了！他甚至现在连头盔都没戴——后来才知道他戴着头盔太热，先摘下来了。他真的太不起眼了，完全不是我们平时见到的驴友形象或是骑行者形象。身上没有一件户外的品牌，没有任何户外的装备，看到他，就像是看到了北京街边正在做鸡蛋灌饼的师傅。他穿着一件蓝西装，蓝色料子裤。头发已经很脏了，汗水和着风沙，用手一捋就能做出一个造型来。他车的后轱辘两边各挎着两个大包，一边是用矿泉水瓶灌的汽油，另一边是用矿泉水瓶灌的白开水。简陋，但是保证了最根本的需求。

他看到我们特别兴奋激动。说是进来两三天，连一只鸟都没见到过，现在可算见到人了！跟他的交谈中得知，单车单人穿越罗布泊是他多年来的愿望。他失恋了，现在只想来实现和女朋友两个人曾共有的梦想——穿越罗布泊。看着风尘仆仆的他，看着他眼神中的沧桑和坚毅，看着他简陋得不能再简陋的装备，我们真的很佩服他！聊了一阵后，我们拿了很多食物和水给他，目送他单人单车绝尘远去，心中充满祝福……

来过罗布泊，才真正体会到：水，是生命的源泉。珍惜水，就是珍惜生命。从罗布泊回来后，我的节水意识大大增强了。原来在洗头时，往头发上抹洗发水揉搓的时候，水也会哗哗地开着。现在我是一定要关掉的。我们一直在倡导节约水资源，我想，让每个人去一趟罗布泊，水资源肯定会大大节约起来。因为活生生的例子警示着我们：不爱护水资源的话，罗布泊的今天，就是我们的明天。

　　"许多人来了再没能走，留下了累累白骨和谜一般的沉默；许多人走了却还想来，挡不住荒原那神秘的诱惑……"罗布泊，用它的沧桑告诉我们的太多，太多……

畅通·游走

碧蓝如洗的**天空**，
纯静澄澈的海面，
映着**蓝白**相间的建筑。
挺拔的**石柱**根根直指天空，
诉说着无言的浪漫、**神秘**和哀伤。
它美丽而不**张扬**，稳重而不失灵动；
千古流传的神话**沉淀**出它永恒的魅力，
厚重的历史雕塑了它不朽的**灵魂**。

美国交通八大"怪"
——从洛杉矶看美国的交通

2000年9月，我第一次来到美国。美国给我的第一印象：到处都是明快亮丽的颜色，仿佛这个国家没有烦恼，永远开心似的。

在美国游览的第一站是美国第二大城市——洛杉矶。

作为美国西海岸的明珠，洛杉矶有着"天使之城"的美誉。它位于美国加利福尼亚州南部太平洋海岸，是一个港口城市，也是美国西部工商业第一大城市。

这里有发达的工业和金融业，还是美国的文化娱乐中心。一望无垠的西部海滩、灿烂明媚的阳光、闻名遐迩的"电影王国"好莱坞、引人入胜的迪斯尼乐园、峰秀地灵的贝弗利山庄……使洛杉矶成为一座举世闻名的"电影城"和"旅游城"。浮光掠影地欣赏过这些约定俗成的景点之余，也许是职业敏感的缘故，这里的交通给我留下了深刻的印象。

洛杉矶市区广阔，布局分散，整座城市是以千千万万栋一家一户的小住宅作为基础。绿树掩映中，鳞次栉比的庭院式建筑遍布于平地或山丘上，色彩淡雅，造型精巧，风格各异。只有在市中心有数十层的高楼。在洛杉矶，高速公路与城市街道纵横交错、密如蛛网、四通八达。洛杉矶道路面积占全市面积的30%左右，是美国高速公路最发达的城市，也是全美拥有汽车最多的城市。去之前我就在担心：这么多汽车，那还不堵得一塌糊涂？鸣笛声还不响个乱七八糟？然而，我以一个地道的中国人的眼光仔细观察，发现了美国交通的八大"怪"。

第一怪：少车并线少加塞

第二怪：拥堵车辆三米外

第三怪：十字路口加速开

第四怪：电话预约出租来

第五怪：加油站里全自助

第六怪：咪表收费全靠卡

第七怪：停车楼里卡通摆

第八怪：越野车让主妇开

洛杉矶车多，也堵，但是车永远能流动起来，极少有堵死的情况。可谓是"堵"而"不死"。为什么呢？有赖于如下"三怪"：

第一怪：少车并线少加塞。

我习惯了看到北京街头——尤其是环线上——那一辆辆频繁并线的车辆。它们在车流中龙蛇般穿梭游走，如入"无车之境"。而在洛杉矶，很少看到有人并线，或是抢行。每辆车大都规规矩矩地在一条车道上行驶，井然有序，除了极个别的飙车一族偶尔有放肆的举动之外。

第二怪：拥堵车辆三米外。

我习惯了在北京堵车的时候，看到前后两辆车之间小得可怜的距离。一般只有一米左右，以防后面的加塞。而在洛杉矶堵车的时候，前后两辆车之间都会自动空出一个车身的距离，大概三米左右，不用担心有车插入。而在北京，即使是这么近了，还有车能"削尖了脑袋"钻进来。也许是中国的司机身上都有功夫，连车子都已练就了"缩骨术"这门绝世武功。

第三怪：十字路口加速开。

我习惯了过十字路口时，轻点刹车，放慢速度，谨慎小心地通过。因为说不定从哪里就能蹦出位闯红灯、横穿猛拐的行人。而美国的驾驶员居然普遍在过十字路口时会猛然加速！这让我看得目瞪口呆！因为他们要在有限的绿灯时间里通过尽可能多的车辆，这样，来提高交通流量。同时，也说明，在洛杉矶，根本不会有行人闯红灯的情况，也就形成了交通的良性循环。

另外，洛杉矶的交通还有这几大"怪"：

我习惯了在北京抬手一招，就有出租车在面前停下来。因为在北京，有车的地方就会有出租车。而在美国，如果在路边拦出租，你会像外星人一样被关注。因为美国的出租车不是随处可打的，一定要电话预约。几乎可以这么说，想在路上拦辆出租车，几率就像中彩票一样。

这就是洛杉矶交通的第四怪：电话预约出租来。

我习惯了一进加油站，就会有穿着中石化或中石油工作服的姑娘小伙向我招手引路，举着油枪为我加油。而在美国的加油站你是绝然没有这种待遇的。美国的加油站几乎都是自助式的。每个加油站的工作人员只有一两个人。不像中国，每台油机旁都会站一位。我第一次到美国加油站的时候，还等着工人来为我服务呢。经朋友提醒才发现需要自己动手，之所以实行自助式的管理，因为美国的人少，加油的人并不是很多。而且美国人工比较贵，人多开支太大。

这就是洛杉矶交通的第五怪：加油站里全自助。

我习惯了在中国把咪表当成摆设，视同没有。在北京街头也曾立着许多一米多高的铁盒子——用来计价收费的咪表。但是，它们基本都处于闲置荒废的状态，因为使用起来极不方便，也因为我们的自助缴费意识还处于培养阶段吧。但是在美国就不一样了。你可以设置自己的停车时间，然后按时间刷卡交费。如果你过时了还没来把车取走，那就属于占用公共资源，警察就会过来罚款。在洛杉矶，是不会有这么多身穿"P"字衣服的交通协管员来收费，全凭自觉哦。

这就是洛杉矶交通的第六怪：咪表收费全靠卡。

我习惯了在街边寻觅车位，或是把车开入地下车库，也习惯了下车时把停车所在区和号码记入手机——怕自己忘记这些字母和数字的组合。而在洛杉矶，在大型商场旁边或是公司聚集的地方，都设有大型的停车楼。有意思的是，这里的停车楼各层用的不是阿拉伯数字，而是在每一层的不同区域画上形态各异的可爱动物标志，如憨态可掬的大象、俊逸挺拔的长颈鹿、机灵古怪的猴子等。要记住爱车所泊的位置，只要记住这个可爱的动物标志就行。你只要告诉管理员你的车所停位置的动物标志，他就会告诉你比较具体的位置。怎么样？这种利用卡通图案的使记忆形象化的方式是不是很人性化？

这就是洛杉矶交通的第七怪：停车楼里卡通摆。

在中国我习惯了看到中国家庭把越野车当做男士的专利，女人多以小巧的轿车为代步工具。而在美国则截然不同。一般家庭都会有一辆轿车和一辆越野车。和中国家庭不同的是，家里的越野车一般是主妇驾驶，而男主人开着轿车去上班。为什么呢？因为美国的家庭主妇经常要去超市买大量的家庭生活用品，或是开着车带着狗去接孩子，这样越野车当然比轿车有更大的空间，而且也更加安全。

这就是洛杉矶交通的第八怪：越野车让主妇开。

由此，我深切感受到，一个城市交通的发展，并不完全在于路网设施的增多，宽度的增加，还有赖于市政交通设施的合理配套，更有赖于我们驾驶员文明行车自觉意识。礼让，能让路越走越宽；规矩，能让车越开越快。

拉斯维加斯　欲望与虚幻的城市

从洛杉矶开到拉斯维加斯，不塞车的话四五个小时就到了，一般都会在路上吃顿饭，到一个综合名牌店购购物。驱车走在这段路上，我恍惚觉得到了新疆的戈壁滩，心中油然而生寻找楼兰的渴望。然而，在这茫茫戈壁上，即使没有楼兰，你也不会失望——因为这里有拉斯维加斯。

对，就是在这片茫茫得让人觉得单调的戈壁中，美国人平地建起了这座举世闻名的赌城——拉斯维加斯。下午从洛杉矶出发经过近五个小时的颠簸，我们终于到达了目的地。经过了几个小时的戈壁风光，看到这一片闪烁的霓虹，只有两个字可以形容眼前的一切——惊艳。摩登的高楼大厦鳞次栉比，闪烁的霓虹异彩纷呈，这份热闹立刻会一扫你几小时漫漫旅程的乏味。七彩的灯光仿佛把天空点燃。在这里，月亮星星都丧失了存在的意义，因为，无论是月圆时节还是繁星漫天，相比起这里的灯光都黯然失色。

"这就是传说中的'不夜城'了吗？"我自问着，又确确实实地相信着。霓虹璀璨，炫人眼目，似乎都在吸引着你走近，走进。置身其中，恍惚觉得自己置身于一个梦幻世界——一个充满着欲望和刺激的梦幻世界。来这里的人只有一个目的——赌——他们在这

里享受赌的极致快乐。

　　当然从整个城市的设计，到局部的细小环节，也恰恰突出了"赌"的特点，绝对不会让到这里来的人有丁点失望。这里随处可见老虎机。甚至你在洗手间里，面前都会有老虎机。你会忍不住把硬币投进去，也会听到隔壁有塞硬币的声音。在洗手间里，这种声音比冲水的声音还频繁，这种现象估计只有在拉斯维加斯这样的赌城才见得到。

　　开车去时，自有人帮你泊车，你只需快步走进赌场，让你真正享受赌的每一分钟。甚至取车时，等待服务生帮你把车开来的短短的一两分钟也不会浪费，你旁边也会有老虎机或是其他游戏设备。任何一家酒店的一楼大堂，前台只是小小的一角，而大片空间都让给了赌场。叫得出的叫不出的赌博机发出各种金属质感的声音，闪着炫目陆离的光芒，吸引着到这里来的人们，让你无论在哪里都不会忘记自己身在赌城。真的可谓是把赌文化发挥到了极致。

　　我的心被撩拨得痒痒的，手也开始跃跃欲试。于是换了一百美元的硬币，一桶——像肯德基鸡翅桶那样大小，走向了大大的老虎机转台。转台中央有一辆奥迪车，周围是一圈老虎机，十几台不止。周围每个人眼睛都紧紧盯着面前的奥迪，手里则在认真而机械的塞着硬币，心里怀着一种美好而虚幻的梦想。我也加入到这个行列。望着眼前转台上一堆一堆的硬币，不停地往里投着，似乎这辆奥迪车离我越来越近，我的希望也越来越热切，手上投硬币的动作也越来越快。然而，那满满一桶硬币空了，我也没有听到那硬币掉落的"哗啦啦"的美妙声响。憾然离开时，那周围依旧是满满一圈儿人。也许它吸引人的地方就在这里，让你觉得奥迪车离你很近，似乎唾手可得，马上就能被你开走，于是，每个人都会乐此不疲地向里面投硬币，用自己手中的硬币拉近你和奥迪车的距离——尽管这个距离是一个无穷近，却永远杳然的距离。

　　我在拉斯维加斯呆的前一两天觉得很刺激很兴奋，每天都觉得时间不够用。老虎机吞噬我的美元的同时，也吞噬了我的时间。隐隐中，我觉得有些不适和不安，老虎机似乎还蚕食了我的什么。第三天我就觉得这里的生活无聊乏味，有些厌恶起来。顿感这种生活本就不属于我，这种无根、空虚的热闹让我厌恶。也许人需要一时的放松和挥霍，但是，时间久了就会成为一种堕落。于是，我知道了，闪烁着美丽灯光的老虎机不仅吞噬着人们的金钱和时间，还蚕食着人们的精神。难怪拉斯维加斯又被人们称为"罪恶之城"。

　　在赌博的人群中，我看到了一位老人，他头发蓬乱，衣衫褴褛，和赌场里那些打扮亮丽的人形成鲜明反差。他在人群中捡拾别人扔下的酒瓶和烟头，时不时还喝几口瓶子中的些许剩酒。我问了工作人员才知道，他是一个美国人，曾经很有钱，十多年前腰缠万贯来到这里。不知是由于过于相信博彩世界的真实，还是欲望让他忘却了现实，他不停地赌着，从有钱到没钱，再从没钱到欠钱。他一直在这里，在自己的欲望中不断沉沦。

"拉斯维加斯"的名字取自西班牙文。人们将这片荒凉干旱的不毛之地命名为"青青的牧草地"，来祈祷上帝赐福一片肥沃的草原，好放牧牛羊。百年时光将昔日的荒芜沙漠装点成今天的繁华景象。基督教称人类为迷途的羔羊，而基督则是救赎世人的牧羊人。在拉斯维加斯这片肥沃的牧草地上，放牧着的是人们无穷无尽的欲望，来看顾这些羔羊的却又是谁呢？

离开拉斯维加斯时，我回首望去，炫目的七彩霓虹依旧闪烁，渲染出一种辉煌过后的不切实际的感觉，在这里我只能做一个过客。我的真实生活不在这里。

法国意大利之旅

旅游是什么？旅游是一种体验，体验从未有过的快感。旅游是从一个生活空间到另一个生活空间。尤其是到别人生活的空间，去体验不同的生活环境，去体验陌生感、新鲜感、神秘感。就是改变日复一日的生活状态，给生命一种刺激。

2000年4月，我来到了一直向往的法国、意大利和瑞士。

让我惊讶的法国小车

法国是一个浪漫迷人的国家。那充满浪漫和华贵气质的巴黎令人百游不厌，隆河阿尔卑斯迷人的胜地令神仙心驰神往；碧水丹崖的科西嘉、奢华的罗亚尔河谷、神秘的中央山地、蔚蓝的海岸、充满原始美态的庇里牛斯山；还有那酒香弥漫的美酒之乡和薰衣草之乡的普罗旺斯……这一切的一切，都使法国成为人们的梦想田园。

走在法国和意大利的街头，总是特别希望看到自己没有见过的汽车，看见奔驰宝马就会很兴奋。但是，渐渐地，我发现一个很

奇怪的现象：很多奔驰宝马的车上都有一个相同的标志——"TAXI"！"TAXI？"我诧异不已。原来，在法国和意大利，坐出租车并不是普遍的出行方式。这里的地铁已经有100多年的历史，路线四通八达，出门五分钟内肯定就能找到地铁口。所以，地铁和公交是最经济的出行方式。当然就很少有人坐出租车了！看来，在汽车的使用上，他们跟我们正相反，人家用宝马当出租车，用富康当家用车，我们则用富康当出租车，而以驾驭宝马为荣。这种选择的不同，应该是源于环保意识的不同。

说到环保意识，我不能不说到在法国和Smart的邂逅了。在国内看惯了富康、捷达这些大家伙在街上驰来驰去，而在法国街头，随处可见一种精致的只能坐两个人的小车，圆头圆脑的前脸，憨态可掬，刚猛有力。车身长度估计只有富康的三分之二。尽管法国人块头都比较猛，但他们还是很青睐这种低油耗、低排放，而又个性十足的"绿色"小车。看着这些小家伙在街上穿行，我真有驾驶的冲动！

那次，我们从商场购物出来，看到路边正停着一辆Smart。两个金发碧眼的大块头正左右打开车门，谈笑风生地钻进小车的正副驾驶座。看到牛高马大的人和小巧玲珑的车，我既觉得有种视差的幽默，更有一种对欧洲人环保意识的钦佩。

到过欧洲或是在影视图片中领略过欧洲风光的人，都会羡慕

那里干净的街道，挺拔
的梧桐和那蓝天碧海的
纯然无染的自然境界。
这，都是欧洲人讲究环
保的成果。

　　过去多年来，汽车
对于欧洲人也是一个标
志身份的奢侈品。汽车
的品牌、气派代表一个
人的地位和品位，只要
条件允许，很少有人不
追求高档品牌和大排
量。然而今天，欧洲人
的汽车消费观变了，从
追求品牌，变为注重实
用；从追求排场，变为
注重节能。这种观念的
转变与政策有关，与汽车行业的技术进步有关，也与人们环保意识
的增强有关。

　　随着汽车消费的成熟，现在国人也更趋于实用和节能了。的
确，成熟的经济发展可以帮助人们摆脱浮躁，求真务实；文明程度
的提高使人不再局限于眼前小利，而是放眼于未来。

意大利神异的小偷

　　在欧洲Smart小车常见，彰显着人们的环保理念。另外一个
环保理念彰显的地方就是地铁了。坐地铁是我们在欧洲旅行期间
最常用的出行方式，即使是在最偏僻的郊区也有方便的地铁，载
着我们到达城市的中心腹地。在意大利坐地铁，方便中也需要谨

慎——因为，要谨防地铁上的小偷。我在意大利就有一次和小偷直面的经历。

在意大利旅游时，高高帅帅的意大利导游很早就开始给我们打了预防针——让我们注意小偷，因为吉卜赛人在地铁里从事这

种活动是常见的。我们听的时候还很不以为然——哪有那么巧啊！我们一行人从饭店有说有笑地向地铁进发。不知不觉中，一些吉普赛妇女围了过来，我们浑然不觉，还友好地冲她们挥手打招呼，她们也冲我们灿烂地笑着。

这时，听到意大利帅哥导游很凶地说了几句话，声调高昂而激烈，几乎是在冲她们怒吼。她们闻言散去了，一边还叽叽咕咕的。我们问导游说了什么，他说："我在警告她们，这是我的团，你们不要动，要偷，偷日本人去！"我们哄然大笑，但

是，都不约而同地摸了摸各自的包包。

到了地铁里，没看到什么吉普赛妇女，绷着的"防盗"之弦又放松了下来。这时，意大利帅哥导游尽职尽责地一再提醒："大家不要放松！地铁关门最后一刻冲进来的多半是小偷。而且在冲的过程中就很可能盯上你了。她们会在你被挤的时候，把你的钱包偷走哦。""有那么神？"我们正在怀疑，一群吉普赛妇女抱着孩子冲了进来。大家顿时警惕起来，我也护紧了我的包包，一副严阵以待的架势。忽然，又听到导游那高昂而激烈的声音，紧接着就看到他狠狠地打了一个吉普赛女人的手。随着"啪！"的一声脆响，人民币洒落一地。我们大家目瞪口呆。"幸运的被盗者"——旅行团一位山东的团友赶紧蹲下来捡那散落一地的现钞。而那个被打的吉普赛女人抱着孩子若无其事地走开了，剩下我们除了惊叹就是猜想。

都说吉普赛妇女的偷盗技术极其高超，经此次近距离的接触，发现果然！原来，那位吉普赛妇女用抱着的小孩作为天然的屏障，把孩子面朝自己抱在怀里，而她则把手从小孩身体的下面伸出去，伸到被偷者的兜里，敏捷地掏出钞票。而中国古语云："螳螂捕蝉，黄雀在后。"她被我们机警的导游逮了个正着！

旅游小贴士：

1. 在地铁里要谨防小偷。

2. 欧洲大多是海洋性气候，不要用中国大陆性气候衡量。如果春秋时节去法国、意大利等欧洲的海边国家，身体柔弱者最好带一条秋裤。记得我这次去欧洲是4月份。为了穿对衣服，特意在电视上看了法国人穿什么。一看他们都穿着单衣单裤，于是就照着他们的样子带了些中看不中用的衣服。但到那儿才发现自己错了——我们忽略了他们是吃牛肉长大的，有更强的抗风寒能力。于是只好把带的衣服都穿上。即使这样，还是冷。没办法，我和同伴任春燕就到香榭丽舍大街去找棉毛裤（到如此时尚摩登的地方买棉毛裤，您还是头一回听说吧？）。经过一番查找，我们遗憾的发现欧洲人是不穿棉毛裤的——估计这只是中国人的专利吧。还好，我们忽然发现了卖健美裤的地方。不管三七二十一，买！

3.欧洲国家的大多数商店都是晚上五六点关门，周末休息。所以，在这边买东西一定要抓紧白天工作时间，否则，很有可能你是空攥着钞票而无法变成你爱的鞋子和包包。欧洲人热爱生活，所以，他们会跟你争夺每一分钟的休息时间，不会为了金钱舍弃他们悠闲自在的生活方式。所以，中国人在那里开店是肯定赚钱的哦！

细微处见精神
——我的日韩之旅

在2002年11月30日到12月10日，我到邻国——日本和韩国转了转。如果要我说这次旅程感受的关键词，那就是"干净"和"团结"。

日本国土面积狭小，不用我多说，单是从我们民间对他们最典型的俗称就可以看出来。这次到日本，我到了东京、大阪、京都、名古屋等地方，说了这么多地名，其实，就行程来说也没有走出河北省的范围。但是，在日本，无论走到哪里，我都有一个同样鲜明的印象：干净！干净得让人觉得透彻，干净得让人通过视觉给人带来心灵通透的舒爽。冯小刚导演的《非诚勿扰》让清幽的西溪火了起来，同时，我相信大家对影片中让笑笑和秦奋的爱情如花般绽放的北海道更是记忆犹新，悬崖、瀑布、温泉、花海、高低起伏的道路、宁静的教堂、夕阳、静谧的湖水……那一片片干净纯然的风景一点都没有修饰和夸张。

干净的日本街角

不仅乡间田野如此，日本的城市也是如此。来到国外，我总喜欢注意观察细小的角落。在北京，也许我们对角落尘土和纸屑已经司空见惯了，有了很强的包容心，只要街面能够干净就感觉清爽许多。但是在日本，真的可以用"纤尘不染"来形容。还记得学生时代，每次大扫除时，老师总会再三强调："不许留卫生死角！"什么是卫生死角？就是这些边边角角，容易藏污，却又不容易清扫的地方吧！

我不知道日本的老师在让学生做值日的时候会不会这样叮嘱。但是，我所见的是：这儿真的没有卫生死角！看着纤尘不染的街道，看着纯然干净的街角，我找到了这种洁净的原因。这也许跟日本的海洋性气候有关——湿润的空气使灰尘不容易扬起。当然这不是最主要的，最主要恐怕和我们常说的素质有关。素质是什么？其实就是一种习惯吧！

日本人有带纸巾的习惯，老老小小都是如此。在他们那里，纸巾不是单单用来擦嘴擦手的。产生了细小的生活垃圾，他们会随时从包里拿出纸巾来，细心地包裹好，放到垃圾桶里——从口吐之物到果皮纸屑都是如此。也正因如此，精明的日本商人常把广告印发在纸巾上。在日本街头，你经常可以看到顶着一头五颜六色头发、着装前卫的年轻人在分发纸巾。看你走到身边，他们手一翻、腕子一抖，就把一包纸巾递到你手上，动作非常的自然、流畅。凡是遇到这种情况，你就可以推知附近有促销的商家，这纸巾上就是印的商家的广告。由此也可见，日本人用纸巾的习惯。

抽烟的日本男士有带便携式烟灰缸的习惯。那天，我们坐旅游大巴到景点参观。我最后一个下来，看到我们车的司机正和邻车司机在边谈笑，边抽烟。他们右手拿着烟，左手都托着一个便携式的烟灰缸。这种烟灰缸大约有食指拇指相扣的圆圈大小，上面有盖，一抽出来就像一个小抽屉一样。他们很自然、很熟练地把烟灰弹到盒子里。后来询问导游我才知道，这在日本是很平常的，每个抽烟的男士都这么做。在日本，买香烟的同时还会收到店员附送的烟灰袋，有些商店中也会出售烟灰袋。这种小袋内有隔热铝膜的，可以放在衣袋里随身携带。在公共场所吸烟的时候，把烟灰和烟蒂都弹入袋子内，收集起来，然后再扔掉。

日本的街头没有卫生死角——没有纸屑，没有烟头，没有口香糖，应该要源于大家都有这种植入思想深处的良好习惯吧。现在我们都在讲素质，其实素质并不抽象，它具体在每一个言行细节当中。

精致的日本女性

除了干净的日本街头，在日本还给我留下深刻印象的就是日本女性了。我所见到的每一个人对自己外形完美得近乎苛刻的要求让我惊叹不已、自愧不如。走在日本街头，你看不到任何一个

"素颜"的女人。即便是一张极素净的脸，也会用精致的底妆收拾妥帖，睫毛刷得根根清晰，画着淡淡的眼影。她们觉得不漂亮是对人的不尊重——这就是日本女人。当然，她们的美丽是要付出代价的。如果是八点上班，日本女人通常五六点就会起床。洗澡，吹头发，精细地化妆。如果是我，不是有重要的聚会要出席，我肯定是要把这三个小时花在睡觉上的。但是，日本女人会每

天都把这几个小时花在修饰自己上。

日本女人在化妆上很讲究精雕细琢，尤其爱抹粉底。日本女人对底妆的强调就像法国女人见面的亲吻，不仅是一种习惯，而且关乎礼貌。所以，精致的底妆是日本街头一道亮丽的风景。我们平时总习惯认为抹粉底是为了掩盖。但是我惊讶地发现，其实她们的皮肤也很好。那为什么还要抹粉底呢？粉底中含铅，她们不怕吗？她们到底怕不怕，我不得而知。我们常说："一白遮百丑。"这个审美观如我们的文化一样影响着日本人的审美意识。可以这样说，洁白无瑕的面容是日本女人终身的课程。难怪印象中，日本的美人都是洁白、晶莹剔透的——如章子怡在《艺妓回忆录》中的妆容。也许是日本的海洋性气候，湿润的空气给了皮肤很好的条件。而且，日本女人每天做面膜，这样清理及时，所以才有精致如画的肌肤吧！

勤于对皮肤的护理和描画，才造就了那么多如《瑞丽》封面一样的日本女人吧！我总算真切明白了美容师经常跟我说的："没有丑女人，只有懒女人。"想想真有些汗颜啊！

胶东口音的韩国导游

对韩国景物的印象已经不深了，大概是跟中国的悠久和物博来比，韩国的那些景观实在不能在我的记忆中留下深刻的印象。印象中只隐隐记得比故宫小9/10的故宫，就像世界公园的一角，到处都是微缩景观。但是，那个说着一口胶东味的韩国话的导游给我留下了深刻的印象。

说来有趣，我们刚下飞机，上了旅游车，发现导游居然是一位操着胶东半岛口音的韩国人，典型的山东大汉。由于我的爷爷是山东人，所以立刻感到亲切，很自然地聊了起来。原来他父母都是山东人，他生在韩国，长在韩国。戴着黑边眼镜的他有点韩国人味道，但是说话很耿直——这又透着山东人骨子里的血性。路上看到有游行示威的队伍，他解释说："我们正在打官司：泡菜的发明者到底是韩国还是日本。我们正在找泡菜是起源于韩国的证据。看，这些示威游行的队伍都是来抗议日本政府把泡菜的发明据为己有的。"

　　我当时有些哑然，还觉得有些好笑："为一个泡菜争成这样，至于吗？""当然至于啊！这泡菜是我们老祖宗传下来的，而在我们这

一代却要被别国冠以他们的名称，这对我们来说是多羞辱的事情啊！"他言之凿凿，义愤填膺。看了看他，再看看街上那些同样义愤填膺的游行的人们，我被深深震撼了。这个团结的民族，蕴藏着多大的力量啊！这时，我习惯性地观察起了韩国街头的汽车。令我惊讶的是，看了半天居然没看到一辆外国车，全都是现代、大宇，还有一些叫不出

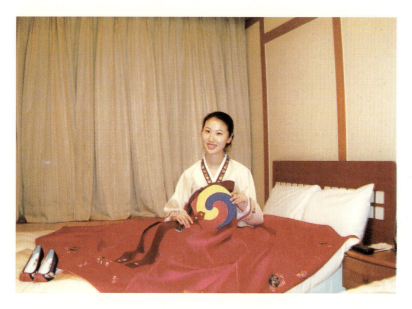

名字的韩国车。

回忆这段往事，我既为这位说山东话的韩国导游而忍俊不禁，又因他对泡菜事件的始终坚持而由衷敬佩，当然还会因为他心头挥之不去的苦闷而忧伤。还记得在一次聊天中他说："我总有一种没有根的感觉。我生在韩国，长在汉江边上，吃着泡菜，说着韩国话。但父母是山东人，我有着山东人高高大大的体格，我的韩国话里有着怎么也改不掉的胶东半岛口音。所以，我经常不知道自己到底属于哪里。"近50岁的他还为此而苦恼着，是因为他渴望有人认同啊！旅居外国的华人越来越多，第二代也日渐成长，这种香蕉人的困惑，没有根的无依感，怎样才能抚慰？怎样才能消除？

此刻，天涯遥遥，我想起了汉江边上的他：这位山东老乡，回来看看吧，长江边上也是你的家啊！

痛苦的高速　温情的笑容
——德国自驾经历

德国自驾是我第一次在国外开车。

2003年9月，北京交通台第一次组织听众朋友走出国门去自驾。既爱玩车又爱旅游的我很期待这次旅程。

乘飞机到了德国柏林，我们就各自上了当地租来的车：哇！大家都惊呼起来："路虎！""宝马！""奔驰！"我开的是一辆路虎，灰色的外观，看起来冷峻而彪悍，很合我的胃口。手扶方向盘，感受着良好的操控感觉，看着眼前平整、宽阔、空旷、无限延伸的马路，感觉棒极了！脚不知不觉中就加大了力度，踩下去，踩下去，再踩下去！六十、八十、一百、一百二、一百四……路虎就像一只狂飙的猛虎似的，不知疲倦地纵情奔跑着，越来越快。第一天，我充分享受着这种高速的刺激，觉得这才叫开车！完全没有堵

车的不爽，有的只是纵情飙速的快感。但是，几天下来，我感觉自己一直在加速、加速、再加速中生活，德国特有的风景从眼前掠过，如空中的飞鸟，没有留下任何痕迹。

慢慢的，我开始觉得累了，觉得自己过上了北京的哥的生活——几乎是一睁眼就开车，下了车倒头大睡，甚至梦里还在踩油门，第二天醒来腿都是酸的。不错，在德国开车油门的使用率大大超过刹车的使用率。在国内，我们在道路上往往看到的都是限速标志，但都是最高限速。而在德国，驾车最痛苦的却是没有最高限速，倒是有最低限速。德国人在郊外驾车几乎没有低过一百二。因为车况好、路况也好，所以车速都很快。而且，一旦你的车速慢了，后面的车超过你的时候驾驶者会很不满地白你一眼。

在德国自驾，我每天都在开车，都在速度的压力下不断加快、加快、再加快。想想自己原来在国内驾车时，最大的希望是不要堵车，车速能够提起来，让我享受到速度的快感。但是去德国自驾之后，我觉得，在二环路上堵车，有时候也是一种幸福。

在高速行驶中，

我感受着德国。感受着德国的速度，也感受着德国的温情。

那天，天将暮，斜阳照在路旁的行道树上，把黄叶照得更加灿然，一阵风拂过，便是一场漫天的蝴蝶之舞，实在是漂亮极了！望着树影一一加速闪过，树影中掩映的白色房子一一加速闪过，我们在高速中度过了一天又一天。

就在人困马乏的时候，一个红灯把车队分成了两个部分。我们后面的车队乖乖地等着红灯，望着前面的车开着一百二十迈以上的速度狂奔而去，心急如焚。前面的车估计是已经痴迷于享受速度的激情了，全然忘记了要看一看我们后面的车跟上了没有。红灯变绿，我们便也加足马力，很快飙上了一百二十迈，循迹狂奔而去。可是，开了一会儿就发现，我们迷路了，和前面的车队彻底脱节。路上有好多指示牌，可遗憾的是，我们一个都看不懂。在德国，高速让我头疼，德文更让我头疼。在这个时候，便会很想念英语——是英语的话我总能看出个大概啊！当然，全部是中文就更好了！于是，我们后面的几辆车停在路边，拿出电话，联系前面的车队。

"喂，你们在哪里？"电话接通，我们急切地问。

"我们在一个足球场边等你们呢！"

"啊？我们也在一个足球场啊！是不是那里还亮着灯？有好多德国孩子在踢球？"侧脸看过去，一群生龙活虎的男孩在打着雪亮大灯的球场上纵情驰骋。

"是啊！是啊！一些德国孩子正在踢足球。一个球队穿着红衣服，一个球队穿着白衣服。"

我们惊喜不已："对啊！对啊！可是怎么没看到你们呢？"

正在我们又雀跃又迷惑的时候，一辆车停了下来。车上下来两个德国年轻男子，金发碧眼，高高大大，帅气而阳光。他们叽里咕噜说了一大串，好像是在询问我们是不是迷路了。这两个年轻人德文的发音很好听，嗓音也略带磁性，可惜的是我们一点都听不懂。

连比带划，还是鸡同鸭讲的状态。我们着急，他俩更着急。"Can you speak English？"我急中生智。"Oh，Can I help you？"他们灿然一笑，赶紧用英语问。好亲切的英语啊！他们问了半天，又通过电话和前面队伍的人说了几句，笑着告诉我们："你们在两个不同的足球场。"说完，他们就开车带领我们这几辆车浩浩荡荡地开始了寻队之路。他们带着我们绕过几条街道，在路上磕磕绊绊的交谈中得知：原来他们就住在我们开始停留问路的地方。找到大队伍后，两个男孩就微笑着冲我们扬扬手，开着车子绝尘而去，扬起的落叶在空中飞舞成一只只美丽温情的蝴蝶，一如那两个德国男孩脸上热情的笑容令人久久难忘。

在国内，我们也经常会看到停在路边的车，但是，很少有人会问：你需要帮忙吗？而在德国，对路人伸手相助，是很自然的事情。

在北京路上的走走停停中，我会想起在德国公路上不让自己低于一百二十迈的狂飙中的刺激和淋漓；看到有车停在路旁车主无助张望时，我更会想起德国街头的那两个年轻帅气男孩的热心相助，和他们如秋阳般温暖的笑容。于是，我就会将车开过去，泊下来，摇下车窗，关切地询问……

优雅英伦

归东临大西洋，温润柔和的山峦和缓起伏，清脆无垠的草地如烟弥漫，优雅恬静的富庶村落和儒雅持重的百年城市点缀其间。优美的自然环境，丰富的人文遗产，精深的文化内涵，使英国像大西洋边上的一块磁石，吸引着无数的倾慕者。

2006年的5月，我也跨越几个时区飞到了梦想的英伦，飞机降落时俯瞰下去，曾经遥远的英国像一位宽厚的长者，悠然微笑着迎接着远道而来的我们。

干净宁静的天，清爽静默的城，匆忙优雅的人，这就是我对英伦的第一印象。当然，它还有温情的故事、自然的风景和井然的交通……

美妙的异国情缘

坐在大巴上，窗外生机盎然的树林、红墙绿院的宅邸飞逝而过，很少的人，很宁静的天色，使人的心也沉静了下来。渐近城

市，多了些霸气，或肥硕或清瘦的高楼映入眼帘。那个腆着圆圆的啤酒肚的英国老绅士回过头来，笑容得体而亲和地告诉我们："旅店快到了！"

很奇怪，我发现英国的大车司机——客车司机和货车司机大多都是老年人。据说是由于文化水平的提高，越来越多的年轻人更愿意从事脑力劳动，而对于体力劳动的缺口只能由年长的人来填补。而老年人脑力上没有优势，但是对于需要经验的驾车行业来说还是有很大优势的。就这样，英国形成了大车司机多是老人的局面。不过，和中国不同，在英国体力工作挣钱不会逊色于脑力劳动的——因为干的人少。

为我们开车的这位老先生，典型的英国绅士形象——大大的肚

子，大方得体的笑容总是挂在脸上。他有些谢顶了，但仍然很可爱。每次我们从旅游景点下来，他总会很体贴地问：怎么样？偶尔有一次聊天中得知，他的妻子是一位台湾人。他一说起妻子就是一脸幸福的笑容，我们感受着他的幸福，也在想象中勾勒那个中国女子的样子。

那天，我们在伦敦市区驱车观光时，上来了一位中国女子，40来岁的样子，戴着眼镜，留着"秀芝"头，温婉可爱。她先和司机拥抱了一下，然后站在了全陪身边。全陪介绍说："这位是我们在苏格兰地区的导游，她也是我们司机先生常常提到的那位美丽的妻子。"这位女士羞涩地笑了，绅士司机这时却回过头来，冲我们幽默调皮地眨•了眨眼睛，全车都善意地笑了，响起热烈的掌声。

接下来的行程中，我们总能看到这对夫妇和谐温情的画面。或是一个宁静关切的注视，或是一个温婉安慰的笑容。我们也渐渐知道了他们的故事。妻子在台湾是位老师，30岁时，因为对英国的向往，也因为当时英国需要汉语老师，她就来到了英国做汉语家教。在她40岁时，遇到了现在的先生，是在一个不起眼的酒吧。当时司机的妻子故去了，他很伤心，于是到酒吧来喝酒，在淡淡的酒意中缅怀过去。那天，她正好坐在了他的对面，成了他故事的倾听者，听他讲述与爱妻难忘的经历，听他讲述他对爱妻的欣赏和留恋。看着对面这位年过半百的人却如孩童般的哭诉，她被打动了，他对故去爱妻的深深怀念让她爱上了他，觉得他是一个很重感情可以托付终生的人。就这样，促成了他们美满的异国情缘。

英国的优雅绅士，台湾的温婉淑女，应该是很美满幸福的一段情缘了吧！

剑桥印象

"轻轻的，我走了，正如我轻轻的来，我轻轻的招手，作别西

天的云彩……"不知是徐志摩的这首《再别康桥》太有名，还是剑桥大学本身的赫赫名声，中国人到英国，必定要去剑桥游览一番。我也不能免俗。

那天天气很好，阳光明媚，湛蓝的空中浮着朵朵白云。我们一行20多人乘着小船，在碧波荡漾的康河上安静穿行。在水面上不时会看到天鹅，两只三只，或是在悠闲地游动，或是优雅地浮于水面，宛如雕塑。岸边有大学生男女情侣在读书，还有穿着哈利波特里那教授的蓝袍子的教授在那里走过。

相比牛津而言，剑桥似乎更巧妙地结合了人文景观与田园气息，处处风雅脱俗：天然的河流蜿蜒徜徉；美丽的繁花装点在路旁；茵茵绿草上酣睡着古朴的中世纪巨大建筑；幽雅的石墙掩映着教堂的座座尖顶……在这里，不管是自然风景还是楼宇建筑，都显得宁静而浪漫，古朴而优雅。浓重的学院派气息赋予这古老的学府无比高贵的气质，让人不能不为之倾倒、沉醉。这浑然天成的学习之地，处处都散发着优雅的文化气息。剑桥，成就了牛顿、达尔文、法拉第等名耀千古的科学巨子；剑桥，产生了78位诺贝尔奖得主。难怪这里是全世界精英学子梦寐以求的地方啊！

船儿在平滑无痕的水面地悄然滑过，望着水中的蓝天白云，望着岸边植物、雕塑和建筑的倒影，我的心无比沉静。想起徐志摩诗中所云："在康河的柔波里，我甘愿做一条水草。"此刻的我有着同样的愿望。我愿意融化在这个美丽宁静的地方，远离工作的奔忙和都市的喧嚣。

伦敦便捷的公共交通

伦敦，一个自由、热情、艺术、文化、流行的迷人城市！走在伦敦的街头，时时可以看到时髦且又独具风格的造型，加上一些新生代的英国设计师与狂野自由的跳蚤市集，将伦敦带入了世界城市的流行典范。

作为首都，伦敦也堪称世界一大"堵城"。在伦敦，电台广播

里12%是交通信息。伦敦交通的拥堵状况可见一斑。为了缓解伦敦的拥堵状况，政府没少想办法。比如，在伦敦，开车进市区是要交进程拥堵费的，好像是一次八英镑。而且市区停车的费用也很高——这是你给城里造成交通压力应该付出的代价。这种做法在一定程度上治理了市区的交通拥堵。

然而，即使是这样，可能是基数大的缘故，在伦敦，你还是会觉得满眼都是车。在大街上根本找不到停车的位置。我印象最深的就是在伦敦逛街的那一次。大巴把我们送到商场附近，约定好两个小时后来接。还一再叮嘱我们最好早几分钟出来等候。因为在伦敦，路边是不能停车的，而停到车场，停车费是惊人的。人没有来齐的话，车不能在路边等候，只能继续往前开，绕着城里兜圈，兜过来，接的人要是还没在，就只能继续兜下一圈。那次，我们有两个团员逛街逛得兴起，根本忘了约定的时间了，大巴司机开车带着我们在伦敦城里转了三圈，饱览了伦敦一段重复的风景，最后无奈地开回了酒店。

其实，伦敦的公共交通十分便利。如果是去旅游的话，我建议您最好坐地铁——既经济实惠又免受堵车之苦。一张地铁券可跑遍全城，游览城内所有的风景名胜，乘坐着全世界最古老的地铁，仿佛可以到达上个世纪。伦敦的交通构成跟北京很类似，中间是市区，然后呈环形往外辐射。市区和郊区主要是通过地铁联系。所不同的是，伦敦市区很少有人住，或者说是很少有人住得起。大部分人都住郊区。所以，人们大多都是开车到中心城的外围（在这里停车都是免费的），然后坐地铁去上班。这样有效地缓解了伦敦市区的拥堵状况。所以，大家不要小看你身边乘地铁的人哦！他很有可能就是一个千万富翁。为了保护环境节约资源，乘地铁出行已经成为了很多英国人的一种习惯。

另外，伦敦的每辆私家车上都装有GPS导航装置。英国人很习惯于使用GPS，GPS的技术也相当发达。电子地图、语音提示，应有尽有，而且精细到了极点。有了它在车上保驾护航，再陌生的地方人们都敢开车去。

公共交通出行是政府倡导的一种方向，北京也进入了城市轨道交通大发展的阶段。相信伦敦在交通规划和设计方面的诸多经验也是值得我们借鉴的。

哈哈！最后爆料一下，都知道苏格兰男人穿裙子，但他们是不需要穿内裤的！哈哈！

唯美希腊

碧蓝如洗的天空，纯净澄澈的海面，映着蓝白相间的建筑。挺拔的石柱根根直指天空，诉说着一种无言的浪漫、神秘和哀伤。它美丽而不张扬，稳重而不失灵动；千古流传的神话沉淀出它永恒的魅力，厚重的历史雕塑了它不朽的灵魂。这就是希腊——我一直心向神往的希腊，热情、阳光、安逸、宁静、浪漫的希腊。

一直很向往希腊，首先是因为那些美丽的传说，聪明的雅典娜，英武俊朗的阿波罗，还有美丽的阿芙洛狄忒……长大后，是因为溶于神话中的那些美丽风景，那落日余晖中的雅典娜神庙，碧波荡漾的爱琴海……希腊，的确是一个与浪漫结合的最紧密的地方。在这里，似乎空气里都充满着爱情。

难怪人们都说希腊是最适合情侣去的地方。果然名不虚传，我所报的这个旅行团就充分证明了这一点——团里23个人，11对都是来度蜜月的，其中给我印象最深的是一对来自都江堰的小夫妻。他们是一对典型的欢喜冤家。打打闹闹，说说笑笑，他们的笑声和食物感染着全团的人。天府之国的享乐名不虚传，他们可谓是能玩会吃。能玩，在这一路上，他们教会了我们好几种玩牌的方法，而且技法娴熟，让我们叹服不已。会吃，更在他们身上淋漓尽致地体现了出来——他们似乎能变戏法，随时都能从包里掏出好吃的来——泡椒凤爪、辣子牛肉……不一而足，看得我们眼睛放光，馋得直流口水，然后就是毫不客气地分而食之。

跟随着充满爱情气息的旅行团，游览着爱情圣地——希腊，从景物到感受，都演绎着一种唯美的情怀。

纯净的蓝与白

在希腊，不需要特意选择角度，放眼望去，满眼都是纯粹的蓝与白。在这里，这种蓝与白甚至交织成了一种磅礴的气势——纯粹而坚定。甚至，太阳底下房子的影子都是蓝色的！能把国旗颜色和自然颜色搭配得如此天衣无缝的，恐怕也只有希腊了！希腊的国旗是蓝白条相间的——蓝天、碧海、白云。而希腊的很多建筑也把这

两种颜色发挥到了极致——房子大多是白墙，窗户一律是蓝色。所以，在希腊，尽管每天都是阳光灿烂，但是你不会觉得燥热，白色的纯净和蓝色的忧郁会让你的心沉静下来。

灿烂的阳光

对希腊的记忆里，迎面扑来的总是那满怀满怀的灿烂阳光。在希腊，你根本不用担心下雨阴天，不用听天气预报你也会知道，第二天准保是阳光灿烂。希腊房子

的窗子都是双层的。不过，跟北京的双层玻璃不一样——希腊的窗户是外面为玻璃窗，里面为一层木板窗。为什么呢？因为这里的阳光太强烈了！所以，每次我拉开木板窗的时候，总会小心翼翼，让阳光一点一点地流泻进来。走在希腊的街道上，晒着灿烂的阳光，透过墨镜看着纯蓝和纯白搭配得极美的建筑，觉得阳光似乎照进了心里，驱走了一切的阴霾，自己就是那希腊神话中的仙子，脚步轻灵起来。

米克诺斯岛热情的舞者

米克诺斯岛(Mykonos)是最受游客欢迎的度假岛屿。相传，海神波塞冬就是搬起这块名叫米克诺斯的岩石，战胜了神力的巨人；如今的米克诺斯与任何纷争无关，它被西方游客比作"最接近天堂的小岛"。大海、蓝天、还有清新的蓝白风格，色彩鲜明，加上这里特有的天体营的"肉"色，构成米克诺斯独特的色调，当地人则把蓝天、白屋和人体戏称为"三原色"。

在米克诺斯，"天体海滩"是很有名的。因此，当你在爱琴海的阳光下瞥见海滩上那些毫无保留的浴客，请不要面红耳赤或失声惊呼，因为"这是一种敞开的皈依，与心灵的对话"。

在米克诺斯，我印象最深的就是在一个开放式的酒吧看到的两个人。

一位是最high的舞

者——这是我所见过的年龄最大的狂热舞者。即使是世界各地的时尚达人聚集在这里，她依旧是那么醒目。不是她有惊为天人的容颜，而是她的年龄和忘情而舞的巨大反差给人带来的视觉震撼。她皮肤上的皱纹告诉人们她有60多岁了，但是她穿着紧身衣服，在火热的节奏中，忘情火热地跳舞。她的神情中看不出幸福或是宣泄，只有一种沉醉，也正因如此，她才不因为自己的年龄而低调、而收敛自己的热情吧。

一位是那位光头DJ——这是我所见过的穿得最少的DJ。他有着健美的身材，有着极high的渲染力，现场的每个人都因为他的带动而情绪激昂、热情四射。大家跟着他一起喊着、唱着、舞着……

在白色的沙滩和蓝色海洋的背景下，没有了金钱的差异，没有了地位的高低，大家都卸掉伪装和名利的包装，还原到了最本源的状态，享受一份自然的纯粹。

唯美的伊娃落日

早就听导游说他最喜欢看伊娃(Eva)小镇的落日了——"这里的落日每天都不一样，但是都同样美丽得令人心醉。"据说伊娃小镇的落日是世界十大最美落日之一！我们早早到了那里，找了一个餐厅，准备一睹伊娃落日的绝美容颜。

渐近黄昏时，大家渐渐聚集到海滩上来。宽阔细腻的沙滩上，有人在找位子，有人在交流，可谓是人声鼎沸。但是过不了一会儿，海滩上就渐渐安静了下来。大家的目光都集中在了天边那轮大大的红红的落日上。王摩诘"长河落日圆"的诗句升起在脑海。只是这不是长河，而是在宽阔平静的爱琴海上。望着那轮温暖浑圆的落日，你会觉得似乎触手可及，但是，它确确实实又是在遥远的天边。

看落日的人们或散座在礁石上，或静静地坐在餐厅的长椅上，或情侣紧紧依偎，或相对十指紧扣，但无论怎样，大家通通都向着落日的方向，或坐或站，身体被瞬息万变的阳光涂满金色。印象最深的是离我不远的一对老夫妻，大约六七十岁的样子，他们的手双双紧握，看着落日，却一直没有说话，只是一直紧紧扣着，落日的余晖映照在他们的脸上，焕发出一种神异圣洁的光芒。

世界上居然还有这么美丽的景致，这么没有遮拦地呈现在人们面前。我贪婪地欣赏着：太阳一点点缓慢地落下去。此时此地的太阳似乎是一个美丽的舞者，碧蓝平静的海面就是她的舞台，明亮的黯淡的天空就是舞台的布景。在这天然的舞台上，她每天都做着精彩而绝不重样的演出。开始浑圆火红，如少女娇羞的面颊，在海面上投下修长的倩影，微风拂过，波光粼粼，更增添一种灵动的韵致。落日无语，观落日的人亦无语。海滩上静静的，连窃窃私语都没有。想起了卞之琳那首颇有情趣和哲理的诗："你在桥头看风景，看风景人在楼上看你，明月装饰了你的窗子，你装饰了别人的梦。"此时海滩上的情景，不就是这般吗？

随着时间的流逝，天空渐渐暗了下去，太阳在海面上的光影也渐渐变淡。黯淡的海面上，那金色更为耀眼地粼粼颤动着，恋恋不舍。最后，太阳只剩下一跳线，一点、一点……终至隐没，华美而宁静的谢幕。顷刻间，海滩上爆发出热烈的掌声，仿佛在欢送最杰出的艺术家。

这里的落日真美！我不禁在心里赞叹着这唯美的景

致。忽然想起：为什么北京那么多的落日都没有引起我的注意？印象中，北京的落日似乎很短，稍纵即逝。是北京的落日太快，还是忙碌于都市的我缺少了这份在海滩观日的沉静和从容？我在心里自问。在二环路上开车回家时，西天的那轮暖暖的落日出现在我眼前。于是我才领悟到，北京的落日也有它独到的韵致，它以西山为舞台，以天空为背景，以云为纱巾，不那么柔美，却多了一份雄浑而刚性的魅力。这次回去，我一定要好好欣赏北京的落日。

解开捷克谜团

　　自揭伤疤对某些人来说是种痛苦，但对我来说却是解脱。"捷克事件"在2008年备受关注，直到今天才把真实还原。不是胆怯更不是炒作，只是希望说出事实，给当事人和爱我们的人一个交代。黑与白、是与非、错与对，今天看来，好像都没那么重要了，因为我和我的同伴们依然正常地生活着。

美丽捷克

捷克是一个美丽的国家——尽管这次在捷克的经历让我有些遗憾，我仍然要这么说，因为风景的美不应被人的无礼行为抹杀。

早就听说捷克是经典的旅游国度，首都布拉格更是"世界建筑艺术博物馆"。我和我的三位同事兼好友结伴来到捷克旅游。

我们首站就来到了布拉格。由于布拉格受到工业化和战争的影响很小，所以，各个历史时期的建筑都得到了很好的保护，形成了各种风格的建筑共存的城市风貌。可以毫不夸张地说，在布拉格，你就是踩着古董行走，漫步在古董的丛林里。那时的我感觉都有些恍惚，觉得自己似乎穿越了时空，回到了中世纪的欧洲。

忘不了，我登上圣维克教堂的塔楼，将布拉格尽收眼底，整个

市区都是一片红色的屋顶，而阳光在捷克独具特色的红屋顶上跳着灿烂的舞蹈；忘不了，我在布拉格古老的街道上漫步。踩着那厚实的石板路，想起郑愁予《错误》的意境："恰若青石的街道向晚，跫音不响，三月的春闱不揭。"

遗憾捷克

在捷克，在布拉格，忘不了的还有很多，但是，最忘不了的就是我们的换币经历了。那前前后后一丝一毫的细节，我永远也忘不了！

2008年10月8日下午4：30（布拉格时间），我们四个女孩一起结伴出游，在布拉格城堡下一货币兑换店内准备换钱，门口牌价表上标明欧元25.01，0%手续费。此前我们已在布拉格其他兑换

店兑换多次，每次都是按照门口牌价兑换，没有出入。其中一个女孩帮我们四个人换钱，发现换回的钱少了三分之一。这时男店员指门后挂着的另外一张牌价表，示意我们看，才突然发现此牌与门口牌价内容截然不同，而且用极小的英文字迹标明买进25.01，卖出15000克朗以上22.65，15000以下18.75。我们这才恍然大悟：挂羊头卖狗肉，我们受骗了！

由于这是大家的钱，

所以女孩立即要求按门口牌价兑换。但没想到这位店员不仅始终拒绝，更令人气愤的是他轻蔑的态度超出了一个中国人的承受底线。中捷关系最近的确有些紧张（中欧社布拉格9月26日电 中国驻捷克大使馆发言人周谦今天对中欧社表示，对于昨天发生的中国全国人大代表团参观捷克议会时少数捷克绿党籍议员展示"雪山狮子旗"一事，中国方面当场就予以谴责并表示抗议，中国大使馆正在考虑向捷克政府递交正式抗议照会。）。这时我们又要求能否退款不在此兑换，此时的他已经退到里间的办公室，对我们毫不理睬。我们又反复请他出来商量，毫无反应。万般无奈之下，我们给中国驻捷克大使馆打电话，电话很快接通，讲明我们所遇事件情况，大使馆工作人员说："你们受骗了！马上报警，打158即可。"

我们按照他的提示拨通了158，但对方一直用捷克语和我们交流，并建议我们再拨打另一个电话112报警，但始终联系不上。此刻我们四个女孩边请他退钱，边到街头找来警察解决问题。赶来的一位警察表示此事不归他负责但要求店员电话报警，之后这位警察离开了兑换店。店员敷衍走了警察之后，再次进入里间办公室。我们再次要求他报警，他仍然置之不理。此时路过的人纷纷停下脚步告诉我们，这样被骗的事经常发生。一位捷克当地出租司机特意跑来大声告诉我们："They rip off foreigners!"另外一位当地人，指着店内地上的一包狗屎说："看到吗，这就是被骗的人扔过来的。"这时我们更加坚信受骗了，忙乱中我们放在桌子上的背包被挪来挪去碰到了pos机，掉到地上摔坏了。这时从里间办公室闻声而至的店员可算是抓到了把柄，迅速拿起电话就打，说的是捷克语，而且还得意地示意我们说："会有人来抓你们的！"

很快陆续来了三辆警车八个高大的男特警将我们四人迅速团团围住。他们和男店员短暂交流之后，对我们说："Pos机已经损坏，你们要不赔钱，要不跟我们去警局！"我们跟警察表示Pos机摔坏，不是成心的，希望他们听听我们的解释。没想到警察的回答是："其他的事情我们不管。"只要求我们必须赔偿Pos机。这时我们感觉到"警察"的解决方式太具倾向性。"警察"要求我们出示在国外唯一能证明自己身份的护照，此前听说当地有很多"假警察"，何况这顶多算是个"民事纠纷"，为何来了八个身着特警服的彪形大汉，我们更加怀疑他们是不是警察？出于安全考虑我们也请他们出示证件，八位警官毫不理睬无一出示。于是我们再次要求等联系大使馆来人再协助解决。

此时已经是下午的5：30，使馆电话没有接通。而身边的八位警察催促我们要么马上赔钱，要么去警察局，并不断晃动手中的手铐威胁……在电话还没有接通的情况下，八位警察不由分说将我们带上了警车。

此时恰巧一位当地华人和一位中国女游客路过，他们看到捷克警察粗暴执法，异常愤怒并用手指着他们大声说："你们不许欺负中国人，他们不是罪犯，你们有什么权力这样对待她们？你们这样做是违法的！"此时我们其中三人已被推上了警车。

就在这紧急关头，当地华人联系到了大使馆吴主任的电话，最后一位还没被推进警车的同事与其迅速简单叙述了事情的经过，并拜托当地华人继续联系大使馆去警察局解救，之后她也被推上警车。

四人先后被带到警局，这时一位女警察出来用英语开始和我们交流："现在你们有两个选择，①赔钱2000克朗，一小时后放你们走。②不赔钱进监狱，多久，不知道。"我们说："现在只有刚刚兑换来的1800多克朗，没有那么多钱。"她看了看其中一位女士的手表说："如果我是你，我就把手表留下，你考虑一下吧！"说完她就进屋了。

就在此时，大使馆工作人员吴主任和大使秘书小王及时赶到与女警察交涉之后，女警察递给使馆工作人员一张纸条，大致内容为游客在此地发生类似兑换经济纠纷案件我们不负责管理……之后使馆人员又向我们了解了事情经过，并告诉我们此类兑换货币的经济纠纷已发生过多起，警察局也只是发一张纸条说明此事不归他们负责，经常有人向使馆投诉。最终在大使馆吴主任的据理力争下，这位女警察同意由当初的2000克朗或1800克朗加手表最后改为1500克朗。由于我们考虑到不接受这样的结果无法预料将会被扣押多久，万般无奈之下接受了赔款的条件。于当晚8：30离开了警局。

捷克归来：轩然大波　暖暖温情

回来之后，才知道这件事情在国内引起了这么大的反响。不明真相的人们看着并不具体的博文就开始拍砖攻击，我们面目全非。然后，转载，在不断的转载中，事情离真相越来越远，远得连自己都不知从何处开始说起……

遇到这种事，忍气吞声恐怕是一些人的选择，说老实话当时如果这样做了，也就没有接下来的一切。但捍卫自己的权益就是给中国人丢脸的说法我们依然无法接受。

网络贴子似洪水涌来，让人窒息，使人淹没。但是，"谣言止于智者"。最幸运的是，有很多人对我们给予了莫大的支持，让我们在流言蜚语的海洋中不至于被淹没。在这里请允许我一一向他们致以我最诚挚的谢意。

首先要感谢北京人民广播电台汪良台长。至今我还清楚地记得他的话："交通台太火，有人可能想借题发挥，借机炒一下，就让他们去炒吧！你们安心工作就是。"那份沉稳，宛如一个巨人轻轻拂去一根偶尔缠于身上的蛛丝一样。感谢汪台，更佩服他丰富的阅历沉淀成的睿智和大气。

还要感谢交通台台长李秀磊。记得回来当天，她就找我单独谈话，关切的询问："你明天上节目状态能调整过来吗？不管有什么人说什么，不要去管他，该怎么做节目就怎么做你的节目，熬过这几天就好了。"她女性的细腻温婉，对我如同自己妹妹般的关怀体贴，溢于言表。

第二天就上"一路畅通"直播，我是很担心的，甚至有些胆怯。我怕短信平台上也会像网上的贴子那样。不知真相陌生人的流言蜚语其实不具备太强的杀伤力，但是，在《一路畅通》里这些朝夕相伴的朋友，甚至可以说是"家人"，如果……那该是怎样的心伤啊！那时，我该怎么办呢？我担心、害怕，但咬咬牙，还是提前来到了交管局直播间，因为我知道：有时候，你该经历的就一定要经历，该面对的早晚要面对。

那天，我跟孟洋、杨晨做的节目。之前我还跟他开玩笑说："短信平台上如果有人骂我你别被吓到啊！"

但是，令我感动的是所有的短信没有一条有落井下石的话。前三篇的内容大概都是"李莉你回来了！回来就好。""你是怎样的人我们都知道，不必在意风言风语！""李莉，走自己的路，让他们说去吧！"看着这些短信，我感动极了。下节目之后，新闻部的宋主任给我打电话说："李莉，我是你我都会感动。你看大家对你多好啊！"那一刻，我才知道很多领导、同事都在关注这期节目，关注着短信平台。大家都在为我捏一把汗啊！

对于两位台长的力挺，我将终生感激；对于听众朋友们的支持，我将感激终生！

在整个事件中，我觉得最对不住的就是家人了。

我回来的第二天清早，还没起床，60多岁的母亲就坐着公共汽车，提着两大兜子菜，一大早来敲门了。她什么都没问，只是说："出去这么多天，肯定没有吃好吧！我来给你做点好吃的。"听了妈妈的话，我的泪忍不住又掉了下来。赶紧回到了卧室，装作去洗漱。我知道，我远在捷克的时候，网络上流言四起的时候，最担心我的肯定是他们了！他们担心我，却又不敢问我，心里要隐存着这份惦念，在外面可能还要遭受大家质疑甚至更异样的目光，他们肯定心里不舒服啊！但是，他们又小心翼翼地呵护着我，不敢轻易问我，怕问起来让我难过。

爸爸、妈妈、姐姐，对不起，让你们担心了！

拨开捷克的迷雾，我释然，坦然。

可能有朋友会问：你为什么不在当时说明真相呢？我没有选择在当时说出真相，是因为即使说了，很多人也不会认为这是真相。可能会引起更多无端的猜测，会怀疑你说话的真实性，会质疑你是不是借机炒作，所以，不如不说，不如把事情先放在一边，先努力把自己调整到工作和生活的正常轨道上来。与其奔走相告、逢人便讲的去解释，还不如用实际行动让身边的人了解其实你是怎样的一个人。今天，回过头去看时，其实没有什么大不了的。

可能还有朋友会说：又没多少钱，为什么不忍了算了？我们也想过忍了算了。可是为什么我们中国人到哪里都要忍呢？听在捷克开饭馆的同胞说经常有中国人换了几万块钱出来就被抢，大使馆的吴主任也说"内外勾结"的事太常见了。这就是一忍再忍的结果吧？我们要忍到什么时候呢？当我们被骗了，还要我们笑脸相迎，对不起，我们做不出来。所以，下次遇到这样的事，估计我们还会坚持捍卫我们的权利——因为我们没错。

"谣言止于智者。"

想念捷克的美丽风景。

遗憾于捷克不友好的经历。

感谢所有质疑和关心我的人们！

危难时刻显身手

——记《一路畅通》的诞生和发展

宋林祥

　　《一路畅通》开播已经十个年头了，在这十年中它与交通广播一样，经历了不断发展和完善的过程，在广播弱势的时代，它以全新的理念，强大的生命力，以独特的播出形式，站在了广播之巅。在新中国成立60周年之即，被广电协会评定为《新中国60年有影响的60个广播电视栏目》之一。

　　回想《一路畅通》节目的诞生过程，自己感受颇多。自交通广播1993年12月18日开播到1999年已经是六个年头了，在这六年中交通广播不断地发展和壮大，成为当时京城的强势媒体。但是，交通广播的收听率和广告创收在当时并不是第一，北京音乐台就是我们的最大竞争对手。音乐台有一档节目叫《你好，TAXI》，在上午的最好时段，很多的出租司机都听这个节目，怎么能把这些听众吸引过来，是我们当时最大的课题。

　　我当时正担任新闻部主任，上午八点到九点这个时段的节目正是新闻部的时间段，为了设计一档与《你好，TAXI》抗衡的节目，我连续听了这个节目很久，当时节目的主持人是梁洪，节目的内容是歌曲加信息，信息主要是对出租车司机实用的信息。我们从这档节目中受到了很多的启发，经与当时的交通广播的台长汪良和副台长王秋反复策划，决定设计一档可听性强，对广大司机出行提供服务和帮助的节目。既然与《你好，TAXI》抗衡，就得用我们的特长，用音乐来拼，绝对拼不过人家，人家是专门做音乐的，当时总台还有一条规定，音乐专题只能音乐台做，别的台是不能做的，别的台只能在节目中插播歌曲。路况信息是交通广播的强项，那我们就用我们的特长信息加音乐，信息包括路况信息、各种实用信息、各类新闻资讯等，歌曲要容易上口的一些在社会上广为流传的老歌，播出来听众能跟着哼哼几句，以引起共鸣和参与。因为这档节目主要是为广大出行者提供服务和帮助的，我就为这个栏目定了一个名称叫《一路畅通》，在2000年1月1日正式开播，当时的主持人是唐琼和罗兵。

节目播出后反响很好，收听率直线上升，不到一年的时间就进入了电台的前十名栏目。节目虽然一帆风顺，《一路畅通》的栏目名称却差点被换掉。在节目播出一年后，开了一次节目研讨会，好多专家提议把节目名称给改了，因为名字和实际情况不相符，文不对题，节目内容全是路况信息，拥堵点段占了90%以上，怎么能说是一路畅通呢！汪老师（汪良）从研讨会上打来电话，征求我们的意见能不能改掉这个栏目名称，我坚持不改，因为这个栏目就是为了减少拥堵，让大家出行一路畅通，这体现了一个美好愿望，也是我们共同努力的目标。在这个栏目火了以后，专家对这个栏目的名称给了充分的肯定，说它有高度、大气，寓意深刻。

从2002年1月1日《一路畅通》搬到交管局指挥中心大厅直播间以后，这个节目如鱼得水，节目主持人面对着展示北京各个重要路口交通状况的大屏幕，现场直播北京的路况，真真正正地"身临其境"，用主持人刘思伽的话来说："就跟抬了个板凳在马路边上主持节目一样。"

随着节目影响力的提升，《一路畅通》也越来越发挥着它重要的作用，大家还清楚地记得2001年12月7日的一场不大的雪，这场雪竟使北京的交通陷入瘫痪。各条道路上的机动车被堵在了路上，一直到次日凌晨，有的人甚至是弃车步行回家的。但值得欣慰的是，堵在路上的人们有交通广播在陪伴他们，交通广播从下午4点便启动了《一路畅通》特别节目。我清楚地记得，当天下午3点多便开始下雪了，我当时正在台里工作，出于多年在交通管理工作上的经验，我发现下的是颗粒雪，这样对交通必然带来影响，便开车上路看看路面湿滑的程度。当我开车由建外大街向东行驶至大北窑桥上坡时，发现这种颗粒雪给上坡的车辆带来了很大的麻烦，车轮与路面打滑。我便立即与交通广播台长王秋通了电话，告诉了她路面的情况，并把录播节目改为直播的想法告诉她，当即就得到了王台的同意，随后便立即启动了直播节目《一路畅通》。

节目开始后，我们便把全市的道路情况及时告诉了司机朋友，因为当天的机动车全被坡路堵塞，造成全市交通瘫痪，就这样《一路畅通》一直陪伴堵在路上的人们，缓解他们的烦躁心情。这时有个别司机抱怨交警干什么去了？我们随即在节目中把交管局6000余名交警在全市的工作动态报道了出去。当天交管局全体交警几乎达到了全员上岗，他们在路口、在坡路、在立交桥下推车、疏导，一直陪伴堵在路上的人们。交警们的辛苦，为市民默默奉献的精神，我们通过电台及时地传播了出去，堵在路上的人们看到了交警的身影，听到了电台里的声音，理解了。

所以，在以后的特殊天气里，交通广播都会开通《一路畅通》雨天版、雪天版、沙尘版等各类节目，尤其是在2002年3月20日的沙尘天气中，交通广播连续7小时的特别节目，再次发挥了在灾害性天气中无可替代的特殊作用，它一方面起到了提示安全、告知路况的作用，更重要是把政府各职能部门的作用报道了出去，在市民与政府管理部门之间架起了一座沟通、理解和相互支持的桥梁，受到了空前的关注。用"危难时刻显身手"来形容节目的作用一点都不过分。

正是因为《一路畅通》节目的收听率和影响力，历史又赋予了它全新的使命，在北京奥运会和国庆60周年阅兵活动中，它一直是信息发布和宣传报道的重要窗口。尤其是在国庆60周年阅兵活动演练中，政府有关部门把演练活动信息发布放到了《一路畅通》的节目中。节目主持人不负众望反复宣传，让市民减少出行，配合演练活动顺利进行，得到了广大市民的理解和支持，市区主要道路流量下降38.8%，使国庆演练活动顺利进行，《一路畅通》栏目也得到了有关部门的高度赞扬。

《一路畅通》播出已经十年了，在这十年中它不断创新和发展，能走到今天，是所有参与《一路畅通》编排播出人员的辛勤劳动所换来的。在今后的岁月中，《一路畅通》是否还能再走十年我不敢断言，但有一条可以肯定，它从听众的需求出发，不断地创新完善服务内容，增强娱乐和参与性，做到"三贴近"——贴近实际，贴近生活，贴近群众。那么，它一定还有强大的生命力。

给《一路畅通》赞一个

王为

在北京城里一提起《一路畅通》，真可谓是无人不知无人不晓。作为一档在北京广播市场占有率和收听率都高达40%的节目，它一年能够为台里吸金一亿多，广告费也是年年涨价，恨不得比电视广告还贵，在这种情况下，广告商还都跟让门挤了似的往里面冲呢！节目中三对不同风格的主持人可以说是各具特色，个儿顶个儿的光鲜靓丽，每对主持人身后都有着大批的拥趸，被追星的程度不亚于大牌明星。

也许您会问为什么呢？说真的不是我在这儿夸他们，他们真的很优秀，优秀得都让我纳闷咱台长是从哪里凑齐的这些"人精"呢？哈哈哈，开玩笑。

北京是首都，很多司机都笑称是"首堵"。在北京，机动车以每天上千辆的速度增长着，早晚上下班高峰时就看吧，马路上就是车的海洋。大家在车上需要最新的路况消息，需要排解堵车的烦恼，而《一路畅通》的推出就成为了大势所趋。记得节目在1999年刚刚推出的时候，仅仅是一对主持人播报路况，再放放歌曲。2001年，随着短信在节目中的介入，《一路畅通》加强了与听众的互动性，一个个贴近百姓生活的话题、一句句及时到位的点评、一首首脍炙人口的歌曲，都会让听众们觉得轻松快乐、堵车不堵心。紧接着为了加大伴随性服务性的力度，《一路畅通》的直播间搬到了交管局，这样不仅可以使主持人在第一时间就可以观测到市内堵车的路段，而且可以在第一时间播报出最新的路况信息，牢牢坚持把听众的需求放在首位。您说这样的节目，听众不爱听、节目不火才怪了。

不过让我记忆最深刻的，还是早期的《一路畅通》。那时候就两对主持人，一三五、二四六轮着上。两拨儿主持人有着两种不同的风格，一对机智辛辣型，一对活泼欢乐型，做起节目来也小小地较着劲儿，当然受益的还是听众，听众像喜欢四大天王似的喜欢他们，但凡有一方听众说另一方不好，双方就会立刻剑拔弩张，给当时的我羡慕得什么似的。

再夸夸现在的主持人，每对都有自己的特色，都有自己的风格，喜欢他们的听众一听他们讲话就会不由自主地乐，不是因为他们幽默，也不是因为他们播报的新闻辛辣，仅仅是因为那种氛围让你听了就有一种说不出来的温馨劲儿，跟自家人聊天似的。他们都很辛苦，每天早晨7点半直播开始，7点就要进直播间准备，那也就是说6点就肯定洗漱完毕穿戴整齐，精神抖擞地就要走出家门直奔交管局直播间了。像李莉家住南五环，起得恨不得比晨练的都早，罗兵睡前上两个闹表，这还不放心还让老爹打电话叫他，一年四季不间断的这样。大冬天的西北风小刀似的吹着，天没亮就神不知鬼不觉地出了家门，反正要是换我我真起不来，他们每个人都不容易因为常年缺觉压力过大而神经衰弱内分泌失调。他们的辛苦很难用一两句话来描述清楚，不过听众的温馨祝福、关爱的短信是他们最大的动力，我相信他们看到这些就会觉得所有的付出都是值得的，也是应该的。

转眼间十年了，我真的为他们高兴，因为他们的努力和付出让北京的上空多了一道亮丽的风景，让广大的听众朋友们每天早晚都可以获得实用并且好听的信息。作为他们的同事、好友，我衷心地祝福他们身体健康，节目越办越好。逆水行舟不进则退，新的十年里他们必然要面对新的挑战，要有新的突破，虽然很难，但是我相信他们一定还会取得新的成绩的，加油吧！我的兄弟姐妹们。

一路畅通 —— 乐活京城

园园

"乐活，LOHAS"，颇具时尚的味儿；

"京城，Beijing`er"，绝对北京的范儿；

无论是说成"时尚的北京味儿"，还是"北京的时尚范儿"，《一路畅通》就是这么一档子事儿——快乐的车、生活的乐儿、北京的味儿、城市的路；《一路畅通》就是这么一档子节目——奔东三环上班、在西二环练车、跟胡同里钻车、挨皇城根儿停车；更确切地说，《一路畅通》就是这么一种生活——一种在北京特有且独有的生活。

作为2009年1月1日开始成长的小苗儿，很是幸福能够在这本《十年畅通》的书里，用文字记录下我们的成长点滴。

十年，人和人在一起相处，早已由"友人"变成"家人"；

十年，人和城市在一起相融，也早已由"日子"过成"生活"。

十年，《一路畅通》——即使未能一步步亲历十年的足印，也足以为这四个字起立鼓掌！做节目，那是技术上的传播；可咱得做生活，这就是咱北京的人情味儿了。

听到这儿您得说了，"真贫，不就是聊天儿吗？"

这您可没说对，这天儿可不能随便聊，得聊咱老百姓的事儿，聊咱家里的事儿；有个专业名词叫"话题"，上班路上得喝着办公桌上的茶水聊；下班路上就就着啤酒跟饭桌上聊。

"听着你们的声儿了，嘿！终于开回来了。""刚下飞机，好久没听你们贫了啊！""我说你们几个，我这有几天没回来，你们混搭组合了都不汇报啊，这没上节目的又约会去了吧，哈哈。"……瞧见了吧，《一路畅通》透着北京的包容和人情，有句话您一定同意——"《一路畅通》，是咱家。"

我们的生活由这座北京城的性格决定着，城市的个性也由每一个热爱北京的您决定着，不管您是不是打小住这儿，也不论您是面包加豆汁儿、还是火烧就咖啡，在北京有《一路畅通》，咱啊就乐呵着吧。

喜杨洋和莉太郎

郭炜

估计李莉、杨洋自己也没算过这个账。

每一期《一路畅通》两个小时，都说节目广告多，那我就往多了算——40分钟广告，再放点宣传、音乐，归了包堆20分钟，这样算来每一期《一路畅通》主持人要说60分钟的话，每天两期节目，这就是120分钟。

一年365天，三对儿主持人平分，每对儿少说上121天节目——为了好算——120天。这一年下来要说14400分钟的话。

按照正常语速每分钟280个字计算，一对儿主持人每年要说400多万字，每个人说200多万字。李莉、杨洋合作《一路畅通》八年，每个人在节目里说了1600多万字。

这个数字相当于读了15遍《红楼梦》、25遍《三国演义》。

妙趣横生的莉太郎

我平生第一次上《一路畅通》搭档就是李莉，能和自己的偶像之一在自己的偶像节目之一里搭档，打死谁我也想不到。紧张个半死的我在节目里顺理成章地没感觉。为了缓解我的紧张，李莉让我又是唱歌又是朗诵，还学葛大爷说话。几期节目下来我轻松了许多，也渐渐地了解了身边这个地地道道的北京姑娘。

除了公认的是个美女之外，李莉生得一张妙趣横生的嘴，不怎么豪言壮语，不怎么口号标语，更不怎么甜言蜜语。在节目中"抬杠"的时候，听她夸你，你别得意，这也许是在"埋汰"你；听她"打击"你，千万不能生气，那更多地是在鼓励你。绝大多数北京听众听得懂这种聊天方式，喜欢这种聊天方式，因为生活里大家伙儿都这么聊。作家石康总结过：外地人管这种话叫骂人，北京人管这叫亲热。

活力四射的喜杨洋

记得有一次我和李莉上节目，点击新鲜事环节，我随口说出了："接下来李莉杨洋为您点击新鲜事。"李莉问我："杨洋在哪儿呢？"《新闻直通车》主持人孟洋也犯过同样的错误，他和李莉上节目，李莉报名字"我是李莉"，孟洋不假思索地接了一句"我是杨洋"。

就连"我是ＸＸ"这种句式都能说错，这充分地证明"李莉"后面必须接着"杨洋"。

在杨洋面前，很多人都会显得那么沉闷、没有活力、老气横秋。不少朋友问我：你们台杨洋为什么每天都乐呵呵的？我只能告诉他们，杨洋的快乐与活力是如此地发自肺腑，从而感染别人。

我注意听过，李莉杨洋节目的开场白，杨洋说得多，每一次开场白都会让人为之兴奋，我甚至在心里默默期待过：这一次杨洋会用什么样的方式开场？我认真听过杨洋在2008年北京奥运会开幕当天，我们合作过录音评论《让和谐之光普照世界》；在汶川地震发生之后，我听过他直播的抗震救灾版的《一路畅通》……我得到了答案，平日做事细致、周到的杨洋一直捕捉着时代的声音，这也许真的就是杨洋快乐与活力的源泉。

爆个料——杨洋目前正在北京某高校学习深造，活力四射的理由也许还要加上一条：学无止境。

热心听众欢喜地将李莉、杨洋组合与时下风行的动画片《喜羊羊与灰太郎》联系在一起，从此"喜杨洋"和"莉太郎"在他俩合作了八年之后新鲜出炉。

突然觉得"快乐四季版"对于他俩是再合适不过的定位：春夏秋冬，一年四季，快乐到底。

作为他俩的粉丝，我受益匪浅。

警官播报

艾焱

李莉打来电话说，她和杨洋准备出本书，想让和这个节目有关系的人都来说一说。那岂不是很多？《一路畅通》是一个伴随性的广播节目，很多人都以不同的方式参与到节目中来，感人的故事更是不少。很高兴他们将这几年的工作心得与大家分享，也很高兴通过《一路畅通》这个栏目让我有机会和他们合作，为大家的出行服务。

从2002年《一路畅通》节目走进交管局以来，为百姓出行服务提供了更加实用、更加权威的信息指引。在与主持人的合作中，我们共同见证了机动车数量突破200万，进入300万，接近400万给大家出行带来的影响，感受着北京的交通状况不断严峻的事实；我们也亲历了重大事件对城市交通带来的影响，从百年奥运到国庆阅兵，一同感受着政府部门细致入微的工作和市民朋友鼎立配合的支持。

要说我与《一路畅通》这些主持人的合作，时间最长的就是李莉、杨洋这一对了！从来到交管局指挥中心直播间开始，他们便成了一对"黄金搭档"。学计算机出身的杨洋有着缜密的逻辑和严谨的思维，在快言快语的同时还能让人感受着主持人的幽默，科班出身的李莉有着爽朗乐观的性格，有如邻家女孩般亲切。

与他们印象最深的一次合作，是在2005年3月8日上午，当节目还剩下十分钟左右的时间时，我从值班的接警员马滕紧张的语气中，感到报警人情况的紧急，了解后得知，一名女司机在开车途经北五环路时，突发心脏病，急需帮助，正在向民警求救。我赶紧跑进直播间，想及时通过广播将这个信息发布出去，希望过往司机关照生病的司机。由于紧张，我在播报信息时，情绪很激动，声音都有些发抖。李莉一直用真诚的目光注视着我，不停地安慰我，并有意放慢了语速，一遍遍地重复着信息，及时通过听众的短信互动，讲解一些简单的处理突发心脏病的知识。很快122报警台就接到一位过路司机电话，告诉出事车辆的准确位置，为民警的救助提供了及时有效的信息。那十分钟节目，是我参与《一路畅通》节目以来，感觉最紧张的十分钟，也是过的最漫长的十分钟，更是让我感受到《一路畅通》节目贴近生活的特点，真正体现了节目的宗旨——大家帮助大家。做完节目之后，杨洋又详细询问患病司机的救助情况，并且与我们探讨这起事件背后令人关注的驾驶员健康问题，他们以媒体人特有的职业素养，关注着交通生活的点点滴滴，让听众感受着警方、媒体、医院、市民联手救助生病司机的感人情节。

在每次《一路畅通》节目结束时，总要想起那首《永远相伴》：朝朝暮暮，我和你相见；春夏秋冬，我问你冷暖；美好的歌声，愿携你一同上路；一次次地叮咛，企盼你一路平安……

我也真诚地希望，在路上，有交通民警的指挥，有交通参与者的自觉守法，有我们大家的努力，使我们更加快乐地前行！

再回首

潘梦瑜

春去秋来，不知不觉已经十年了。十年前，我听着《一路畅通》走进了交通台，十年来，我见证了这个节目的发展进步，看着听众群体一天天壮大，逐渐地，感觉自己也成为了这个节目的一分子。人生能有几个十年，这一个十年，关于《一路畅通》，有许多难忘的片段。

片段一：如何成为"小潘警官"。

以前在交通台报路况是不报自己名字的，第一次报出我的名字就是在《一路畅通》节目里，那时候还是在指挥中心大厅中采用电话连线的方式播报，可能当时的主持人唐琼觉得我的名字比较拗口吧，所以一向在节目里称呼我"小潘警官"，这样持续了有将近一年，久而久之，这个名字似乎成了我的一个代号，一提到小潘警官，很多人都不由自主地和交通广播联系起来，其实我们公安队伍中姓潘的民警应该有很多的，但是《一路畅通》的宣传，把这个专有名词给了我。我常常感觉《一路畅通》之于交通广播，有点像新闻联播之于CCTV，我们三名播报路况的民警，则有点像新闻联播后的天气预报主持人，每天话不多，但天天与听众碰面，人家是混个脸儿熟，我们则是耳熟。非常感谢交通广播给了我们一个这么好的平台，让我们能够将路况信息及时地插播到节目当中，为广大听众出行提供方便。

片段二：《一路畅通》的两位主持人。

　　《一路畅通》是交通广播的名牌栏目，不少主持人都曾经主持过这个节目，但李莉和杨洋是主持这个节目时间最长的两位主持人，他们两人明朗的风格和默契的配合，给这个节目增色不少。李莉是个很本色的主持人，节目中什么样，下了节目还是那个样子，初见她时往往会被她古典的气质所吸引，但接触时间长了才发现她原来是一个爱说爱笑、开朗的女孩儿。杨洋就像他的名字一样，阳光、乐观，认识他也快十年了，居然没有太大变化，总是一副对生活充满热情的大男孩儿模样，早上推开直播间的门笑着跟每个人打招呼。正是有了这么优秀的主持人，《一路畅通》才能数年如一日地受到听众的喜爱。希望他们两人的合作越来越精彩。

　　片段三：局长也听《一路畅通》。

　　一直以来，我都认为《一路畅通》的收听群体是以职业驾驶员为主的，直到有一天，节目里播出了一条听众短信，反映某一路段的路灯很久都不亮了，过了一会儿，直播间的电话响起，我们的宋建国局长很关切地询问刚才节目中反映的"信号灯"不亮的地点，希望赶紧落实到相关部门去修理，结果发现是虚惊一场，原来说的是路灯而不是信号灯，但从这件小事让我了解到了，原来局长也是经常收听《一路畅通》节目的。由于这个节目可以通过短信平台和听众进行直接沟通，因此，经常会有听众发短信提一些有关交通的意见或建议，所以也成了我们局长上班路上必听的节目。其实不光是我们局长，很多其他部门的领导也非常关注这个节目，可以说，《一路畅通》是一个特别好的平台，加强了管理部门与群众之间的沟通与理解，起到了很好的桥梁作用。

　　一个节目，做了十年仍然有旺盛的生命力，这不能不说是一个奇迹，对《一路畅通》而言，每天都是新的起点，有那么多听众发短信参与节目，听众的热情与支持就是节目发展下去最好的动力，作为一个亲身参与到节目中的人，我希望节目能够历久弥新，越办越好。

十 年

周小红

十年，一路畅通
是点亮生日蜡烛时的一句问候
是长大了离家时的一句嘱托
是老人生病时的一句安慰

是孩子降生时的一句恭喜
或淡淡的，或甜甜的话语
送到每个人的耳边
大家一起分享人生的起起落落，悲欢离合

十年，一路畅通
在每个黎明，在每个黄昏
把亲情、友情、爱情透过无形的电波传递开来
把实心实意化作
春日里街边盛开的花朵
夏日里雨后的彩虹
秋日里如火的红叶
冬日里凛冽的寒风

十年，一路畅通
随着警笛呼啸的警车陪着断指的孩子度过艰难的时刻
随着整齐的车队与喜结良缘的新人们度过幸福的时刻

随着繁忙的交通、拥挤的车流度过烦躁的时刻
随着交通管理措施、施工、事故度过等待的时刻
每一天
都有指挥中心民警背后默默的支持
都有论坛里网友争抢沙发
都有雪片一样的短信息飞来参与互动
都有听众朋友侧耳聆听

十年，一路畅通
是3650天温柔的相伴
是14600小时忠诚的值守
是每一分钟耐心的讲解
是无数细心的叮咛
交织着，奏出动人的乐章，
机智、幽默、快乐时和谐音
信任、理解、支持是主旋律

无论还有多少个十年，一路畅通
还是会一如既往
在曲径通幽的胡同拐角
在车水马龙的大街
在景色优美的山间小径
在宽敞平坦的高速公路
快乐地回响……

跋

李秀磊

最初的《一路畅通》节目并不完全是现在这个样子，路况信息、新闻资讯加上音乐就是它的全部。为疏导北京交通贡献力量、为移动人群提供及时全面的帮助是交通广播的使命，也是这个节目的核心内容。它是交通广播媒体定位的集中体现。

随着技术的进步、手机短信的普及，短信平台落户直播间，一种崭新的互动交流方式被引入节目，《一路畅通》变成了一个听众可以抒发情感、提供线索、寻求帮助的平台，"大家帮助大家"的服务理念逐渐清晰。它不但赢得了大量的受众，获得了包括全国广播电视十佳栏目等多项大奖，还入选了"新中国60年有影响的60个广播电视栏目"。

从开播到现在，《一路畅通》经历了十几位风格各异的主持人。他们用辛劳和智慧不断探索，打造了一档在北京家喻户晓的节目，也因此成了炙手可热的广播明星。

十年，是到了可以凝神回眸的时候了。这本书就是回眸之际的定格，或者说是一部辉煌长篇的分号。分号之后还会有更多的篇章、更精彩的故事，让我们共同期待。

2009年11月13日

一路畅通　　杨洋 李莉 著

快乐搭档

华艺出版社
HUA YI PUBLISHING HOUSE

图书在版编目（CIP）数据

一路畅通 / 李丽　杨洋著.—北京：

华艺出版社，2009.12

　ISBN 978-7-80252-072-1

　Ⅰ. ①一… Ⅱ. ①杨… ②李… Ⅲ. ①回忆录—作品

集—中国—当代 Ⅳ. ①I251

中国版本图书馆CIP数据核字（2009）第218773号

一路畅通

统　　筹：	黑薇
责任编辑：	刘方　许静
文字编辑：	任华　吴婧
封面设计：	赵芳
装帧设计：	吴婧
出　　版：	华艺出版社
社　　址：	北京市海淀区北四环中路229号
电　　话：	(010)82885151
传　　真：	(010)82884314
经　　销：	新华书店
印　　刷：	北京人教方成彩色印刷有限公司
开　　本：	32开
字　　数：	160千字
印　　张：	10.5
版　　次：	2010年1月第1版
印　　次：	2010年1月第1次印刷
书　　名：	ISBN 978-7-80252-072-1/Ⅰ·515
定　　价：	36.00元

一路畅通　广播精品

王利（代序）

　　十六年的时光匆匆而过，交通台从无到有，从弱到强，从开播时零星的路况信息和稚嫩、生涩的主持到现如今的行业先锋，这些相信大家都不会淡忘。而在我的记忆中，当时创业的艰辛和泪水，成长中的无奈与期盼，辉煌时的快乐与分享，一幕一幕都恍如昨日。让我值得自豪的是，我曾有幸作为其中一员参与、策划并积极推动了此项事业的发展，如今得知李莉、杨洋为纪念交通台建台十六周年、《一路畅通》开办十周年，编辑撰写了回忆录，我由衷地感到高兴，并欣然为之作序。

　　《一路畅通》这个精心打造了十年的品牌当年是如何出炉的呢？这恐怕不为太多的人所知。十年前，交通台已顺利走上了发展的快行道，频道定位更加清晰，主持人日渐成熟，信息量逐渐加大，特别是上下班高峰时的信息相当密集。在更换小调频、双频播出及广告激励政策多重因素的催生下，交通台已实现了全国广播单频率创收第一的梦想。然而，时任北京电台副台长兼交通台台长的汪良是个追求完美的人，他认为虽然交通台已声名鹊起，但能体现专业台特色的节目和个性化主持人还是缺乏，我的耳朵中也不断传进这样的声音——交通台是个有用的台，但有名的主持人太少。此时还有一个问题突现出来，交通高峰时间密集的路况信息与节目形成矛盾。路况信息是交通台的生命线，所有节目让路于路况信息，

这个主导思想非常明确，但是设计好的节目被冲得七零八落，主持人的劳动不被尊重，听觉上不舒服，听众也有意见。如何解决半截子节目问题困扰着我们。一次在和陈炳岩的聊天中受到了启发，我们似乎已经找到了打开解决问题大门的钥匙，即在上下班高峰时间办一档路况、信息加音乐的节目，大板块直播，随时插入及时路况信息，思路豁然开朗。就在此时，在新闻部主任宋林祥召开的新闻部2000年节目改版策划会上，大家也提出了同样的想法，当然，他们的方案更缜密和仔细，真是不谋而合。就这样，2000年1月1日《一路畅通》节目正式开播。

在随后的几年中，《一路畅通》从每天上下午各一小时扩充到各两小时，主持人也从最初的只有唐琼和罗兵两个人发展到六个人。三对主持人或活泼开朗或机敏睿智或激情阳光，个性鲜明、机智幽默、各具特色。内容和形式也不断丰富，比如：明星报路况；女警官正点播报；在交管局设立直播间，记者现场连线等等。一个集新闻资讯、路况信息、流行音乐、时尚话题、个性服务和双向互动的节目，经过几年时间的集体打造日臻成熟。但当时业界对它的评价不一，几年下来愣是拿不下任何奖项。专家们也为难，不知该归为哪项、哪类节目参评。时任电台台长的降巩民说：这是一档突破传统节目形态的四不像节目，可是它轻松、幽默、实用、好听，听众喜欢。

现如今这档节目早已成为政府需要、听众欢迎、客户认可的交通台当家栏目，它所创造的广告收入占交通台总收入的40%多。它所倡导的"大家帮助大家"的理念，已被听众广为接受，并不断发扬。所谓"大家帮助大家"就是说要依靠大家的力量、大家的智慧去帮助别人。这个口号在2003年1月《一路畅通》中被正式提出，它是对交通台服务多功能的一个总结，是对交通台服务理念的一次提升。交通台自成立以来，不仅全心全意为听众服务，还成功地营

造一种互助的氛围，让越来越多的听众感到了被帮助的温暖和帮助别人的快乐。"我为人人，人人为我"在《一路畅通》节目中得到完美的诠释，在听众中得到了积极的回应。

按照心理学的观点，在人际交往中，人们通常有着亲和动机和依赖动机，而"大家帮助大家"很好地契合了这一点。最初的倡导者杨洋说："一般主持人都爱说'让我们来帮助您'，但实际上，主持人以及他代表的广播电台和每一位听众都是平等的，这么多堵车的人，这么多烦心的事，一个人、两个人、十个人是不够的，所以要'大家帮助大家'。当听众锁定交通台不再是一种个人行为，而是一种不约而同的集体行动的时候，无数个车内的小'场'在无线电波的笼罩下，就汇集成了一个巨大的公共的大'场'。在这里人人平等，不管你开的是什么车，走的是哪条路，无论你是获得了别人的帮助，还是你伸出了援助之手帮助别人，或者就是在静静倾听，你都能感受到一个互助的温馨的'场'从收音机中弥散开来。"主持人罗兵说："我在《一路畅通》中看到的最棒的东西就是未来路上的默契，大家在互动中体现出一种幽默、理解的共性，我希望以后这种共性可以放射到真实的生活中去。"

回首来时路，交通台今日的辉煌是很多的机会、很多的人、很多的因素成就的，其中很重要的一点是对广播媒体特征的重新认识以及对广播自有优势所进行的不断尝试和调整。展望未来，正如美国传播学家阿尔文·托夫勒所预言的那样，媒体专业化已成为了世界性的潮流。在今日的中国，随着经济的发展和受众的分化，媒体自觉不自觉地走上了专业化的发展之路，从"大而全"到"小而精"，从"广播"到"窄播"已成为广播发展的必然趋势。媒体之间的竞争就是在争夺受众的时间分配，在受众需求如此多元化的前提下，谁能提供更加体贴、悉心、周到的个性化、深层次的服务，谁就能占得先机。从"广播"到"窄

播"是一个从传者中心向受者中心转移的过程。传统的做法是，电台做好节目去尽可能多地吸引听众，然后去寻找相应的广告主；而现在的竞争则要求以特定类型的节目主动去抓住特定的目标群体，甚至为他们量身打造节目。传统的运作方式关键在于听众的体量大小，新型的运作方式的策略和技巧则在于听众群体的价值、质量与广告主的诉求目标的契合程度。现代营销STP的引入即：Segmenting（细分市场）、Targeting（选择受众）、Positioning（产品定位），提醒媒体要调整思路，更新观念，善于舍弃，理性对待竞争。通过对受众、市场和传播效果的不断关注，重新审视和定位自己，走好未来的路。

交通台已经站在了新一轮竞争的高点，我有理由相信：在优秀的团队的共同努力下，在人才济济的智慧的汇集中，他们一定能锐意进取、不断创新、成就大业、续写辉煌。

最后用一首藏头诗作为此序的结尾：

一档节目整十年，
路况音乐在其间，
畅行无阻为己任，
通解心灵分忧难。
广为人知亦安然。
播散爱意润心田，
精诚服务载盛誉，
品味个中苦与甜。

2009年11月

2009年11月9日

刚下飞机，坐在出租车里。

细细的雪花飘散在空中，

从南京初秋的感觉一下子又回到了北方的冬天。

时间已经过了这本书的截稿日期，

但我们还在等待着，

等待一起走过一段路的伙伴们能和我们一起停一下，喝喝茶，聊聊天儿。

之前等行李的时候给大家又发了一通短信，然后接到了罗兵的电话。

他在电话里说要给我念念他写的东西，并且客气地补充道，"还可以再改"。

其实，对于大家的感受，我们没有理由做任何的修改。

一段不长的文字配合着窗外变换的风景从电话的那头传来，

温暖如雾气般包围了小小的车厢。

当我和李莉完成了所有文字的时候，

我突然发现罗兵此刻的话竟然和我们最初希望的表达不谋而合。

我提议把这篇文字放在前面。

祝 福

罗兵

生活里，我们常常会有一种错觉，认为对于熟悉的事儿，我们容易激发感慨——因为长久、熟稔，所以可以侃侃而谈。

其实不是这样的。往往越熟悉，里面的五味杂陈也就越多。这样的杂陈不是一条条清晰的线，而是缠结在一起的。所以不知道要揪出哪条线头，说一些什么样的话，能够既有概括，又有细节，既有大的慨叹，也有小的抒情。

《一路畅通》，对于我，就是这样。杨洋、李莉约我写这篇东西，我就确实不知道该怎样把我的心情书写工整。我很佩服他和她，因为他们要用一本书的格式，来回顾这差不多十年的时光，这是需要勇气的。这勇气，不是指书写本身，而是指书写的时候，需要面对。

面对自己起初的青涩，面对自己最开始的慌张，面对最难堪的片刻，面对自己的犹豫不定。当然，还要重新面对因为自己付出了，在最初所获得的赞誉、夸奖、表彰。

这一切，都需要面对者勇敢。从他们俩要写这本书，也就能看出他们的这份情怀。至少，还说明一件事情，就是，他们仍然生活的不麻木。

是的，对于自己几乎每天要做的事情，是特别容易产生麻木感的。但他们没有。这让人很佩服。

其实，在单位里，和李莉杨洋并不是走得很近的人——虽然我们曾经在一个节目组里工作，但因为班次的原因，我们常常不

见面。所以，能够接触到的他
们，往往是在开会或者某些活动
的间隙。但毕竟，这些瞬间的拼
凑，也能酿出一种印象，也会有
交集。

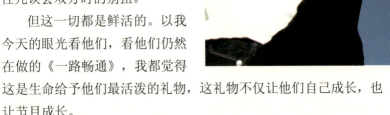

ROBIN
PHOTO BY W.

回忆起这些交集和印象，我
发现里面也有很多有趣的东西：
有一起探讨节目的热忱，也有因
为我的心量不够产生的纠结，有
一起开玩笑时的畅快，也有使小
性儿误会双方时的别扭。

但这一切都是鲜活的。以我
今天的眼光看他们，看他们仍然
在做的《一路畅通》，我都觉得
这是生命给予他们最活泼的礼物，这礼物不仅让他们自己成长，也
让节目成长。

虽然，我们不是熟悉的，但我们却不是陌生人，因为节目的原
因，我们是一个团队的人，我们是伙伴。

而伙伴要做的事情，就是祝福，没有其他。

而在我的眼中，祝福是什么，不是期待明天更辉煌，而是此时
此刻，他们心满意足，笑靥如花。

我们一路走来

　　2000年1月1日，《一路畅通》悄然出现在北京交通广播FM103.9MHz的频率中。关于那个早晨的很多记忆已经变得越来越模糊了。然而十年后的今天，她的听众说："我从小学在爸爸接我回家的路上听变成了在大学宿舍里听。""我从孕育宝宝开始听，如今孩子已经5岁了。"……十年，我们的生活发生了很大的变化。而一个广播节目能在十年间无论是在社会效益还是经济效益上都取得了有目共睹的成绩，培养出一批深受听众喜爱有独特风格的主持人，并且具有一定的社会影响力，这与她十年间不断地创新与完善是分不开的。然而，各领风骚三五年，在广播界也有一个"魔咒"，十年对于一个节目的生命力是一个考验，特别是对于一个相

当成熟、稳定的节目。2010年正是《一路畅通》开播十周年的日子，我想在这个时候回首十年的风雨历程，把这其中的努力与执著，探索与发现和爱护她、陪伴她共同成长的师长们、同仁们、听众们一起分享，其实是希望在迎接一个新的十年的时候我们可以更加充满信心，充满力量，让更多动听的声音在这个城市中回响。

很感谢参与本书的领导和伙伴们用各自独特的眼光和独家的记忆为我们串起了《一路畅通》十年的脉络，才让我们可以有机会把这一路的风光呈现。当然，更希望和我们走过或长或短的一段路，此时正以一份期待的心情翻开这本书的您也把自己的心情加入其中，这一路的表达才算完整。

对主持人来讲最重要的是表达，而表达应该来源于生活和思考。所以，我们还想通过这本书的不同部分把一群七零后主持人的成长呈现在大家面前，里面一定有你关于这段时光的记忆。

《一路畅通》浓缩了北京交通广播进入新世纪这十年的发展历程，回首十年，我想是这样的。

一个节目从策划定位到制作完成是一个系统复杂的工程，说到《一路畅通》的十年之路，我想从这个节目给听众和业界留下最深刻印象的两个改变——"语言传播方式"和"节目形态"的互动来回顾我们走过的路。

随着广播节目形态越来越丰富，主持人在节目中的传播状态也发生了根本的变化。主持人在节目中表现出的语言传播方式和节目形态的改变客观上反映了媒体形态的变化。这是时代的要求，也是听众的需求。回顾这种变化，当年珠江经济台的改革可谓影响深远。改革后的珠江电台，主持人以亲切自然的语气与听众交谈，发挥了主动性功能，成为板块节目的组织者、串联者、实施者。[1]这

---

(1)　林兴仁著《实用广播语体学》，中国广播电视出版社，1989年9月版。

其实正体现了节目形态与主持人传播状态相互作用、相互影响给节目带来的深刻变化。20多年过去了，我们的媒体环境，听众需求都发生了巨大的变化，在多种因素的作用下，节目形态和主持人的传播状态也一定要不断适应这种新变化才能适应时代的需要。在这方面，《一路畅通》十年间的探索和努力可见一斑。

2000年1月1日《一路畅通》开始出现在北京交通广播。当时北京的机动车保有量是150.7万辆，与现在的拥堵水平相差很大，但城市中的交通矛盾已经开始显现。于是这个当时在工作日上下午各一个小时的直播节目应运而生。

在节目形态上，当时这个节目的主要职责就是报路况；资讯和音乐作为点缀。资讯方面以交通信息为主，生活信息为辅，基本属于资讯服务类节目。所以主持人的语态基本属于当时比较流行的"说新闻"状态，比较平和，男女主持人之间没有交流，与听众也缺少互动。新闻播得很规整，节目四平八稳。当时有同行听完了这个节目后的评价是："如果没有及时路况，别人会以为这是一档录播的节目。"

从当时路况信息的播报可见主持人的语言传播状态。当时的路况信息文字少，句式单一，只是说明堵车的地点及方向，比如："长安街东向西方向车多行驶缓慢。"主持人没有任何的发挥空间，甚至有一条不成文的规定，在路况信息中不能出现"堵"字。可见十年前的《一路畅通》并不是一个太"热闹"的节目。

应该说《一路畅通》创办初期明确的节目形态为她今后的发展打下了坚实的基础。这包括：明确的节目方向：路况是生命线；明确的受众定位：移动人群；明确的主持组合：男女对播（为今后的互动语态提供可能）。

《一路畅通》大变脸

　　2002年1月1日，《一路畅通》以全新的组合亮相新建成的交管局指挥调度中心直播间。这不仅对《一路畅通》节目，对于北京交通广播都具有深远的意义。今天看来，它对于北京交通管理的发展也具有很重要的意义，两个单位的领导站在战略的高度规划着未来的发展。当时我和李莉是一对搭档，刘思伽和罗兵是一对搭档。从这个时候开始，《一路畅通》的节目形态和语言传播方式开始了质的变化。

　　最初对于《一路畅通》进交管局，我们主持人还做过一番思想斗争，现在想来有些惭愧。那时长期驻外播音的节目根本没有，一方面是出于播音安全的考虑；另一方面在台里播音条件会比较好，制作、编辑以至于吃饭、生活都会很方便。当时从交管局方面传来

的路况信息主要有两个渠道，一是靠传真，二是靠警官电话播报。我们认为只要能及时插播应该不会耽误事儿，为什么非要到交管局播音呢？而且我们住的地方到台里会比较近，早上至少能多睡半个小时。但当我们真的走进交管局后，节目直播的现场感和对路况以及突发事件的了解确实不可同日而语，很多新的节目手段和交流方式也应运而生。当然，我们也必须养成早上五点半起床，不论春夏秋冬，风雨无阻的好习惯。所以《一路畅通》的主持人基本上都有很健康的生活方式。

2002年1月1日，《一路畅通》搬到了交管局。那天早上的开播节目是由刘思伽、罗兵、李莉和我四个人主持的。印象当中，这也是我们四个人唯一一次同时出现在这个节目当中，可见隆重程度。

而这次改版也可以说集众人之所长，大家把这些年积淀下来的广播经验和满腔热情一下子释放了出来。新片头由罗兵负责制作，片花由我负责制作，王为把自己非常钟爱的一个片花也贡献出来。新鲜的包装，新鲜的组合，新鲜的声音，新鲜的形式，新鲜的地点，一个全新的《一路畅通》新鲜出炉。这些新事物也极大地激发了我们的创作热情，使《一路畅通》很快形成了自己独特的节目形式和说

话方式，一直延续至今。

应该说节目形态的变化从2001年下半年就开始进行尝试了，这主要体现在新闻方面。从《一路畅通》的播出时间看，早晚高峰正是各频率的主打早晚新闻时段，而以前《一路畅通》中没有专门的时政新闻内容，像国际新闻根本不涉及。我们现在可以很轻易地提出，"加上国际新闻不是一件太简单不过的事了吗？"但在当时交通广播的主要听众群还是出租司机，节目形态以服务信息为主，定位并不是新闻节目，而时政新闻也不是交通广播的主打项，要加上这个环节是需要在思想意识上加以改变的。新闻点击时段是在2002年改版时被正式确定下来的，它符合交通广播潜在听众群的需求，为节目今后的发展打开了思路，那就是凡是受众需要的，我们都可以抛开传统节目形态的局限，广开思路加以改进。在其他新闻编辑上《一路畅通》开始更加关注民生新闻，凡是老百姓用得着的信息，不怕琐碎，编辑播出。比如考试在哪里报名，哪儿又停电了等等。这"一大一小"的关注使《一路畅通》的节目形态开始朝着更具新闻性、服务更贴心的方向发展，关键是打破了以往固守的节目形态的壁垒，不拘一格地吸纳多种节目形态和样式，为今后《一路畅通》的成熟找到了方向。

人性化、口语化的交流语态改变了节目风格。这首先表现在《一路畅通》的路况信息播报的变化上。既然我们的路况信息是为路上的司机服务的，我们的语言就应该更加人性化，更有亲和力。于是，工整的句式被打破了，一些口语化、幽默的元素被加了进来。比如，原来说："205号信息员提醒您宣武门路口南向北方向行驶缓慢。"现在我们可以说："205号信息员正跟您在宣武门路口南向北方向一起排队呢！这里行驶缓慢。"这种描述性的语言之后被大量地运用到了《一路畅通》节目中，增强了节目的交流性。同时贴心的提醒开始出现在信息的后面，比如"您别着急，慢点儿

开"等等。这种人性化、口语化的表达在后来的《一路畅通》中被放大、加强，形成了一种独特的语言传播方式。另外，主持人之间的交流也开始增多起来，从一开始对资讯的点评，到后来更多对事件的看法都采用了更加亲切的交流语态。这也标志着《一路畅通》的语言传播方式开始发生了根本性的改变。

增强语言现场感，加强节目直播态。由于《一路畅通》开始在交管局大屏幕前直播，全市路况尽收眼底，路况信息的发布更为及时有效，结合直播节目，主持人的语态也加入了更强烈的现场感，现场描述的加入更增强了听众身临其境的感觉。比如当遇到突发状况时主持人会特意描述一下警官的状态，"小艾警官气喘吁吁地跑进了直播间，看来又有突发状况了，小艾你别急，慢慢儿说……"这种即时的描述调整了节目的节奏，引起了听众对将要听到的信息的关注和好奇。同时主持人开始尝试把实时看到的大屏幕的信息描述给听众，这是需要练习的。就像不同的体育解说员解说足球会有不同的风格一样，《一路畅通》的主持人在描述大屏幕信息时也运用了独特的方法。比如事故信息，在描述了基本信息后主持人会加入更多符合《一路畅通》风格的语言，比如双方的表情、动作、穿着等，这些细节的描述是为了增强受众的关注，增加记忆点，引起受众的注意。

应该说，这一时期的《一路畅通》在节目形态和主持人语言传播方式上都朝着互动、贴近的方向发展着。同时节目形态的打开也为主持人个性化的主持风格的确立留下了足够的空间。

《一路畅通》走向成熟

经过一段时间的磨合，新的主持人组合在节目形态和语言传播

方式上显示出了极大的创新意识，并且通过默契的配合使不同搭档在节目中表现出了强烈的个性化风格，使《一路畅通》急速向前发展。

2002年1月14日，早上8点，北京的街道已经开始热闹起来。"您好，听众朋友，这里是调频103.9兆赫，北京交通广播。"《一路畅通》节目正在直播。"从今天起我们又多了一种沟通方式，您可以发手机短信和我们直接交流。移动的朋友在短信中先输入DG加上要说的内容到66661039，联通的朋友发短信时也是先输入DG，然后加上内容到96661039。您可以为在路上的亲人、好朋友点歌，送去祝福。今天我们为大家准备的歌曲有……"此刻正在收听这个节目的听众也许还摸不着头脑，"这到底是怎么回事？""原先电台节目进行交流不是都用热线电话或者写信吗？"甚至有人在问："手机短信是什么东西？"那天我们在四个小时的直播节目中共收到短信215条。就这样，短信交流，这个如今已被大多数广播节目采用的沟通平台就这样诞生了。

上面这篇文字是我在2004年的一篇论文中写到的。现在有种恍如隔世的感觉，科技的发展有时让我们措手不及。可能很多朋友都已经想不起来自己在2002年用的是哪一款手机了，反正我清楚地记得当时我的手机可以发短信，但没有中文输入法，只能打英文字

母。所以在一段时间当中我们的短信平台上经常可以看到用拼音写成的信息。

想到把短信引入广播节目还是受到了"春晚"的启发，我觉得这种形式其实更适合广播。正好认识搜狐市场部的朋友，于是一拍即合。我以前是编软件的，所以用户需求提得非常详细，并且谈了对界面的要求，软件的开发很顺利。如今我们使用的短信平台就是在当时那个平台的基础上开发出来的。但还有很多具体问题，比如如何收费，搜狐让我们提想法。我说，我们的节目是一档公益节目，不会靠短信去挣钱，听众发短信有很多对我们都是有帮助的，况且短信平台是你们的，对搜狐也有宣传，所以听众的负担应该是成本价。搜狐方面也很坦诚，表示和电台合作也不会靠短息数量去挣钱，扩大合作和影响力是主要的，而且还明确提出，只提6666，不提搜狐本身。结果是听众发到搜狐平台是一毛钱，这钱归电信收，搜狐再加一毛的运营费用，这个价格一直沿用至今。共识是合作的基础，多年以后，这些当时参与创建短信平台的人都已经离开了搜狐，但是我们依然是很好的朋友，因为我们共同做了一件有意义的事。一年后，北京电台建立起了自己的短信服务器，短信开始被大量地运用到各种节目当中。

还有一个问题大家也许很奇怪，为什么短信最初是用来点歌的？当我们把想在节目中引入短信这种形式跟当时主管《一路畅通》的主任唐琼说了之后，她非常支持。但各方面的意见接踵而至，比如对于这种新的交流手段听众是否接受？会不会影响节目内容等等都有争论。王秋老师果断地说，"这东西应该不错，每天先拿出一个时段做实验吧！"我们一合计，点歌是听众最愿意参与的互动内容，那我们就先通过点歌来吸引听众，让大家习惯这种新方式。于是每天上班我都会在直播台上看到一份歌单，这是昨天罗兵他们留下的，是为了防止两天的歌点重了。过了大约一个月，短信

这种新形式就受到了听众和领导的肯定，于是我们又开始设计新的环节，点播路况。不久就开始设计话题了，短信和《一路畅通》真正融合起来。

当前《一路畅通》的节目形态和主持人语言传播方式的真正确立是从2002年短信引入这个节目开始的。媒体以内容为王，但内容的传播却受到了媒体技术形态的约束。一个广播节目必须通过技术上的更新才能达到节目的丰富，正是短信的使用使得传统的广播重新焕发出了新的生机。可以说，对技术的利用也是一种创造力，而且是一种重要的创造力。[1]广播与通讯技术的"联姻"造就了新的节目形态和语言表达方式。在新技术、节目形态和主持人语言传播方式上我们找到了一个最佳契合点——互动。这种互动是不同于以往的，它应该是更迅速、更便捷、更彻底的互动。同时，它也从根本上改变了《一路畅通》的节目形态，由之前单方向从传者到受者的传播变成了传者与受者双方向的交流。这种改变的意义在于，首先，使《一路畅通》所具有的服务功能更加有目的性，对于受众的疑问可以在第一时间获得并得到解决，正像《一路畅通》当时的片花所说的"一路畅通，一路沟通无障碍"；其次，使《一路畅通》在贴心服务的同时更加强了心理陪伴功能，这是以往节目形态所达不到的，路上的拥堵和节目中的"心灵疏堵"形成了鲜明的对比。这种现实中的"近在眼前"和精神上的"远在天边"通过电波联系在一起，充分发挥了广播的优势，形成了一种全新的节目形态。

如果说短信被引入广播节目中彻底颠覆了以往的节目形态，那么话题的引入则是这种形式的最好体现。

在节目形态上《一路畅通》变得更加开放，包容力更强，并且结合自身的特点，把不同形态的节目为己所用。所以在很长的时间

---

(1)　徐弘主编《超越：北京交通广播解析》，北京大学出版社，2003年12月第1版。

里《一路畅通》都属于"四不像"的节目，是一个"大综合"节目，既有突发事件或重大事件的现场直播，也有类似人物访谈，事件报道的公众性节目或对象性节目；而有时它更像一个娱乐节目。这在各类评奖中可以看到，很长时间这个节目不知道该报哪一个项目。而以往常规的路况信息、出行特别提示等板块化的内容被隐藏在了节目中，只有新闻点击被确定为"规定动作"。也就是说《一路畅通》有明确的节目定位，但它突破了以往大时段直播节目板块化的格局，开辟了一种"漫谈式"的节目形态。在这种节目形态中，《一路畅通》开始尝试"话题中心制"。

应该说受众参与话题是《一路畅通》突破旧有节目形态的最好体现。作为交通早晚高峰节目把话题加入《一路畅通》，使它作为这个节目形态的中心是不可能靠凭空想象出来的，它是在一定的条件下应运而生的。首先，短信的使用使话题参与成为可能。这里受众所发挥的能量是之前信件和热线参与电话互动所不可同日而语的。其次，《一路畅通》作为两个小时的大时段直播节目，及时路况作为节目的根本要随时插播，而广告又把这个节目每个时段缩小到十分钟左右，使得《一路畅通》不可能再考虑工整的板块化设计，而要让受众在这么长的时间内尽量停留在节目中，不使节目内容一盘散沙，话题的加入是最适合的。 而话题加入《一路畅通》更深层次的意义在于，受众的内容也成为了节目内容的一部分，实现了从"传者本位"到"受众本位"的转变。应该说在这个时候《一路畅通》新的节目形态基本成型了，那就是，在节目内容上以路况信息为主打，以话题为中心，兼顾相关资讯；在传播方式上突出现场感，强调互动性；在节目风格上轻松、幽默、智慧。

随着新的节目形态的成型，主持人的语言传播方式也发生了根本的变化，它们相互作用，共同推进节目的发展。

《一路畅通》在直播状态下对主持人的语态要求分为两个层次。

第一个层次是要满足直播节目形态对主持人的基本要求。直播节目形态——现场直播的主持人节目，其魅力在于能够最真实、最准确、最丰富、最及时地反映事件发展的自然过程，它能够满足受众在第一时间获知新闻的心理需求，并获得现场参与感以及对传播真实性的审美追求。主持人在直播中是直接面对受众的信息的传播者、报道的组织者、也是面对受众的节目主导者、现场驾驭者。[1]《一路畅通》对路况信息、突发事件的报道体现了这种直播作用。第二个层次是对主持人在直播形态下的即兴表达提出了更高要求。《一路畅通》主持人在直播节目中的即兴发挥给受众留下了深刻印象，而这种发挥都是无稿直播。无稿的直播节目中，经常出现即兴的表达。即兴有声语言表达的气息运用趋向一气贯通，起承转合自然流畅；节奏一般比较连贯、轻快；语速适中稍快；语势因重音表达的需要和氛围渲染的需要而抑扬顿挫鲜明；言语的链条连接比较紧密，较少运用孤立的停顿；叙述的脉络和结构简明清晰，描述的语言重客观、形象，议论的语言相对松散，重态度和倾向。如果表达主体的言语调检功力扎实，能够准确、及时、迅速、到位地抓到表达的不足并且运用技巧调整，假若言语调检到位而熟练，把即兴表达的气韵鲜活、灵光闪现与有稿表达的独具匠心、成竹在胸完美地结合起来，广播有声语言表达的创新就具有了极大的潜力和现实可能性。[2]

语言传播是播音主持的主要手段，然而节目中其他丰富多彩的创作因素是播音员、主持人必须考虑的。多种互动方式下的新节目形态对主持人的语言传播方式也提出了新的要求。节目互动形态体现在主持人与主持人、主持人与受众或者主持人与嘉宾（记者）、

---

(1) 吴郁著《当代广播电视播音主持》，复旦大学出版社，2007年8月第1版。

(2) 柴璠著《当代广播有声语言的创新空间》，中国传媒大学出版社，2006年11月第1版。

以及通过主持人连接的受众与受众之间的互动。这种互动在语态上
体现为表层次和内层次的交流。表层次的交流是指在直播状态下
对主持人的一般要求，而内层次的交流是指对象间的情感交流，这
首先是受众心理的需要，在广播节目中要大范围地使用情感因素来
吸引受众，因为情感因素最容易适应受众的无意注意需求。[1]在长
时段化整为零的节目形态下，只有最大限度地吸引受众的注意才能
保证节目的传播效果。其次，《一路畅通》的节目形态在节目内容
安排上，尽可能"对接听众的理想和希望"。在传播上，力求保持
"零时差"、"零距离"，先声夺人。[2]因此，它开创了一种新的
口语表达方式。"新"的口语传播是通过现代传播技术来支持的，
口语交流可以跨越时空，使广播成为一种最具人文关怀的媒介。[3]
这种人文关怀就是通过对象间的情感交流实现的。《一路畅通》的
片花中就体现了这种理念："贴心关怀，诚心奉献，《一路畅通》
从心开始。"语言传播的人文精神在创作主体的主体性的确立和发
展中孕育、成长，在创作主体与文本主体、接受主体的主体间"交
流"、"交往"中实现、完成。[4]这也使得我们在2002年就提出了
代表《一路畅通》节目理念的口号"大家帮助大家"。

　　这些年来，不断有新的主持人加入《一路畅通》，或者新的组
合出现。《一路畅通》的主持人各具特色，但在语言传播方式的整
体把握上是基本一致的。这种具有独特人文精神的语态交流，通过
以小见大，鼓励提倡，美丑对比，直抒胸臆等方式表达出来，给人

---

(1)　Robert L. Hilliard, Writing for Television and Radio, Wadsworth, January 1984

(2)　王本锡著《改革创新推动广播发展》《中国广播电视学刊》2005年4期。

(3)　曹璐著《社会转型期广播媒介的理念和功能》，载于《广播的创新与发展》 北
　　京广播学院出版社2004版。

(4)　李凤辉著《语言传播人文精神的阙失与重构》，中国传媒大学出版社2006年9月
　　第1版。

积极向上，理解安慰，开心畅快的感觉。当代大众文化越来越缺少对个人心灵的关怀，在这个意义上，广播为个人与他人以及社会之间建立起了一个媒介通道，广播具有调节个人与他人、个人与社会关系的桥梁作用。

2003年前后，经过七小时沙尘天气直播、雪天直播等突发状况直播的考验以及平时积累起来的直播样态，《一路畅通》已经完成了从语言传播方式到节目样态的转变，形成了自己独特的节目风格。这对于一个创办时间并不长的节目来讲，能在比较短的时间内迅速找准定位是非常不容易的事情。这种语言风格和节目样式一直延续至今。而之后不断有优秀的主持人加入，把更多自我风格带入到这个节目当中，使这个节目在固有的风格中又加入了不同个性化的元素，带动节目继续向前迈进。所以说《一路畅通》是一个集体，她和主持人之间保持着良好的互动。2000年唐琼和罗兵开始了《一路畅通》；2000年8月我接过了《一路畅通》；2001年刘思伽当记者的同时每周会上《一路畅通》；2002年我和李莉以及罗兵和

刘思伽开始搭档主持《一路畅通》；2003年徐凯和杨晨主持《一路畅通》周末版；2003年"非典"后，李秀磊和罗兵搭档主持《一路畅通》；2004年王佳一和顾峰加入《一路畅通》；2009年郭炜、园园开始主持《一路畅通》。

　　十年间，《一路畅通》在成长中不断开拓着，创新是《一路畅通》不断追求的目标，在广播节目形态和语言传播方式上进行了大胆有益的尝试。在讨论这两方面的关系中我们可以看到，在节目形态方面现阶段我国广播听觉文本的价值空间可以分为三个层面：广播媒介内容产品满足人们的实际的需要，提供有用的信息；媒介工作者进行有效的转化、传达媒介的内容，为接触媒介的大部分人所共享；同时广播要在高层次上"满足人们的文化选择性，所谓的文化就是指物以类聚，人以群分的那种产物，这要求我们媒介能够成为一种新生活方式的体现者，一种游戏规则的倡导者，一种价值理念的旗帜，成为大家的认同者"。[1]而另一方面，广播的听众热线节目、谈话节目等，在节目形态上把口语传播推进到一个新的层面。但节目形态只是广播有声语言对话精神回归的一个表现。更重要的是，我们应该由语言形式规律辐射到我们节目形态的总的改革，特别是节目理念、传受关系的更为深入的理解。从而达到反思广播传播本质的目的，建立起科学的节目创新机制。[2]《一路畅通》创办之初走的就是一条创新的道路，多年来大家一直给予它极大地创作空间，在这个节目中没有不可能，只要适合她，我们就可以拿来，她对内容与形式的包容性相当广阔，这同时也造就了《一

(1)　孟伟著《声音传播——多媒介传播时代的广播听觉文本》，中国传媒大学出版社2006年4月第1版。

(2)　孟伟著《声音传播——多媒介传播时代的广播听觉文本》，中国传媒大学出版社2006年4月第1版。

路畅通》独特的语言传播方式。而创新与坚守，发展与坚持从来都是双刃剑，我们在事物发展的不同时期应该应用不同的策略，使节目永葆生命活力。

一路歌声相伴

写这个题目让我思绪很复杂。既有想通过几首歌的创作串联起《一路畅通》这十年发展变迁的初衷，同时也勾起了我对很多往事的回忆。不如就这样随性写吧！不同的读者挑出您感兴趣的部分就行。

交通广播的主持人爱唱歌，而且还经常很"专业"地唱，这是出了名的，也是有历史的，在我的印象中应该始于2000年吧！有一天上午下了节目刚出直播间，忽然看到很多主持人都往一层的录音机房走，唐琼说，"台里正在录主持人的演唱专辑，今天

录台歌。"如今大家每天在《一路畅通》结束时听到的这版台歌就是那时录制的。这首歌是由时任副台长的王秋老师作词，著名音乐人刘青作曲的。唐琼的声音出现在第三段的第一句，王为之前。原本唐琼这句是由刘思伽演唱的，但据说刘思伽觉得调儿高了，于是改由唐琼演唱。在谈到《永远相伴》这首歌的歌词创作的时候，王秋老师在交通广播成立15周年纪念文集《脚印》中这样写道："那是在开台一年多的时候。有一天晚上正好赶上我值新闻夜班。审稿之余，我开始静下心构思歌词的创作。从创办交通台的初衷，到交通台开播前后那么多人为之忙碌、付出；还有社会各界的关心；热心听众的支持，特别是可爱的出租车义务车队。真实、鲜活的一幕幕场景在我脑海里闪过，止不住的激情喷涌而出。我连夜创作，一气呵成。"如今这首台歌已经深入人心，特别是对于每一个曾经在交通台这个集体中奉献过的同事，每当旋律响起的时候就是一种召唤，永远相伴的是一种挥不散的力量。

我想应该很深情地回顾一下十年前的这张心血力作，因为她记录下了那个时候一个正在蓬勃生长的集体年轻的声音文本。歌声传情，更能传神，她是我们对于那个年代的情感的抒发，更投入了我们无尽的热爱与希望。

当时交通广播最具青春活力的主持人没有现在多，公认最具偶像气质的当属李莉和王为了。他们是广播学院的同班同学，年龄相

仿（那是一定的），毕业后又进入了同一个单位，还是同一个部门，这种青春活力在当时的交通台是很突出的。那个时期我们的年龄在台里很有优势感，基本属于能干事儿的最年轻的一批。自然，十年后我们再不敢提青春二字，但时刻保持一颗年轻的心还是可以的，就像从这个集体中走出的每一个人，不管身在何方，总会给身边的人带来无尽的活力，这是交通广播这个集体的魅力。

顺便说一下，《节拍》这首歌当时其实是为《一路畅通》这个节目定制的主题歌，准备由《一路畅通》最初的搭档唐琼、罗兵演唱。但由于罗兵的退出才把这首歌交给了李莉、王为。从歌词中我们可以看到当时《一路畅通》在创办之初的精神风貌。副歌部分这样唱道：

"大地无边　今夜满天繁星

东方黎明　静候四海佳音

深深的节拍深深的情

久久的歌声久久的听"

它更多地揭示出了《一路畅通》一开始的定位就是一档陪伴性的节目，这也是我们一直在坚持的，通俗地讲就是两个字"好听"。所以一直以来，大家都给《一路畅通》留下了充分的创作空间，让它可以充满想象力和创造力。另外还可以看出当时并没

有想给《一路畅通》赋予太多的功能，能在早晚堵车的高峰，陪伴听众一段愉快的时间就可以了。2003年，也就是在交通广播成立10周年的时候，经王秋老师同

意，在没有征求王为的情况下，我和李莉又重新翻唱了这首《节拍》。这让我忽然想起，这么多年来我还从没问过王为听了这首歌之后的感受，留个悬念，一定要问一下！时过境迁，当《节拍》真正由《一路畅通》的主持人演唱了，却彻底颠覆了之前的面貌，因为这三年既是交通广播飞速发展的三年，也是《一路畅通》走向成熟的三年。

2000年的专辑获得了巨大的成功。当时这张专辑的制作理念还是相当超前的。那个时候大家都意识到主持人对本台发展的重要性，打造名主持是大家的共识。但如何打造，怎样打造并没有可以参考的模式。特别是对于电台主持人，隐身话筒后的身影以怎样的方式走向台前，听众能否接受，都充满了变数。但面对电视的冲击，广播主持人的隐身状态已经开始阻碍更加开放的大众的需求，在强调互动、贴近受众的节目形式下，主持人与听众需要更亲密的接触方式以达到更好的传播效果。十年前说到"包装"这个词，应该是最前沿的词汇之一了。而拍写真集，演唱原创歌曲，不仅需要领导有超前的理念和广阔的胸怀，同时需要更大的勇气和决心。当时我们只知道做节目也好，唱歌也好，上电视也好是我们工作的一部分，出名、利益，和大家这种单纯的动机并不沾边儿。年轻的我们更多的是享受在这个过程中的快乐，甚至只是希望在越来越多的

活动中，大家可以有经常开party的机会。

专辑封面中"感谢所有参与本专辑音乐制作的著名音乐人的大力支持"这句话是一定要表达的。应该说当时演唱这些歌的主持人的知

名度与这些音乐人相比还差了不少，但他们却不计报酬，甘当绿叶，拿出制作专业歌手的水准精心制作了这张专辑，对交通广播的诚心以及对广播人的一份情谊可见一斑。这也印证

了交通广播做事坚持的原则，要做就做最好的。

2000年的专辑极大地提高了交通台的知名度，并且迈出了打造主持人的第一步。我记得整张专辑第一次演唱是在交通广播"的士爱心公益基金"成立仪式上，是我和李洋主持的，这也是我第一次主持交通台的大活动。大家粉墨登场，主持人开始有自我包装的意识了。接下来为了庆祝台庆与北京电视台当时很火的《公益歌曲大擂台》合作了一期台庆晚会，主要由交通台主持人演唱自己的歌曲。主持人是当时在北京电视台的赵普和龚宁，以及任春燕和我，那是北京交通台成立七周年。之后的台庆晚会又和《公益歌曲大擂台》合作了很多次，直到这个栏目消失。

我在交通台录的第一首歌是翻唱戴军的《听那些歌曲》，雪村写的，因为歌词和感受与广播有关，我也很喜欢。当时正赶上录2000年专辑的尾声，有一天，唐琼跟王秋老师说，"杨洋唱歌应该还不错"，王老师就说，"那就录一首吧，收不进专辑可以演出用。"于是漫姐给我录了这首歌，后来在很多活动中唱过。

2003年"非典"刚刚解除隔离，时任台长的王秋老师毅然决定要录制一首歌曲来鼓舞士气。于是找到了和大家都很熟的著名音乐人班南来具体操作。记得王老师当时只定了一个歌曲的基调，就是要上口、公益，感觉像《明天会更好》。听到这个消息我们都很振

奋，因为在那个时候，刚刚经历了一段最危险的封闭时期，在一切都还不明朗的时候，需要有一个渠道去抒发憋闷已久的情绪以及振奋大家的心情。而歌曲此时此刻应该是最好的表达方式。

歌曲的小样很快就到了主持人的手里，歌词和旋律都很简单，非常上口，但听后感觉很有力量，用我们的话说就是副歌很"壮"。她有一个响亮的名字——《我们的家》。对大家的感激，对小家的眷恋，对国家的热爱，体现出了人与人之间最和谐的旋律。歌曲的录制非常顺利，一气呵成。

我记得《我们的家》是在《一路畅通》节目中首播的，听众反响热烈。应该说在"非典"这个特殊时期，《我们的家》作为音乐作品的推出，它的反应速度是相当迅速的。它不但极大地提升了交通广播的社会公益形象，也使听众感受到这个媒体浓浓的人情味儿。后来经时任北京电视台《文化北京》栏目制片人傅德刚老师的推荐，由交通台的主持人和北京电视台文艺中心的主持人又共同演唱了一版《我们的家》，并且拍摄成MV，在北京电视台滚动播出。据说之后的几年春节期间，北京电视台还会经常播放这首歌的MV。

如今，"非典"早已结束，但每当我们遇到困难时，不管是南方的特大雨雪灾害，还是汶川特大地震，我们总会想起《我们的家》。只要有人需要帮助，我们都会像家里人一样伸出我们的双手，不分彼此，让大家时刻都有家的关怀。而1039这个大家庭，不仅是我们的，也同样属于话筒那边的我们的听众，我们就像一家人一样风雨走过，并肩前行。所以，每当在台庆晚会上唱起这首歌，台上台下的人都像回家一样，把彼此最热烈的祝贺共同分享。《我

们的家》应该是我们的第二首台歌了吧！

　　同年，为了庆祝交通广播成立十周年这个大日子，时任台长的王秋老师决定再制作一张主持人演唱的专辑。这时交通广播主持人队伍又壮大了许多，而且有了相当的社会知名度。专辑的制作部分当然交给了获得极大成功的《我们的家》的制作人班南身上。如果说第一张专辑是摸着石头过河，那这张专辑可谓百花齐放了，大家都开始有自己的想法，风格也更多元化。第一张专辑基本是有了歌之后再找合适的主持人唱，而这张专辑是主持人可以根据小样选自己喜欢的歌。记得在闻风的工作室我和李莉听到了一些无词的音乐，都是有个人哼唱那种，编曲很简单。班南的意见是选一些民谣的东西会比较容易唱，也好听，不容易暴露演唱中的问题，从音乐的角度讲比较藏拙。当然大家也都有自己的想法，比如有人喜欢大管弦的东西，有人喜欢稍微民族点的东西，还有乡村和R&B。其实基本上都按照主持人自己的意愿达成了。我印象比较深的是有一首歌的旋律小样，一听就很有感觉。但我拿不准，感觉有点儿平，现场感会稍微差点儿，而这首歌后来被罗兵和雨霖选上了，很好听，歌名叫《骄傲》。其实这首歌本来是由罗兵和刘思伽演唱的，但女生的调不适合刘思伽，所以就错过了。谁都没有想到漫姐竟然把雨霖的声音缩成跟许茹芸一样，非常飘缈，非常淡定，这种感觉也很像雨霖。

　　在这张专辑中可以听到好几首合唱歌曲，除了上面那首都是由搭档演唱的，这也可以看出这几年来交通广播在节目设置上的变化。其实不管是电视媒体还是广播媒体，以主持人搭档出现的节目不少，但真正配合默契，相对稳定的并不多。而这几年来交通广播的节目和主持人之所以能迅速被听众认可和喜爱，这跟交通广播通过电波营造出来的活跃的气氛，欢快的气场是分不开的。而以搭档出现的主持人以鲜明的个性，默契的配合，迅速占领了市场。即使

是在《一路畅通》同一个栏目中，不同搭档的不同版本都会让听众津津乐道，既有记忆度，而又绝不雷同。我想，这是需要两点支撑的，一个是团结，一个是个性，缺一不可。

《欢乐正前方》的王为和闻风演唱了一首很HARD ROCK的《梦》。当时主持《动感北京》的新搭档王佳一和顾峰演唱了《什么都可以》，这首歌很能表现他们当时的风格。而且《什么都可以》也是专辑中第一首和听众见面的歌曲，当时是在交通广播每年都会举办的"交通宣传消夏文化广场"中演出的，演出地点是在西单文化广场。

专辑中本来是没有我和李莉合唱的《节拍》的。由于那时听众见面活动比较多，我们也希望能有一首原创歌曲可以现场演出用，于是就在一起商量。为了节约成本，我想到了上张专辑中专门为《一路畅通》创作的《节拍》很好听，如果能改编得更时尚点，应该会不错。于是我们就把这个想法跟王秋老师说了，王老师说："为了演出，可以重录，但不出现在专辑中。"我们很高兴，就找班大师（我们私下里都这么称呼班南）商量，我们的要求是要按照万人大迪曲编，重一点儿，现场要火热。后来当我们俩在录音棚第一次听到伴奏的时候，就觉得很high了。而班大师还不忘边听边描述，"这儿的吉他还有一轨，更重。""这儿到时候更宽。"这首歌完全颠覆了李莉和王为三年前的版本，其实也正好说明，我们都长大了。

再回来说说李莉的《花儿》。我们都没见过作者，据说这首歌是她的真爱，漫姐说她第一次听到这首歌的时候可以感动到热泪盈眶，听完小样后，我想这是真的。班大师他们一致认为这首歌很符合李莉的气质，坚忍中不失女性的妩媚，而这首歌的歌词表现得再贴切不过了。据说李莉没费什么劲儿就唱完了，李莉录音不属于较劲那种，基本音准，旋律没问题了，就差不多了。这

首歌是整张专辑中班南和漫姐最挚爱的一首歌，也是倾注心力最多的一首歌。当李莉都已经录完唱了，班大师还在思考中间的SOLO是用口琴好还是手风琴好，最后选的是口琴。而漫姐也把这首歌放在了最后缩混。说实话，我也很偏爱这首《花儿》所营造出的那个很有想象力的空间。

我的那首《信念》是歌手黄征创作的。歌词部分是我先写了一个创意给他，然后由他完成的。我觉得中速度的歌可以照顾专辑和现场，而且我又亲身加入过校园民谣年代，所以这首歌很怀旧。我们一般会进两次棚录声音，一次找感觉，　次正式录。记得我要正式录音那次约的是晚上六点，结果我在楼下停车的时候，把刚买的车给刮了，漫姐说，"咱改天吧！"再约时间又赶上台里的录音棚装修，噪音太大，无法录音，而时间又不允许再拖了，于是班大师提议去他的工作室录唱。我问班南，"我该怎么唱？"他说，"就跟没吃饱饭一样，别用劲儿就行了。你的声音太'壮'了！"于是我就气若游丝地唱了两个小时。录完唱后，班大师说，"伴唱今天来不了了，你自己把和声也唱了吧，自己的声音最贴。"我说，"我试试吧！"就这样，不成调儿地又唱了一个多小时，基本属于教一句唱一句。时间已经快到晚上八点了，我已经不用刻意告诉自己找没吃饱饭的感觉了。班大师非常投入，这时，漫姐提议是不是先去吃饭，班大师严厉地说："吃什么吃？唱不完就不许吃！"我们俩都吓傻了。当一切终于结束的时候，我们快乐地吃了一顿火锅，好香啊！这次难忘的合作，也注定了我们在日后的另一次合作——《实心实意》。

专辑全部录制完毕了，《节拍》连同之前的《我们的家》都收录在了专辑中。台庆前我们在王府井大饭店的阳光俱乐部举行了听众见面会，还给每个人设计了一个奖，什么最佳组合奖、最受欢迎男歌手奖、女歌手奖等等等等。回想起来，这也是我在歌坛获得的

最高奖项，很过瘾，拿奖拿到手软。这张专辑中的歌曲，在之后几年的台庆晚会中不断出现，绵延了好几年。

2005年，我们策划了一个活动，叫"十新十意十大评选"，但由于各种原因，活动基本不了了之。但这个活动的主题歌《实心实意》却唱响开来。当时我们找到时任交通广播副台长的李秀磊，想借活动也给《一路畅通》写一首主题歌。因为经过这些年的发展，《一路畅通》已经由《节拍》式的飘缈形式，基本形成了一整套独特的节目理念和节目模式，我们也想通过另一种形式来表现这几年的变化。李台长很支持，我们决定既然是量身订做，还是找班南，因为我们沟通起来没有障碍，他也很明白我们想要的东西。我提出想找李小龙写词，因为他之前跟小柯老师的合作很成功，他的词很直白，但又有想象空间，结构很美。曲调上我觉得应该延续之前交通台歌曲的风格，上口，但要时尚，编曲上最好有些北京的元素，比如二胡什么的。后来班大师说，这点实在加不上。我写了个词的

创意，还有《一路畅通》的一些片花的词给他做参考。李小龙把《一路畅通》的这些理念都融进了歌词中，而且还很有故事性。歌的名字让我们费了一些脑筋。我们原来想叫"十全十美"，希望我们的节目十全十美，希望大家的生活十全十美。但有一天跟一个朋友聊天儿的时候跟他谈起了这件事，朋友说，还可以有另一个角度。《一路畅通》倡导的是大家帮助大家的理念，这其实是主持人与听众之间，听众与听众之间一种实心实意的体现。如果大家都真诚地面对，面对自己，面对他人，面对喜悦，面对困难，那我们的生活该是多么的美好。所以，实心实意是一种态度，而十全十美本就是不存在的结果。

　　旁观者清。这件小事让我思索了很久。2005年，正是《一路畅通》从名声鹊起走到更高巅峰的时候，就在这一年，刚刚播出五年的节目就获得了中国广播影视大奖十佳公众栏目奖，受到了专家和听众的一致肯定。《一路畅通》虽不是一夜成名，但也属于出名趁

早的节目。我们几乎没走什么弯路就找到了一个正确的方向，这是何等的幸运。天时、地利、人和，使得《一路畅通》成为业界的一个标杆，全国很多电台都先后出现了类似的节目。但在荣誉面前，我们更不应该忘记《一路畅通》的初衷——实心实意地为听众服务。《一路畅通》这个名字描述了一个完美生活，正是由于大家彼此之间实心实意的帮助，才使得当我们面对生活中的不完美的时候，在这个节目中可以获得一份鼓励，一份帮助，一份如亲人般的呵护。我恍然大悟，"实心实意"比"十全十美"更有感召力！

"只要实心实意付出爱

生活就会超凡精彩

只要微笑

快乐不用等待"

现在看来，"实心实意"不仅体现了《一路畅通》的核心价值，同时也提倡了一种社会风尚。诚信、互助、坦诚、认真，这都是我们应该提倡的。和着《实心实意》的轻快节拍，《一路畅通》继续出发了。

2006年，交通广播又推出了一首重要的歌曲，这首歌就是大家非常熟悉的《有我陪着你》，由小柯老师操刀制作。这首歌很耐听，每当前奏响起的时候，一下子就把我们带进了北京熙来攘往的大街小巷，城市的气息扑面而来。《有我陪着你》是为当年台庆特别创作的，由我和李莉、刘思伽、罗兵，王佳一、顾峰演唱，这也是当时《一路畅通》的阵容。我们很爱这首歌，它的字字句句正是我们《一路畅通》每天的生活和感受。之后的台庆晚会这首歌都会作为第一首歌出现。在副歌部分大家可以听到那英的和声，这是因为那英也唱过一个版本，并且参加了我们当年的台庆晚会，后来她在北京电视台的春节晚会上也唱了这首歌。另外这首歌还有一个小柯版，小柯老师重新编曲了一版《有我陪着你》，我在晚会中听过一次。如今，这首歌

的旋律在交通广播经常可以听到，夜间还有一个同名栏目。

从《永远相伴》到《我们的家》、从《实心实意》到《有我陪着你》，看似几个平常的歌名，却串起了交通广播以及《一路畅通》这些年的探索和变化。《永远相伴》表达了交通广播人对听众的诚心和爱意；《我们的家》体现了广播与听众水乳交融、亲如一家的紧密关系；《实心实意》是我们和听众彼此建立的一份信任和鼓励；《有我陪着你》更传递了媒体的一份担当和责任。"为情而歌、为台而歌、为爱而歌"这是王秋老师对这些创作的总结。风雨十年，歌声传情，一路歌声飘过的日子，正是《一路畅通》和交通广播与听众相扶相携，共同成长的难忘岁月。

北京的快乐春天

很感谢傅老师在多年前给了我这么好的一个题目。

北京的春天，阳光灿烂，典型的北方的春天景象。空气中还带有一些严冬的凉气，温度也像个调皮的孩子一样忽高忽低。树木起初并不着急吐出嫩牙，它们不像花儿那样急不可待地想炫耀自己的美丽。可一旦露出了绿色便一发不可收拾，一夜之间，有的开始掉"毛毛虫"，有的开始到处飞絮，仿佛在宣告着夏天也不远了。

而在那个春天，也是这般阳光灿烂，也是这般柳絮横飞。然而这所有的一切都会让人觉得太刺眼了，飞舞的柳絮更搅乱了每一个北京人的心。那是2003年的春天，"非典"肆虐这个城市的春天。

2003年，《一路畅通》进入了第三个年头。刚过新年，有一天上节目，听众发短信说："听你们说话挺快乐的，你俩上节目就叫'快乐版'吧！"其实一个节目需要一些固定的符号。那年我和李莉，罗兵和刘思伽搭档，一组上一天节目，听众也特希望两个组合

能给大家更明确的不同风格。于是我俩一合计，在"快乐"后面再
加个"四季"，就是每天都快乐的意思，而且还可以区分出春夏秋
冬，"快乐四季版"的《一路畅通》正式叫响。随后罗兵和刘思伽
把他俩的组合叫做"亲爱版"。到后来还有一些临时搭档、临时版
本出现。比如李莉和唐琼两位爱吃的女生搭档的"糖炒栗子版"；
我和高瀹搭档的"艳阳高照版"等等，使《一路畅通》的名字更有
人情味儿，更具个性。

　　也正是在这个时候，当时是北京电视台《文化北京》制片人的
傅德刚老师邀请我们做一期节目聊聊《一路畅通》，那个时候大家
已经开始感到一种危险的逼近了。傅老师说，这个时候大家更需要
一种快乐的心情去快乐的面对困难，于是把那期节目的标题定为
《北京的快乐春天》。在不同的场合去谈《一路畅通》已经成为我
们平时的工作之一，从一开始去满足大家的好奇，到后来去讲发生
在这个节目当中这样那样的故事已经司空见惯。然而这个题目和这
期节目却是我一直念念不忘的，就像这期节目的结尾，慢镜头中我
和李莉走过官园桥，走进交管局，快乐对于我们，对于《一路畅
通》，甚至对于这个城市，都变得那么的写意。很感谢傅老师、焦

峰、马捷和《文化北京》所有的老师，朋友们，在这当中，以及之后的日子里我们共同经历的快乐时光。当生活在这个城市里的人们最需要快乐的时候，是这个名字更加坚定了我们快乐的精神。

知道北京要进入特别时期的消息我正在济南录制《阳光快车道》，那也是我最后一次录制这个节目。前一天晚上刚到济南就有朋友非常关切北京的消息，还开玩笑地说，"你没带病毒来吧！我们现在最怕北京人了。"那天上午正在彩排，突然收到台里的短信，说从4月26号开始集体轮班。为了减少人员流动，降低感染风险，《一路畅通》每组上一周节目，就住在台里。我当时第一个想法就是赶快回去。与此同时，剧组通知我，晚上回北京的机票和火车票都没有了。参加这期节目的正好还有几个北京的演员，于是我们决定连夜打车回北京，真是归心似箭呀！

剧组很体谅我们这些从北京来的演员们，那期节目录得很快，中间不断有朋友从家里发来短信，询问如何回京。晚上十一点，我们挤在一辆桑塔纳出租车里，向北京进发了。司机有些担心外地车辆不让进京，或者进去就出不来了。我们好言相劝，其实心里也有些忐忑。凌晨时分，我们顺利地进入了北京，但心里却空空的。在二环路边，朋友开车接到了我，不管怎样，回来就好。

《一路畅通》也从交管局搬回了我们的建外机房，很久没有过这种集体生活了。我们交通台在电台的十六层和十七层，十六层本来有一间值新闻班的宿舍，在它的旁边又腾出了一个房间，每个房间有四张床，新买的床和被褥，这就是我们的男女生宿舍。

平时人来人往的电台一下子安静了许多。电梯不用等了，吃饭不用排队了。然而，我们可以感觉到，虽然北京那年的春天阳光格外灿烂，但每个人的心头却是乌云密布。《一路畅通》还是每天准时和大家见面，路况信息显示屏却是一片空白，很多听众发短信说，"'一路畅通'终于实现了！"也有听众说，"照这样下去，

你们就失业了。"我们的广告也从没这样少过，因为像家具城、洗浴中心、饭馆这样靠人流吃饭的地方几乎没有了生意，于是广告也都不做了。我们就像放了长假的孩子一样有些无所事事。

也许正因为大家都被困在了一个小环境里，才更渴望那片自由的天空，才更希望沟通和交流。于是，《一路畅通》正好成为了这样一个平台。起先上节目的时候，有点找不准感觉，拿不准该用怎样的心态和语气去面对听众。当我们的短信平台被很多知心的话语占据的时候，我知道，大家更需要在《一路畅通》里找到信心和勇气。"我今天开车出去溜达了一圈，二环路真畅通！""我是一个售货员，商场里真冷清，我们比顾客多！正听你们节目呢！""虽然没有乘客，我们还得照常运营，我是一个售票员，刚给车消完毒。""突然不上班了，感觉有点空虚，听节目的感觉都不对

了。""我家是外地的，虽然放假也不能回家，家人很惦记北京的情况，我也想他们。"《一路畅通》就像一个窗口，让彼此感受着外面的世界。而我们依然"快乐"地和大家聊着家长里短，用快乐鼓励着彼此。

那段时间，生活一下子慢了下来，也少了很多烦恼。比如堵车，比如约会迟到，比如吵架，大家被一种消失了很长时间的平静充斥着。生活也变得简单了。每天上班，去食堂吃饭，偶尔也去饭馆吃一次，几乎没人。然后跑跑装修，因为自己家的装修已经进入了收尾阶段，但是工人们都回家了，所以可以先把家具和电器买了。对于经历过北京"非典"的人们，那一段时间的"一路畅通"，至今都难以忘怀。

当疫情被控制住的消息发布后，北京从一座"空城"又被逐渐塞满了，大家像小鸟一样雀跃着飞出家门。北京又堵车了，大家开始怀念不久以前的一路畅通，但我们更渴望蓝天，绿草和湖水。于是后海火了，朝阳公园火了，远郊景点火了。人们突然感到，我们曾经围起的那些墙，其实是把自己困住了，也包括我们自己对别人，对大自然，对一份快乐的心情。敞开心扉才能让阳光照耀进来。

时任交通台台长的王秋特意请我叫他"班大师"的著名音乐人班南制作了一首反映团结一心抗击"非典"的歌曲《我们的家》。如今，每到我们面对困难时，这首歌总会在大家的耳畔响起，不管是扶弱济贫，还是冰冻灾害，是"家"这个字把我们连在了一起。就像我们和路上的朋友，亲如一家。

转眼间，我们离那个春天已经有六年的时间了，如果不是想起《一路畅通》的日子，"非典"已经逐渐被我们淡忘了。然而就是从那个春天开始，我们更加懂得快乐对于我们自己，对于我们的城市，对于我们的生活是何等的重要，我们又是何等的渴望。虽然我

们今后的日子，还会有疾病，还会有烦恼，还会面对更多的困难，但从那个春天开始，我们知道只要快乐地面对，这些事情没有不可战胜的。北京的春天，是属于每一个快乐的人的。

足　迹

你会经常翻看旧照片吗？还记得小时候偶尔会因为一点什么事情，家人心血来潮，从大衣柜底下的大抽屉里翻出一堆夹在书中或者大信封中的相片铺在床上翻看。大大小小的黑白影像一下子像过电影一样把我们带回到过去的时光，遇到从前的人，从前的事。这样的黄昏充满了温馨。如今除了LOMO我已经很少洗照片了，但如果给朋友照了相片我每次总爱挑出一两张觉得不错的洗成相架送给朋友，我总会觉得很特别。现在我的电脑里存了很多数码相片，有时打开电脑下意识的动作就是去看看有照片的文件夹，很方便，但质感不同。因为写这本书，把从前的照片都翻了出来，有胶片的，有数码的，还麻烦台里的孙姐和张丽提供了很多难得的影像。这十年，我去过一些地方，难得可以有机会和大家一起分享旅途中的点点足迹。

1999年，当时在中国教育电视台北京频道有一档我和王为、孙佳星介绍MV的音乐点歌节目《校园点歌台》，如今有时遇到一些二十几岁的朋友还会跟我提起这档节目，提起的时候都会面带微笑地补充一句，"那时候我还在上学！"他们都还年轻，是否在提醒我已经老了？所以我想，上学的时候我们在很长的时间里谈不上快乐，但有歌声的日子我们总会记得。也是在那个节目里我结识了王为，于是有了后来被引荐到交通台的经历。孙佳星是我小时候经常能在卖磁带的柜台里见到的名字，也是改革开放后最火的童星之

一，主攻唱歌，从小就是通俗唱法，而非普遍的童声。著名的作品包括《聪明的一休》、《找爸爸》。我特喜欢《找爸爸》这首歌，是一部日本动画片的主题歌，"我要我要找我爸爸，去到哪里也要找我爸爸，我的好爸爸没找到，如你见到他就劝他回家。"这是我凭记忆复述出的副歌部分。孙佳星大概出了二十几张专辑，与当时磁带销量巨大的张蔷齐名。据说她挣了一台电视机的钱就收山了，可你要知道当时她每张专辑的销量都在100万张以上，这个数字如今对最畅销的歌手来说也是天文数字！所以我给她起了个绰号叫"百万歌后"。孙佳星后来考入了中央戏剧学院，如今演戏、配音、导戏，就是不专业唱歌，我还真挺替她惋惜的。但我知道，她是永远离不开歌声的。有一次，白天我们约好去钱柜唱歌，她说："我是麦霸，你听我唱就行了！"在接下来的三个小时当中，她为我开了一个人的演唱会。古今中外，无论男女，通唱！她能把每位歌手的特点模仿得惟妙惟肖，还加入自己的理解。唱歌的时候是她

最快乐的时光。

　　2000年我们一起去了趟韩国，是栏目组带领一个FANS团去见当时在中国很有影响力的一个明星，他叫安在旭。这是我第一次真正见识了明星国际化的运作。当时我们还在盛行明星开见面会、签售会，这已经是很时髦的宣传了。哪里想到人家可以把来自亚洲各地的FANS圈在一个前不着村、后不着店的大型度假村里陪着玩儿上三天，那阵势还是第一次见到。抵达汉城（如今叫首尔）后还要再坐好几个小时的车才能到达会场。下车的时候已经是黄昏了，只见团中一人大喊："快看安在旭！"顺着她手指的方向，一位男士站在一个小土坡上正在和来自不同国家、地区的FANS们招手致意，我仿佛看到他在说："钱啊，钱来了！"在之后的几天里，FANS们和安在旭一起在泳池里戏水，在山坡上开演唱会，同吃同住，不亦乐乎。而我们三个呢？实在憋闷坏了，晚上出门走一段山路，终于找到了一个酒吧，享受一下乡野生活。三天后，我们被放了出来，终

于看到了首尔的样子。很多人都喜欢去南大门购物,孙佳星的评价是,"不如东四!东西东四都有,价钱贵得出奇!"(当时北京的东四还是年轻人的时尚聚集地)于是我只买了一副隐形眼镜,因为之前丢了一只,现在终于可以看清楚东西了。然后我们又去了济州岛,经香港回来的。录的节目播了一个星期,赞助商很满意。

英国是我很喜欢的一个地方。2002年,我和李秀磊、王为、刘思伽、谢先进前往英国考察,BBC为我们安排了丰富的内容。其中最重要的就是参观有百年历史的伦敦地铁。伦敦地铁(London Underground)直译就是"地下的东西",这样的用词遣句当中有一种不言而喻的权威意味。好像是说:提到伦敦的地下,除了地铁,你还能联想到什么?它是世界上第一条地下铁道,总长超过400千米。1856年开始修建,1863年1月10日正式投入运营。它长约7.6千米,隧道横断面高5.18米、宽8.69米,为单拱形砖砌结构。当时是以蒸汽机车牵引列车。1890年又建成一条地下铁道,长5.2千米,隧道为圆形,内径3.10~3.20米,铸铁管片衬砌。用电力机车牵引列车,为世界上第一条电气化地铁。现在英国伦敦地铁列车通过第三轨供直流电,电压为600伏。列车运行速度约32千米/小时,最大时速达96千米。伦敦地铁于1971年开始在维多利亚线区应用遥控和计算机技术操纵列车。伦敦地铁在战争时期曾被用作地下掩体。二战期间,每晚平均均有6万居民进入隧道,最多时达17.7万余人。最近伦敦地铁正在进行改造,有条件加装空调的车辆都要加装上空调,要不太热了。

伦敦地铁方面的副总接待了我们,陪同我们参观了伦敦地铁最现代与最古老的车站,甚至还带我们进入了一段如今已经被关闭了的隧道当中。其实很感叹英国人能把传统与现代结合得那么好,他们宁可付出一些我们看来很不人性化的措施也要很好的保留一段历史。这与我们熟悉的"以人为本"好像有点相悖。但其实你

会发现，这种保留是为了更好的
发展，而非急功近利似的冒进。
精神的传承才是发展最无尽的动
力。因此你会看到在早晚高峰
期，没有改造条件，又无法适应
巨大客流的车站可以关闭，甩站
不停车；古老的地铁因为高度的
原因无法安装空调，乘客只能忍
受，但表示理解。这其实体现了
一个民族心态的成熟与智慧。

　　早晨出了威斯敏斯特地铁站
一眼就能望见大本钟。身边一位
穿黑色风衣的小伙子快步登上
台阶，抬头望向古老的大钟，
微笑着喊道："Good morning
London!"（早安，伦敦！）我
为之一震！那份鼓励，那份自
信，那份对即将开始的一天的期
待与热情，以及对生活的憧憬与
热爱随着喊声一下子迸发出来。

快乐是来自内心的，所以在之后
的日子里，这个场景会时常浮现
在我的脑海中，我爱的伦敦是没
有雾的。秀姐一路上很照顾我
们，本来应该是我们去照顾她
的。这些照片都是用胶片拍的，
相机不错呦！

　　2003年"非典"过后大家对大自然极为向往，再加上买车的人增多，自驾游的形式开始发展起来。而出国自驾在当时还是很前卫的。十一期间，我和王为有机会随团赴德国自驾，同时感受一下那里的交通组织。这条线路被称为浪漫之旅，所以不经过柏林。在五天的行程中，我们穿越了大半个德国，相当辛苦。团里有一位在使馆区教中文的姐姐，在北京开一辆赛欧，这在当时算是很时尚的一款车了。她在车队中是尾车，所以更加辛苦。德国的高速公路基本上是不限速的，如果头车开140迈的话，到她那里最高要开到160迈以上。大姐每天睁开眼就开车，到了景点就问，"今天还有多远要开？"如果听说还有400公里，她就不逛景点了，在车里睡觉。等晚上十点多到了饭店马上上床，所以德国的浪漫之旅对她来讲真的是一条漫漫长路。说到浪漫，有两位团友是两口子，按说应该很适应这样的自驾。但是到了第三天，两口子很不好意思地找我说，"我们车里有很多好吃的，你能不能帮我们开两天车？"原来，俩

人也觉得什么都没看见，于是让我当司机，我就这样当了两天灯泡儿。所以，如果有以上担心的朋友还是不要考虑自驾游了。而且最重要的是，国外自驾我们人生地不熟，车队又拉得很长，我们就遇到过因为打双闪，速度太慢把警察招来的经历。这种行为在国内可能还被理解，但我深切地觉得非常的不好意思，这在国外是违法的，而且很被别人所不耻。我倒觉得，在我们羡慕德国高速不限速的时候，要知道这是建立在大家严格遵守交通规则的基础上，如果没有这个前提就保证不了安全了，在这方面我们确实差得很远。

2004年我和音乐台的伍洲彤有机会去加拿大国际广播电台交流，双方第一次合作节目。时任国际部主任的冉迪老师帮我们安排好了行程，并嘱咐这次节目交流的重要性。以往做节目从没有放在一个国际化大背景下去考虑过，而这次交流最重要的是要把我们希望传递的来自北京的声音以一种开放的姿态、平和的心态，让不同国家、不同信仰的人们去了解和接受。这种思路和心态的培养对于我日后的节目其实也是一种很大的启发。冉老师以她多年的外宣经验为我提供了很好的思路。

节目形式很快就确定下来了。由于我做《一路畅通》，想到一个城市交通的变化其实就是一个城市生活百态的缩影。于是我就想找几个最能代表北京在一天当中不同时段的不同生活节奏的地点和最具特色的音响来展现北京的面貌，然后再与蒙特利尔同一时间的不同声音进行对比，展现地球两端不同城市在同一时间下发生的不同故事。用声音跨越时空，表现出彼此的好奇，彼此的交流，体现地球一家亲的主题。这其实是一个很开放的状态，每位听众都会通过这些声音加入自己的理解和体会。领导很快认可了我的想法，加拿大那边对这个创意也很感兴趣，我开始着手准备。当时我首先想到早晨最能代表北京的声音应该是电报大楼的钟声，然后是国旗护卫队的脚步声，再加上《北京颂歌》。当我很自豪地跟一位朋

友说起这个想法的时候，他提出了不同的看法。他认为早上最北京的声音应该是来自老百姓的声音，这是最能被不同文化背景的人们所接受的声音，而通过这个声音表达的是一个和谐、稳定、安居乐业的生活状态，这也是我们要通过节目去告诉听众的，这种表达很自然又容易被接受。最后呈现在节目中的是电报大楼的钟声加上我早上到天坛公园采的一段公园里人们唱戏、喊嗓、聊天、欢笑、唱歌的声音，而这歌声恰巧就是《北京颂歌》。一句解说，"从前的皇家园林如今已成为了百姓的乐园。"把古老的北京与崭新的北京联系起来。这段一分半的音响是我在蒙特利尔首先合成出来的。加拿大国际广播电台主管中文频道的总监第一时间听到了这段据他说是从没听到过的奇妙的声音，因为里面唱戏和胡琴儿的声音是他觉得既陌生

又动听的声音，而他虽然听
不懂老人们在聊些什么，但
那爽朗的笑声却在告诉他这
是一群快乐的老人，他们在
这个城市中幸福地生活着。
总监提议想把这段声音做进
中文频道的开始曲当中，这
让加拿大的同仁也很振奋。
想想北京的早晨正是蒙特利
尔的晚上，那里正上演着音
乐会，我们聆听了蒙特利尔
皇家交响乐团的演出。地球
的两端，两个城市，在同一
时间，不同的人们，通过声
音彼此了解着，这个节目叫
《时间的两边》。

　　在加拿大工作和国内完
全不同，它的分工很细。我
在那里参与直播的时候看到
主持人是不允许操作机器
的，专门有一位导播在外面
操作。而节目合成也不能由
主持人来完成，必须由录音
师合成，所以无形中反而加
大了我们的工作量，你必须
花时间去和录音师沟通和解
释。所以在蒙特利尔的五天

里我早上七点自己从饭店走到电台开始工作，包括剪前一天的采访和进行新的采访，然后根据订好的机房去录音以及合成。晚上十点离开电台回到饭店再编稿到一两点钟。但强烈的创作欲望让我充满了兴奋的感觉。我庆幸碰到了一位酷爱音乐，自己可以编曲的录音师Micle，他对我从北京带过去的音响以及音乐充满了好奇，他是一位既专业又敬业的好伙伴。所以我们的合作是一次愉快和令人兴奋的相遇。照片上的时间可是晚上，Micle主动说不要加班费，他愿意听这些声音，并且他也加入了自己的理解和创作。当我们停止了最后一个音符的时候，大家都希望可以再来一次。我想，这就是声音的魅力，它让彼此生活在陌生的环境、陌生的文化背景下的人们相互产生了好奇，产生了了解的渴望，这种沟通和交流不正是一个良好的开始吗？它跨越了时间，跨越了地域，让陌生的心灵开始接近。就像Micle主动加入自己的创作一样，其实每位听众都会加入自己的理解。同样感谢赵黎和何方老师。

我们的行程在美丽的温哥华结束，当时国内正在热播一部电视剧《别了，温哥华》。我们得知温哥华正在申办冬奥会，但没有时间去雪场看看了。而明年温哥华冬奥会真的要举行了，七年，转眼过去。

在加拿大没有看到雪山，有点遗憾。我真正和雪山亲密接触是在2005年随"搜狐美女与野兽"登山队去西藏攀登启孜峰。虽然行程只有一个星期的时间，但却让我学懂了很多不曾有过的经验，也让我找到了人生的方向，受益终生。之前我不是一个太热爱运动的人，所以对于能否登顶并没有太多的期待，只是觉得能够在一个专业的环境中去登山是一次难得的机会。而且那个时候也很想去西藏看看。作为活动唯一合作的广播媒体，我还需要每天做一期音频节目发布在北京广播网和搜狐网上。我喜欢挑战，这种移动制作及传输对广播来讲在当时几乎没有。而这次又是在高原上，条件很艰

苦，除了挑战制作传输方面的技术还要挑战自己的身体。那时北京广播网成立不久，走之前，我跟遥遥确定了所有的技术环节以及下载时间。到了拉萨以后我非常小心，但还是由于把自己的行李箱在屋里移动了五米的距离而在电梯里晕倒了，虚惊一场。每天我负责采访、写稿和录话。和我一起去的助手韦至负责每天节目的合成。前两天很顺利，遥遥每天早上就可以接收到我们合成好的节目了，每期二十分钟。到了第三天，我们晚上在拉萨中学体育馆举行了一场公益演唱会，我和谢娜主持。演出阵容很强大，包括孙楠、郑钧、李冰冰、高圆圆、曾宝仪、胡歌、胡静、姜培琳等人。现场的孩子们让你无法不激动，为了和大家互动，我们在一米多高的舞台上跳上跳下，根本忘了高原反应。但回到酒店，人几乎快要崩溃了，但依然处在兴奋之中。凌晨一点的时候韦至给我打电话，告诉我刚做好的节目丢了，沮丧之情我深有体会。要知道在高原上完成

这样一件工作是很不容易的，我只好安慰他。其实没有人规定我们一定要完成什么事情，但我想，既然我们选择接受了对自己的一份挑战就应该尽力完成它。我们来西藏其实不是去挑战一座雪山，而是要挑战我们自己。第二天早上在餐厅遇到韦至的时候，他说两点多做完了节目，已经发出去了。韦至当时还是传媒大学的一名学生，如今已经开始了自己的主持生涯。我想，每个人都需要这样的成长吧！

从西藏回来后，我又想起了自己从前进入广播界有一个原因就是喜欢调音台，所以那个时候经常给同事录音，混得人缘儿很好。总感到面对如今技术的发展自己已经落后了，于是开始自学制作，这在第二年的德国世界杯中大显身手，那是后话。

终于还是因为身体含氧量过低，没有继续向顶峰冲击，和谢娜从雪线上下来了。陪我下山的是一名北大登山队的志愿者，路上他给我讲起了他登山的故事。男生看起来并不强壮，戴着眼镜，但目光非常的坚定。他说，在一次登山途中他失去了两名朝夕相处的队友，看着他们活生生地消失在了冰裂中。那个时候他才明白自己登山真正的意义，其实不是要挑战可以吹嘘的高度，而是在这个过程中领悟生命与大自然的意义。说到这里的时候，他停住了脚步，深

情地望向远方，我想，此时一定会有一张熟悉的面庞出现在湛蓝的天空，对大自然的敬畏其实就是对生命的尊重。身边正好有一队女僧人背着生活用品从山上下来，这些僧人有说有笑，脚步很是轻快，还唱起了山歌，很像韩红的一首歌的开始部分，我也附和了两句。她们面带笑容很惊讶地看着我，在前面不远的地方停下休息。学生告诉我，这座山对当地人来讲不算什么，他们经常会翻过山去看亲戚。山对他们来讲不是障碍，而是他们生命中的一部分，因为这座山养育了他们的祖祖辈辈。没有登顶多少会有些沮丧，但这份心情却因为这位爱登山的学生的故事和这一路的风景让我改变了

　　许多。这一路的收获原来才是最宝贵的。

　　下山后，和留守的伙伴一一告别，虽然只是几天的相处，但这份经历却是终生难忘的，我们至今都是很好的朋友。路过羊八井，我和谢娜央求司机师傅给我们一个小时的时间去洗温泉，因为在山上这几天基本上连脸都不洗。我所有的钱都放在了山下，谢娜翻出了二十五元钱，我不知道她到山上可以买到什么，但这个时候正好派上用场。经过精打细算，这点钱只能在户外池，当然我们也乐得这样，看着雪山泡汤，当然好了。然后添置了最便宜的泳衣泳裤，我主动放弃了毛巾，因为钱不够了，但可以再买一包零食。洗礼之后，我们回到了拉萨。在八角街正好碰到台里西藏助学行的车队，晚上和李秀磊、唐琼、梁子他们一起吃饭，讲起各自一路上的故事，我想每一位去过西藏的朋友都会有一段自己的故事。前些日子去搜狐接受采访，正好是大鹏主持，当时去西藏的也有他，我们又聊起了难忘的登山之行。他告诉我，如今启孜峰已经成了每年西藏

登山节的一个项目，在我们当时搭帐篷，钻睡袋的地方已经建起了二层小楼，成为了固定的大本营，条件今非昔比，跟住宾馆一样。但我想，如果让我再选择一次的话，我还想听夜晚雨滴打在帐篷上的声音，我还想去那个再往前迈一步就是深渊的厕所，我还想看到黄昏被彩旗围绕的大本营飘起的袅袅炊烟，我更记得站在山上，举目远眺，一目一景，只有牦牛在身边做伴，和着呼呼的风声，耳畔响起悠扬的《天路》，我的泪水夺眶而出。没有原因，只因我又找到了那个最纯真的自己。

　　人在特定的环境中总会交到特别的朋友，于是2006年我们曾经一起登山的朋友又在那个夏天向德国出发了，这次的任务是报道世界杯。每天我要在德国完成一个专题的制作，然后发回台里，在晚上《新闻直通车》节目以及北京广播网播出。有了西藏的经验，我对这次的报道很有信心。除了声音记录之外，当时博客已经开始盛行，所以每天还要写一篇东西，而我的节目更像是播客的记录。这次的路线跟2003年的那次差不多，所以有种故地重游的感觉。很多感受在《疯狂的世界杯 宁静的德国》这篇文章中有介绍。

　　总觉得运动和旅游以及摄影应该是归于一类的喜爱。交通广播和A1达成战略合作之后，我们开始出现在A1赛场。以前对赛车没什么了解，这项运动在中国开展得并不普遍。但随着经济水平的提高，有了物质保障，玩儿车的人也越来越多了。关于A1我去过两站，一站是上海，另一站是澳大利亚。上海站的观众

基本上是赞助商组织来观看的，除了主看台，其他地方没什么人。而澳大利亚就不一样了，除了看台，你还可以在四周的草坪上看到很多来野餐的人们，大家把它看做一次郊游一样。活动也很丰富多彩，有车模展示，杂耍游戏等，助威团也各具风采，总之有点像嘉年华。赛车还是一定要到现场去观看的，马达的轰鸣声和车轮摩擦地面的声音会让你所有的毛孔都张开，情不自禁地兴奋起来。

在澳大利亚，我去了悉尼、墨尔本和黄金海岸。悉尼的邦代海滩是我很推荐的一个地方。那里有一个建在海里的游泳池，浪花拍打着池边涌进池里，很有意思。在海滩旁边的一个便道上有一个矮矮的雕塑，一艘小船上几个人正在用桨奋力地划水。它记录了在这里曾经发生的一次海难，英勇的救生员把这些人救了上来。雕塑坐落在这个不显眼的地方已经几十年了，看到它的人们都会俯身下去读一下铭牌上的文字。雕塑并不张扬，而人们报以尊重的姿势也很低调，然而彼此间传达的心情却是如此的真切。这应该是一种特别的表达吧！

在墨尔本按照《Lonely Planet》的指示走了一个下午，它就像一个解说员一样总在特定的地点出现。这也养成了我之后去到其他地方都会带上这样一本书的习惯。因为时间问题我把预定好的海岸旅行取消了，于是可以有更多的时间坐着city circle仔细看看这座城市。当时正值一年一度的澳洲网球公开赛，我特别停下来去赛场边转了转。黄金海岸有我最爱的海滩，待了四天，已经很奢侈了。

其实，这一路走来，不管是在德国还是澳大利亚，见到我的人都会提起北京奥运会。2008年，我在青海湖见证了奥运圣火的薪火相传。我和记者赵鹏还有遥博一起参与报道。当火炬到达设在青海湖的主会场时，蓝天为幕，巨大的青海湖当做最好的背景，我们激动地认为这是奥运火炬传递最美丽的一站。有意思的是，遥博在青

海报道中身体有了反应，后来回到北京得知有了小宝宝。如今宝宝已经一岁了，这也应该算是奥运宝宝吧！

　　一路走来，脚步匆匆。十年间，记录这些足迹的装备从胶片相机到数码单反，再到每次都会带上的LOMO，而手中的话筒却是不曾离身的。声音带给我们另一种记录，重温这些记录，带给我们一份成长的历练。

当一切欢乐的**掌声**，辉煌的**灯光**
华丽的**背景**随着人群散去之后
舞台又恢复到它本来的面貌，昏暗，幽静，无精打采
然而我喜欢这种真实的感觉，因为它是**真诚**的
真诚地把它最本来的面目丝毫不加掩饰地**袒露**在你的面前
仿佛在诉说着那份**繁华**过后的孤寂和冷清

父亲的失误

　　杨洋，一个俗到在你的电话本里一定会重名，要标上12345才能区分出来是谁的名字。父亲把全世界姓杨的最俗的一个名字送给了他的儿子，而且没对我做过任何解释。我初中入学的第一天老师为了加强同学之间的相互了解，让大家把自己的名字解释一下，还要评奖，看哪个同学给大家的印象最深。我们班还有一个姓杨的男生，叫杨予平，看看人家这名字，光看字面，你绝对想不出父母起这个名字的用意。那得刨出多少历史，翻烂多少字典才能把这两个字凑在一块儿啊！反正他的成绩一般，但那次评奖他是我们班第一，老师说他的名字最有文化，寄托了父母最大的希望。当然，我对"杨洋"的解释就很字面化了，大概就是说父母希望我的学识像浩瀚的海洋一样渊博。我想，要你也会这样解释吧！

　　我记得那天回家以后我跟父亲说起了这件事，埋怨他为什么不早点把对这个名字的解释告诉我，我期望他能有一个特别的回答。可父亲却笑着说："你说得很好呀！当初你爷爷非要孙辈的男孩儿都叫杨红……我觉得不好听，可你的曾用名也不好，于是就在你上幼儿园的时候重起了这个名字。当时只是想，这个名字别让小朋友们那么容易起外号就好了，再说也好记。"父亲的目的达到了，我在学校里还真的从来都没有过外号。

　　这已经是20多年前的事情了。就像父亲没有告诉我是否把他的希望放进我的名字一样，他也从来没有跟我说起过他给我设计的未来。所以我可以这样恣意地长大，做自己想做的事情，爱自己所爱的。但是我发现，随着年龄的增长，父亲的希望明显地多了起来。他希望你健康，希望你快乐，希望你有一个家庭，有一

个孩子，希望你能常伴左右。恍惚间，他已经把你当做一个大人，在对自己的儿子越来越"失控"的时候，他只有通过"希望"来表达他的想法了。

这可能跟80年代后父母和孩子的关系是不一样的。虽然父亲从没说过他的希望，但在我成长的过程中，他告诉了我很多他的"不希望"，于是就形成了很多的规矩。比如很小的时候，他就告诉我和姐姐无论吃什么东西都要先给长辈，所以小时候在吃苹果的时候，无论自己拿到的是多小的一个，都要先让长辈咬一口。当然多半时候长辈都是不吃的，还会夸你懂事。而如果真的咬了一口，我想也是因为那个时候在一般家庭可以见到的零食并不多，家长是舍不得吃的，只是咬上这一口就算是吃到了。而我从小印象最深的，关于父亲对我的"不希望"就是他绝不希望我干文艺这一行，这是一条铁的纪律。现在看来这一条他也"失误"了。

父亲1960年参军，当时16岁，是文艺兵，在铁道兵文工团做舞蹈演员。由于是在这个年龄开始搞舞蹈，吃了不少苦。在艺术的道路上，我和父亲竟有着惊人的相似。他当时搞文艺，爷爷奶奶是反对的。我最后辞职做主持人，也并不是父亲最初的希望；

他跳舞先天条件并不好，个子不高，在那个年代演不了英雄，当不了主角；我最初的声音条件也并不好，考过广院播音系，但没有成功，最后学的计算机专业。但父亲一直到退休都没有离开过舞台，他最后成为了团长。我想，如果我可以预知未来的话，我会一直手握话筒的。但我知道，父亲之所以最后没有阻挡我走上主持的道路，是因为在我身上完成了他没有完成的东西。这和很多父母把自己想做但做不到的事情强加在孩子身上是不一样的，我的这条路很顺其自然。

我生长在一个军队大院，在北京的西郊。四周围都是这样一个院子一个院子的，都叫什么什么司令部。所以以至于后来我认为凡

是住宅就必须有围墙，否则不能住人，没有安全感。还必须是大铁门，有站岗的，围墙上必须有玻璃碴子。

1973年，因为父亲的"失误"，母亲怀了我。两年前，他们已经有了一个女儿，就是我姐姐。因为家里负担重，两个人商量要把我"解决"掉。于是在某一天的一大早，他们特意请假来到大院的门诊部。就在父亲上厕所的空当，母亲一咬牙回家了。她对父亲说，反正

也想要俩孩子，孩子离得近也好，一块儿都带大了，将来省心。据说父亲也没有反对。到我出生前那天晚上，我的老奶奶，也就是我父亲的奶奶说她梦到了一匹大白马飞到家里了，于是说肯定是一个男孩儿。果然如此。

老奶奶很疼我，我叫她老太太。我至今仍能回想起老太太那有些粗糙的大手，总那么温暖。在我两岁的时候，老太太回老家了。我从幼儿园回来，找不到老太太，哭了一天。后来关于老太太的记忆很多都是父母告诉我的。但我能深深地感受到，我现在的某些观念有她潜移默化的影响。

不许我搞文艺，是从我出生开始父亲就定下的规矩，但他会经常带我到练功房去玩儿。因为那个时候两口子都是双职工，又都不是一个孩子，一方带着孩子上班是很正常的事情。不像现在，如果有同事带孩子上班，大家都会有些奇怪。练功房很高，由于在最顶层，得有三层楼那么高，而且很大。里面有两面墙的大镜子，前面是一排把杆儿。还有一架钢琴，以及很多海绵垫子。我们这些孩子经常会趁里面没人的时候跑进去乱弹钢琴，或者在海绵垫子上打滚儿，或者吊在双杠上晃悠，童年就这样一晃一晃地被抛在了身后。

当然也有正经的时候，特别是在大人排舞蹈的时候，我们是不敢出一点声音的。那时除了钢琴伴奏，还有最古老的唱针录音机，音乐是录到一个开盘带上的。由于练功房都是木地板，所以总会散发出一种特殊的味道，耳边响起的都是脚落到地板上的咚咚声。我那个时候认为最高难度的动作就是大跳了，我自己也会学着跳上两个，但一定是一只手在前面平举，一只手在后面平举，大概英雄出场都是这样的。我那时也只是好奇，从没动过想学舞蹈的念头，因为父亲总是开玩笑地说，如果我要跳舞他就打断我的腿。

所以对于现在很多孩子都在玩儿命地学唱歌学跳舞，为了升学或者就业而不惜一切代价时，真不知道家长是怎么想的。那时候我

们班有三个男生的父亲是搞文艺的，我们三个的学习都不错，后来也都没有学艺术专业。

当然，上了小学，老师是很重视我们这些有文艺细胞的孩子的。他们的理论是"老鼠的孩子会打洞"。而我们学校由于守着铁政和空政这两大文艺团体，艺术水准也是颇高的。特别是像我们这些家长是搞文艺的孩子，老师总是特别照顾。但也有看走眼的时候。比如我们家对门儿的那个男生跟我一班，父亲原先是拉大提琴的，母亲是搞声乐的，但他唱歌总跑调。我们音乐老师的丈夫是我们团拉小提琴的，所以她对他的家史很了解。于是，只要轮到这个孩子唱歌，老师总会喋喋不休地把他的爸爸妈妈数落一顿，搞得我们这些艺术家的后代也惴惴不安。当然，最看走眼的还当数我姐。她小时候长得特可爱，再加上父亲是搞文艺的，老师总对她抱以厚望，但无奈她总难撑大局。有一次文艺汇演，姐姐连上台的份儿都没有，可她从来不觉得有什么不好。恰巧父亲出差带回一些香蕉，那时是很稀罕的，因为那时还没有反季节水果生产，而运输成本又很高，所以要想吃到非应季的东西一定要从当地带回来。父亲见别人演出姐姐也没有什么事情，就给她带了两个。正当其他同学演出的时候，姐姐拿出香蕉开吃，那面庞就更可爱了，粉嫩的脸蛋儿配上金黄的香蕉，那幸福感油然而生。老师再也看不下去了，于是也如此前的那位音乐老师一样，把我父亲给说了进去。可我姐就这点好，她从不往心里去。其实姐姐唱歌是很好听的，只不过她从来不爱出风头。

我唱歌从没经过专业训练，但老师总让我领唱。所以我也无从评价我小时候唱歌到底好不好。那时候每个中心都有"少年之家"。我们中心最红的歌手叫尹征，他能唱得很高。他父亲当时是空政的，后来去了中央电视台。他后来改名叫伊阳，南下广东发展，也曾有些名气。我们有个男生小合唱队，经常参加比赛。尹征

跟我姐是一届的，通常他领唱一首，我领唱一首，伴唱当中就有和我父亲一个团的那两个同事的孩子。反正每次都能获奖，奖品早忘了。只记得每次去比赛，妈妈总会拿一个大铝饭盒给我带两个馒头加煎荷包蛋。吃的时候都是凉的，馒头会掉渣儿，鸡蛋有点腥，但那是我最爱吃的。但遇到大合唱的时候，尹征就不领唱了，他唱独唱。我没有独唱的机会，但可以担任领唱。全校不分年级，大概组织了将近一百人唱大合唱。向我这样低年级的人少，主要是高年级的，在这些人的身影中是可以找到我姐姐的。我从没问过她那时的心情，大概应该不错，她对舞台从不迷恋。

我曾经在老师的"怂恿"下考过少年之家，而且考上了。但父亲断然拒绝，说要以学业为重。这是我可以预料到的结果，我

没有一丝不情愿地就放弃了。我想，父亲在这方面是有戒心的，你玩儿一玩儿可以，但真要开始学，那绝不可以，所以我永远是一个票友。

不过也许正是因为有了这样平和的心态，才可以让我在真正开始这条路的时候觉得很快乐。我始终以一种旁观者的态度在做自己喜欢做的事情，这样可以始终保持着一份清醒的认识。

当我真的在自己从事的主持人职业中有了一点成绩的时候，我知道，父亲是高兴的，对于他的意见我总是很在乎。而我也知道，即使我遇到了再大的困难，我的家人都会用他们最热烈的掌声鼓励我，我从没感谢过他们，不知为何，我总是羞于表达。我也深深地知道，他们最需要的并不是被掌声和鲜花围绕的我，他们最希望看到的是一个快乐的我，健康的我，幸福的我，一个对社会有所担当的我。我从不提努力，只想尽力而为，对家人，对他人，无愧我心足已。

舞台心事

做主持人，经常有人会问你，"做节目的时候你会紧张吗？"其实"紧张"对于我这个天生不是人来疯、自来熟的人来讲确实是一个大问题。我不是一个很爱表现自己的人，至少在不确定自己是否能被大家接受的情况下会习惯一种比较稳妥的表达方式。从紧张地上台到享受舞台是要经过不断地战胜自我和不断地说服自己。

在河北电视台做《激情九九》的时候应该是我最紧张的时候。虽然自己紧张，但别人并不这么想。比如曾经和父亲打过交道的尤老师，她总说："老鼠的孩子会打洞。"意思是说，你爸爸是跳舞的，你在舞台上自然会有所传承。也许吧！我从小就爱看演出，凡是父亲的文工团在大院礼堂的演出我几乎每场必看。有时一台节目要演好几天，我就不厌其烦地看好几天，而且每次回家都津津乐道。其实舞台艺术之所以有魅力，就是因为它即使是在一个规定的程序下，每次也都会有不同的呈现。也许是领舞的一个即兴旋转，也许是演唱的一个即兴华彩，都会给观众带来不一样的感觉。当然，那一定是在不紧张的前提下才会有如此享受舞台的表现。

说到舞台，我从小就喜欢一个人站在清静的舞台上，独自享受那份幻想的感觉。小时候，经常因为家里没人看，于是就跟着父亲出没在练功房和礼堂等有舞台的地方。大人上班，我总不好意思老屁颠儿屁颠儿地跟在后面，这样就多了很多独自溜达的时间，这个时候我是敢独自上台的。礼堂里很安静，早晨的阳光透过大玻璃窗照射到礼堂的木座椅上，一束一束的，我总把它想象成打向舞台的追光。小小的我就这样从大幕的一侧漫步走上空旷的舞台，脚下发出嗒嗒踏在木地板上的声音，然后是一阵咯吱咯吱的响动。环顾四

周，头顶上，舞台正前方，两侧全是大大的呈现出黑色的被各种彩纸覆盖着的桶灯。舞台上总有一种特殊的味道弥漫着，我想，应该是昨晚演员脸上的油彩和布景颜料混合出来的味道吧！这种味道撞击着你身体里的每一个细胞，你甚至可以听到自己心跳的声音。当一切欢乐的掌声、辉煌的灯光、华丽的背景随着人群散去之后，舞台又恢复到它本来的面貌，昏暗，幽静，无精打采。然而我喜欢这种真实的感觉，因为它是真诚的，真诚的把它最本来的面目丝毫不加掩饰地袒露在你的面前，仿佛在诉说着那份繁华过后的孤寂和清冷。然而当灯光再次亮起，它又会变成一个充满梦想甚至有一点虚幻的地方，美轮美奂地歌唱着，舞蹈着。

今天想来，我能够如此心平气和地看待这个舞台带给我的荣誉和失落，跟当初那个小小的我站在卸了妆的舞台上与它的那份神交是分不开的。舞台是这样，舞台上的人也是这样。一切的繁华和热闹过后都会归于平静，那份激动和喜悦只会永远地留给观众，而不应该是自己。我们享受的是舞台上的那份美丽和带给观众的快乐，但卸妆后的平淡才是我们的生活，最真实的生活。只不过我可以有

无数与舞台与话筒相伴的日子可以在今后的岁月里常常地记起，慢慢地回味。而记起的时候，因为还有一些小小的满足而在嘴边可以挂上一丝浅浅的微笑。所以，能够跟自己在舞台上的角色融为一体的演员是伟大的，然而结果也不可避免地会有一点凄凉。那些总把舞台上的自己和生活中的自己混为一谈的人则是可怜的，永远浓妆艳抹，永远激情四溢。但当对镜卸花黄的时候，那份辛苦恐怕只有自己知道吧！舞台上的人如此，生活中的其他人也如此。

　　我想，每次我都是怀着一份好奇走上这冷清的舞台的，而对比舞台上的那份热闹才知道什么叫做"不过如此"。所以，我一直都认为，演员也好，主持人也好，它只是一个职业，只不过光鲜一点，靓丽一点，更多地集合了大家对于生活的一种美好憧憬，而身在其中的人如果也这么想，那就完蛋了。我认为，职业不是生活的全部，特别是对于我们这个职业，只有这样，你才能以一颗更本真

的心去把生活的本来面貌呈现给观众或者听众。所以，我会花时间去生活，去旅行，去一个人想一想。

这些话跟紧张有关系吗？我想，应该有。人太在意，太想要的时候就会紧张，把自己放开一点，平和一点，也许就不会那么紧张了。

当然，当我在舞台上神游的时候也会被突然的一声呵斥打断。一般都会有大人问你："谁家的孩子？"我自然会怯生生地报上父亲的名字。如果人家不认识父亲，我就再加上句"文工团的！"人家也就不管了。

我们大院的礼堂是当时学校最常使用的礼堂，一是因为它离学校很近，排队走，大约十分钟就到了。当然，虽然我们住在大院里，也还是先要到学校去排队。原因二是因为我们院有文工团，而且水平比较高，所以舞台设施很齐全。学校组织文艺演出、红五月歌咏比赛、表彰大会都在这个礼堂，对于这个环境我是熟悉的。人

产生紧张的其中一个原因也是因为身处一个陌生的环境，而我在这里演出的时候，因为对于它的台前幕后比较熟悉，所以就会好一些。说到熟悉，我曾经在五岁的时候被一个叔叔带着爬梯子上到面光灯的位置，它在舞台的斜前上方。那是一条长长的通道，有很多灯一字排开，灯的前面有一排网。从这里往舞台上看人显得很小，当时我觉得自己胆子真的很大。

我第一次在这个舞台上演出大概是小学二年级的时候，那是一个表彰会，我要代表同学们表决心。于是老师给了我一篇如今已经没有任何印象的诗朗诵，让我提前一周准备。不过每天都会由大队辅导员老师为我排练，关键是还要加动作。有一个动作我现在还能记得，就是一只手斜向上指的弓箭步，这个动作我练了很多次，它很重要，因为这个动作出现在整个朗诵结尾的高潮部分，做完这个弓箭步就应该听见掌声雷动了。因为是我的处女秀，而且这次演出的成功与否直接决定着老师今后是长期使用我还是在舞台上就此封杀我，所以老师要求爸爸每天回家还要再指导我一下。我上小学演出的时候的标准服装就是白汗衫、蓝裤子、白球鞋。那天从学校在向大院礼堂走的路上我就开始紧张了，不停地背着词。很多同学都知道我要演出，很羡慕我。然而他们却不知道我心里有多么的紧张。

终于，我在掌声中走上了那个有我熟悉的味道的舞台。舞台上除了我，没有其他人，我突然好想让自己的身体靠着点儿什么东西，但我发现自己距离周围的幕布很远，头顶上是一片大大的白光，面前是黑压压坐满同学的观众席，一支话筒就立在离我不远的正前方。更加剧我紧张情绪的是同学们都不说话，台下鸦雀无声。我是如何开始的，我不知道；我是怎样结束的，我也不知道。但我能记得的是，弓箭步我做了，应该说的话，我都说了，好像有错。同学们都鼓掌了，老师既没表扬我也没封杀我。

　　其实，舞台有大有小，我印象中最小的舞台应该是教室里的讲台吧！我在上小学的时候倒没有遇到过体罚学生的老师，但依然有上课不许说话、不许做小动作、不许插嘴、背手坐正这样的规矩。所以老师给我们的感觉还是高高在上的那种，很威严，而老师经常站上的讲台从某种意义上讲也就和神坛差不多了。小学的讲台有两种，一种是水泥的，一种是木头的。如果是木头的，每次大扫除还要把它拖出来以便把里面掏干净。当然，我在上小学的时候一直是负责擦玻璃的，这需要男生的体力，得上蹿下跳，还要特别细心，一点小的污点都不能有。学校的窗户是木窗，大概一扇有三块玻璃，上面还会有一块大玻璃。因为那时的教室都是平房，所以一到大扫除的时候就特热闹，也从没想过什么活儿自己干不了。由于劳动工具不足，像抹布甚至扫帚都要从自己家里拿，所以如果下午扫

除，你就会看到在下午上学的路
上拿着各种工具的同学浩浩荡荡
地向学校走去，颇为壮观。

　　小小地跑题一下。讲台作为
一个小小的舞台自然也会承载我
们一些小小的荣誉和一些小小的
失落。有的时候你会在没有人发
现的情况下独自站上讲台，俯瞰
下面的座位，突然想学着老师讲
点什么，这会给人一种荣誉感。
而当你被老师点名到黑板上演算
题目的时候，如果会还好，如果
不会的话，你多半都会在走下讲
台的时候做一个鬼脸，或者再绝
望地向黑板望一眼，猛回头，无
奈地离去。其实，再大的舞台也
一样，是掌声还是无奈在你走上
它之前的那一刻就已经注定了。
这些年来，我对舞台有过紧张，
有过享受，也有过疲劳，而现在
更多的是可以平心对待了吧！有
几台印象比较深的晚会。比如，
交通台成立七周年和北京电视台
《公益歌曲大擂台》合作的节
目，那时我刚刚到交通台半年时
间；隔年1月份和亚宁、李晶主
持了《同一首歌》在工人体育馆

慰问首都交警的晚会；2007年初主持交管局和中央电视台《欢乐中国行》举办的表彰首都交警的节目，我和董卿、罗京、朱军有不同的合作。最重要的是通过这台晚会，我看到了这些主持人对交通台，对《一路畅通》的肯定和喜爱。通过主持交通台的晚会，我发现自己好像越来越年轻，但心里却越来越念旧了，我会经常想起曾经在这个舞台上一起欢歌笑语的同事，但因为各种各样的原因，有的已经从这个舞台上消失了。

话筒围绕的那一块方寸之地应该是我最自豪，最享受，最多情，也最难以描述的舞台。

音乐对我说

1994年，有一首歌叫《同桌的你》从象牙塔飞进了嘈杂的街巷，那清新的旋律和质朴的演唱让很多人曾经怀揣着的那个纯洁的梦又复活了，于是"校园民谣"取代了"西北风"成为了中国流行音乐的代名词。

那是一些已经离开了校园但一直有着一份不妥协理想的年轻人用音乐对于现实生活的一份表达。很庆幸，那个时候我还在校园，上大三，我还可以唱着一些更纯粹的歌。

巨大的成功背后总会隐藏着巨大的商机。就像《校园民谣》让老狼、高晓松、沈庆一下子成为了大众偶像；也让李玲玉、李晓东、景冈山成功复出；还让大家看到了蒋梅、丁薇、黑鸭子的巨大潜力。当然，在制作人、音乐人方面对中国流行音乐的人材贡献就更不胜枚举了。不知道由于是真的被感动，还是想挖掘更大的利润空间，于是就有人瞄准了在校大学生的创作。

有一个汕头的公司1994年秋天在北京搞了一个12所高校的校园歌曲选拔活动。其中包括北大、北科大、北航、北师大、农大、林大、外语学院等高校，当然还有我们学校。我和比我大一级的同学一起创作了几首歌，有写友情的，有写爱情的，还有不知所云的，进入了最后的决赛。决赛是在海淀剧院举行的，北京电视台还录像播出了。

比赛后，主办方要出一张CD，其中收录了我们的三首歌。那个时候还真有些文艺青年的感觉。但后来不知道是什么原因，CD没有发行。我现在还珍藏着这样一张CD。那时候的歌现在是不敢再听了，偶尔拿出来也只是为了想念曾经一起唱歌的朋友。我的两个伙

伴都已经去了加拿大很多年，这些年几乎没有见面的机会，那些青春的面庞也渐渐地远去了。

但就是这样的一次活动却真正激发了我内在的文艺潜能，并终于爆发了。它使我认识了很多不同学校的同学，我们在一起促成了很多学校间的文艺交流。到了1995年初，一个在这当中偶然认识的朋友把我介绍到了北京文艺台当时的一个学生节目《青青校园》。而我当时也并没有想那么多，比如我的声音怎么样，我会不会做节目，我只是觉得它是我的另一个舞台，我只要把自己想要表达的东西说出去，把我喜欢的音乐和更多的人分享就很满足了。

我从来不是一个爱冒险或者是一个很大胆的人，但这次我却因为一次冲动把握住了也许并不属于我的机会。我当时看准了校园民

谣，就以校园民谣为切入点，开始了我的广播生涯。我自己联系了当时最火的大地唱片，他们正在发行《校园民谣2》和《校园民谣3》，于是我做了一个校园民谣系列，采访了制作人万小元，还有李晓东、蒋梅、沈庆等人。另外走进校园把很多当时的校园歌手和歌曲通过节目让大家认识。这当中有大家比较熟悉的赵节，后来我们在《校园点歌台》这个节目中又再次合作。

　　多年以后，当我在央视八套再次看到那个和以前一样清纯的蒋梅也开始做主持人的时候，依然能想起她曾那么痴迷于芭蕾的舞台，在歌坛只是轻轻掠过。而我有一段时间还会去男孩女孩听李晓东唱他在《星座》里翻唱过的歌，和许多如我一样把那些歌曲当做一段岁月伴奏的人一起，忘情地共和着那些老歌。所以，多年后，当我听到他在三里屯音乐中唱起《是不是这样的夜晚你才会这样地想起我》时，会关掉屋里所有的灯光，在歌声中任那个曾经的我，和那颗年轻的心随歌声一起在空中漂浮。

　　那个时候，我的老师很支持我做节目的个性。在挑选采访对象的时候，我不是选择最火的，而是选择最有的说的。这和后来做《演艺圈》不同。所以我在那个时候采访过很多有个性的歌手和乐队。包括鲍家街43号，他们的主唱就是汪峰，那时候他们还在玩儿英式摇滚；很本土的子曰乐队；SOBER清醒乐队，那时候沈黎辉刚刚回来。很多人在那两年发行了自己的第一张专辑，我们都是新人，看到过彼此最青涩的那一面。这当中的大部分人后来都有很好的成绩，其中也有一些人当时并不被看好，但我由衷喜欢他们的音乐。我印象最深的是许巍的《在别处》。他不擅言辞，于是我让他自己娓娓道来，后期加入音乐，当时这是一种很大胆的制作手法，但非常写意。这期节目我保留了下来，并不是因为当时这张唱片卖得好，而是我确实喜欢。而让我最珍贵的声音还是对李娜的采访，那应该是她在皈依前的最后一次专访。采访是在她家进行的，我们聊了很多关于音乐的事，她说得很尽兴。之后不久，她就去了美

国。

这些事情已经离我很远了，我已经脱离那个圈子很长时间。爱音乐的心依然没变，但对越来越浮躁的音乐环境和受众环境我真的不太有信心再去做以前的梦了。就像我在和李晓东直播的间隙，他突然问我，"说了这么多音乐上的事，有人爱听吗？"我当时还是一个谙世不深的学生，没有任何生存压力，我可以回答他："这样首先很好听，你也爱这样表达，不是

吗？"我们都把一个节目当做了自己精神家园的一部分，特别是用另一种与精神有关的艺术形式去表达，于是，并不在意其他。而现在，我们要关乎的事情太多了。

我的主持经验完全是从采访开始积累的。感谢张美华老师对我的严格要求，让我养成一个主持人的良好习惯，受用终生。1995年，还是广播比较低潮的时候。从经济上讲，现在北京电台一年已经有几亿元的广告收入。而那时当节目中出现第一条广告的时候着实让大家不适应了一段时间。那时的广告是用三寸盘播出的。如今计算机已相当普及，但应该有很多九零后都没见过什么是三寸盘吧！节目播出设备也不是现在的电脑播出，而是开盘带。每天导播要点清所有节目的磁带，还要事先上好两个节目，找到每个节目的

开头，记好每个节目的结尾。由于开盘带不是封闭的，就是把磁带缠在一个铁盘上，所以也会出现脱盘、绞带等事情的发生。一旦发生，那实在是噩梦。有的赶快重播节目，有的临时把录播改直播，只能用惊心动魄来形容。

那时候，CD还是一种很奢侈的东西，通常还是放磁带的。只有一些垫乐用到CD，因为CD有码，找曲目比较方便，还可以循环播放。而录音也不像现在可以一个人面对电脑完成。因为需要别人的配合，所以事先把每一步想周到是非常关键的。这种能力或者说习惯的养成对于我后来上直播有很大的帮助。那个时候从技术上讲，一旦主持人说的话下面垫了音乐在一个段落里是不允许发生错误的，因为那个时候的节目都是一次性合成，所以错了是没有办法改的，只能重来这个段落。所以经常会看到做节目的人在最后发生错误，只能很懊丧地面对重新来过的命运。后来，我们几个人发现如果用CD垫乐，通过一定的时间差可以在中间的部分进行衔接，如果技术好，应该听不出有衔接的痕迹，这多少也是一个技术活，于是很多人都愿意让我帮他们录音，我也得到很多学习和锻炼的机会。再后来有了DAT录音，再到电脑录音，如今我们的制作设备和技术已经相当发达。我曾经在2002年访问过英国的BBC，在2003年到加拿大进行广播节目交流，应该讲，我们的广播设备比他们要先进许多。

也许是因为我在那个时候很迷恋自己做音乐节目的状态，所以很少有兴趣去涉及其他节目样式。直到1997年的时候我开始在达人文化做一档资讯性的节目《早安，北京》，开启了我另一种不同的表达方式。当时这档节目在制作上是一档很时尚的节目，它为客户量身定做了很多小栏目，这些客户包括很多当时刚进入中国的品牌，比如，斯沃琪、科罗娜、红牛饮料等。达人文化为广播进入广告时代积累了很多好声音。比如当时还是北外学生的冬雨，如今已经是广告配音时尚的代表。还有我非常喜欢的声音，苏扬，我们

《一路畅通》的第二版包装就是他的声音。当时达人还集合了像何炅、戴军等一批有深刻广播情节的主持人，还有一个女生如今在艺人经济和写词方面已经很有成绩了，她就是文雅。

想起这么多名字，其实是想说，那时的我们是把广播当做自己的一个梦在经营，我们幻想里面有一个色彩斑斓的声音世界等待我们去挖掘。虽然现实有时也是残酷的，但我们始终最小心地呵护着这个梦，以一种最单纯的方式。比如，我愿意做音乐节目，只是想，反正自己也要花钱去买磁带，做节目可以有免费的歌听，挺好的一件事，关键是还可以和那么多人去分享你的感动。做《早安，北京》只是因为每天上班在坐小巴的时候可以不经意地从车里、商店里或是其他什么地方传出自己的声音，那是一种很奇妙的相遇，我就会陶醉于为此的付出上。太单纯，太无忧无虑的一段时光。我不会计较为了录一个星期的节目半夜1点回不了家，不会计较晚上12点下了直播就在如蒸笼一样的录音机房伴着火车站不时响起的汽笛声辗转难眠。现在想来，这一切都变得是那样的理所应当，它是那段梦一般岁月中不可或缺的一部分。

红五月的记忆

五月，会有怎样的记忆？对于小时候的我们，应该是"红五月歌咏比赛"吧！历史上的五月，记满了斗争流血的日子，所以叫做"红五月"。

然而五月也是鲜花盛开的季节，充满歌声和欢乐的日子。特别是对于孩子们，他们有权利在这个春意盎然的季节绽放欢乐。所以，在孩子们的记忆中，五月也是一个充满活力的季节。

每年的"红五月歌咏比赛"我想应该是很多人固定要上台一次的时间。那时候，我们在学校里接受的艺术教育除了唱歌并没有太多其他音乐形式。每个家庭一般都是两个以上的孩子，经济条件都不宽裕。在自行车、手表和缝纫机都还属于奢侈品，全楼道里的人

家共同看一台电视的年代，买钢琴、小提琴那简直是天方夜谭。音乐老师还得让学生每堂课把只有用脚不停地踩才能出声的风琴搬来搬去，家里净是三代同睡一屋的年代，钢琴实在太过于庞大了，更别说三角的了。但即便如此，老师依然会挖空心思让我们也掌握一门乐器，那就是口琴。那个时候口琴大概卖三到十元不等，基本上都是上海产的。我有一个同学，他住我们家对门儿，爸爸曾经是拉大提琴的，妈妈曾经是歌唱演员，两人转业都被分配到了地铁工作。他们家当然会有一把大提琴，放在大屋里最显眼的地方。有人肯定很奇怪，为什么要叫大屋而不是客厅或者卧室呢？那时我们军队大院里的楼有一种户型是四间房，两大两小，分别对着排列，没有厅，能单独住这么大房子的至少是师级干部。所以就会按照级别把这套房子分给两家、三家甚至四家，大家共用卫生间和厨房、阳台，其拥挤程度可想而知。所以每家根本不可能有客厅卧室之分，能都有床睡就很不错了。但这样的房子比地方上的住房或者比筒子楼已经强了很多。不过也有一个好处，如果邻里关系处得好，那过日子的气氛就会很快乐，大家真是朝夕相处，每家都不可能藏住什么秘密。所以我只能说，同学家的大屋里有一把大提琴。同学的父亲偶尔会拉一下，那时我也听不出好坏。可同学的母亲，我从来没听过她唱歌，但阿姨说话的声音却是底气十足，音色优美。就是这位同学有一个我所见到的唯一一个可以变调的口琴。那是一个整体带一点弧线设计的白色口琴，很漂亮。它的左边有一个按钮，只要一推就可以变调了。当然，我在上小学的时候还并不知道什么是"调"，所以老师也从来没教过我们怎么吹这样的口琴。可是，有一个与众不同的口琴并不代表能吹得出类拔萃，这反而成为了音乐老师的"口实"。所以，我的这位可怜的同学经常被老师骂，"你妈妈是唱歌的，你怎么就老跑调呢？"虽然这和我没什么关系，因为我爸爸是跳舞的，但我总避免参加学校里的舞蹈兴趣小组，因为

怕老师又把我爸爸也连带上了。前几天为给一个朋友的妈妈买口琴跑遍了西单王府井，最后在我家旁边的一个教孩子学习音乐的学校买到了。如今已经得花70多元钱了，但第一眼看到那口琴，还是觉得跟小时候的一样，我还记得从第七格开始吹是1，先吹再吸，但7和高音1是反着的，两个吸一个吹，吹完一曲别忘了甩干净里面的口水。

　　不知道为什么，在学校里指挥合唱的大部分都是女生，如果哪个班是男生指挥那可真是大新闻了，可实际上我看到的著名指挥家基本上都是男的。我想这其中有以下几点原因。第一，上学的时候，女生的组织纪律性强。作为指挥，那就相当于全班的统帅，所有人的目光必须都看着她的手，不能有半点的游离，不管她拍子准不准。这不可能让一个很调皮的男生站在这样的岗位上。第二，女

生指挥表演性强。虽然有的女生指挥也会被老师斥责，你打的拍子太慢了，或者太快了，但她真正的任务其实与音乐无关。所以老师在选指挥的时候一定要求她漂亮，个子尽量高，表情要丰富，因为全班同学的表情都得跟着她走，她得时刻笑着用自己的表情提醒全班同学都要保持笑容，另外指挥的时候如果有跳舞般的舞姿就更好了。第三，政治需要。指挥，全班同学的焦点，那一定得各方面都出色，跟选班长没区别，一般都是由班长担任。在小学因为女生听话，所以一般学习都好，所以女生的选择余地大。第四，男生指挥被认为没出息。在大多数都是女指挥的情况下，如果出现一个男生，他就会觉得跟别的男生不一样了。而不一样的地方不是冲锋陷阵，而是搞文艺，在当时这多少让人瞧不起，所以这也是男生指挥少的原因。不过女生还是很希望自己能够当上指挥的，这跟如今的选美差不多，而且一般都是终身制。

我嘛，一般都是班里的领唱，所以每到比赛那天都要被特别照顾，比如化妆方面。那时候化妆是不打粉底的，一个班主任要化全班将近50人，辛苦程度可想而知。不过还好，老师只要手拿一盒红胭脂、一盒口红就全搞定了。这就是大家熟悉的两个红疙瘩加一个化好后就不敢再舔的犹如喷火一样的红嘴唇。我可不想让老师"糟践"我这张脸，于是就让爸爸给我化。还有爸爸两个同事的孩子也和我一班，于是我们三个人的妆就很与众不同了。那个时候父亲已经不上台了，做政工干部，但他还保留着自己的化妆盒。中午吃完饭，爸爸就从衣柜下面装杂物的抽屉里取出白色的油彩盒和用塑料袋装着的粉刷还有其他工具。打开油彩盒，一股浓浓的油彩香扑鼻而来，里面是一个一个的小格子，感觉跟油画家的油彩盒差不多。盖子背面的白板是做调色用的，画笔好像就是画油画的那种。父亲会很认真地给我们画，那种感觉现在还记得，但有些不忍去触碰。就像现在我写这些字的时候，都不愿意去揣度父亲当时的想法，因

为我不知道是喜悦还是其他的感觉。我只是想，那一刻，父子俩的面庞就这样相对着，相对着，笔尖划过的面庞是那样的相像，而对面的那张面庞也同样年轻过。

父亲每次对他完成的作品都相当的满意，我和同学就这样顶着一脸大妆手牵手地向学校走去。路上的同学都会投来羡慕的目光，因为父亲画的妆是老师所无法企及的。有这种特权的人并不多，当时我们班还有一个女生可以自己化妆，因为她妈妈是空政文工团的化妆师。她长得很漂亮，曾经和我是同桌。就这样，被化成了一群小鬼儿似的孩子在老师的带领下向我们院儿的礼堂进发了。一路上，大家有说有笑，老师是不管的。因为一会儿上台肯定有人会紧张，所以这会儿就放松一下吧。

比赛的开始部分一般都会由学校合唱团先来演唱三首歌。我那时候才上三年级就入选了学校合唱团而且担任领唱是非常不容易的。学校合唱团人员很庞大，将近100人，这其中也包括我姐姐。领唱嘛肯定是站在第一排，姐姐就只能到人海中去找了。印象中我们学校的合唱团水平不高，大概只能唱两个声部的歌曲，而且还比较混乱，基本上到最后都被带到了一个声部。姐姐也是不唱二声部

的，因为唱二声部的人一定要有很好的定性。和我一起领唱的是和姐姐一届的女生，好像叫李灿，她的嗓音很尖，比较有特点。我们演完之后比赛就正式开始了。

在小学里参加歌咏比赛像我们这样的文艺骨干是很紧张的，因为总想多出份力，取得好成绩。平时不太喜欢文艺或者唱得不好的同学就无所谓了，反正只张嘴不出声就好了，也没人看得出来，这就是为什么在合唱比赛中你听不到哪个班跑调的原因。所以在评比规则中声音洪亮成了第一选项，因为声音大证明参与的人数多，而声音小证明自知跑调的人多。当然，担任比赛伴奏的大多是音乐老师，也有一些同学担任伴奏的，比较多的是拉手风琴的。刚才说了，我们那个时候由于条件限制，很少有家庭买得起钢琴，于是就让孩子学拉手风琴，这也曾经风靡一时。

在上小学的时候我还是男生小合唱队的领唱。这个合唱队大概七八个人，由三个年级的男生组成。我们年级有三个人，我们都在一班，而且我们三个人的父亲都在一个文工团。我爸是舞蹈演员，有一个同学的爸爸是作曲的，另外那个同学的爸爸原来是拉二胡的。但我们三个人有一个共同的特点，那就是我不会跳舞，他们也不会作曲和拉二胡。最高年级也就是比我们大两级的只有一个男生，他当时叫尹征，在我们中心地区是很有名的，每当我们中心几个学校一起开会，他肯定是唱独唱。那个时候大家喜欢的男生一定是很童声，甚至是声音有点尖的那种。尹征在我们中心的少年之家学过唱歌，我基本是野路子，没什么方法，就靠着点儿从父亲那里遗传来的艺术细胞和耳濡目染自己瞎唱。我记得我们在中心得了二等奖，还到区里去比赛。但印象最深的是每次妈妈给我带的午饭，在一个铝饭盒里装两个馒头夹煎鸡蛋，还有一个军用水壶的白开水。

要说我印象最深的歌咏比赛应该是高中那次了。那个时候大家

已经开始在比赛中唱一些通俗歌曲了，比如《明天会更好》《让世界充满爱》等等。而另一方面红色题材的歌曲被重新传唱，比如歌颂毛主席的歌曲。我们这代人对于那个年代的记忆并不深，只记得在小学一年级语文课本的第一页是一张照片，就是那张著名的《你办事，我放心》，还像很多红宝书的第一页一样被一张透明纸覆盖着。由于爸爸是部队演员，那个时候每次演完出后也没有什么好发的东西，于是就发毛主席像章。到最后，家里攒了一大锅的像章，什么样的都有。但一段时间，这些记忆几乎都消失了，到我上高中的时候突然又出现了。我在文工团的录音棚拿到了一首歌的小样，是当时中国最红的歌手毛阿敏唱的《太阳最红，毛主席最亲》，我就想干脆出奇制胜。其实每个男生在那个年龄都有一个军人梦，于是我就发动同学到各个地方去借绿军装和板儿带。这对于我们那边都是军队大院来说并不是什么难事，甚至女生都到军事医学科学院借到了军装。然后，我想应该排个舞蹈，这是别的班想都不敢想的，我处于极大的创作热情中。这个舞蹈怎么排呢？《太阳最红，毛主席最亲》这首歌基本上有三个段落，前后比较抒情，中间是比较跳跃的。所以，前后部分要舞起来，也就是要美，中间部分要跳起来，可以写实。由于上高中的男生基本上穿军装上台的热情比跳舞大，所以我们就考虑只让女生跳。我们班的女生没人学过跳舞，但听说我能从父亲的文工团借来漂亮的粉色长裙像舞蹈演员一样翩翩起舞的时候，就纷纷表示赞成。虽说她们都没受过舞蹈训练，但身材上有优势，那就是个子高，平均在一米六八以上，要知道在一个班能找到这么整齐的身高的女生绝对不多见。这里包括了我们年级的跳高冠军、跳远冠军、400米冠军、1500米冠军和铅球冠军，当然都是女子组，编舞的任务自然就落在了我的身上。我最有灵感的是歌曲中间快板的那段舞蹈，歌词是这样的："是您砸碎了铁锁链啊，奴隶翻身做主人，是您开辟了新天地啊……"这让我想到了

我在很小的时候就一直盖在身上的一床棉被的缎子被面，好像是父母结婚时就有了的。它是红色的，上面绣着好多相同的图案，选自芭蕾舞剧《白毛女》。一幅是白毛女从深山里出来了，她站在山冈上，单脚脚尖立地，另一只手和大春握在一起。还有一幅是白毛女单脚立地，手举铁链，这个被面儿的图案多少年来一直浮现在我的脑海里，我觉得高个子的女生做这个动作一定特有震撼力。于是当我把这个图案示范给同学们看的时候，她们真的被震撼了，那种穷人被压迫的苦和恨一下子就充满了每个人的心头。但是，有一个问题，由于这些女生没有接受过专业的舞蹈训练，所以立脚尖儿的动作根本无法完成，而且十个女生做同一个动作也不好看，于是我又想了一个办法，让五个女生走出对列，然后单腿跪地，双手上举，来支撑另外五个同学。当我说出自己想法的时候，本以为女生对做跪地动作会不好意思，结果我错了，她们已经完全和我一样被艺术创作的热情淹没了。就这样，当我们以一水儿的板儿绿和一排在灯光下非常漂亮的粉色拖地长裙出现在舞台上时，全场爆发出了雷鸣般的掌声。我们是在非常亢奋的状态中完成演出的，当然为了配合我们的衣服我们的第二首歌选择了有气势没难度的《志愿军歌》，这已经不重要了。

这件事在同学中引起了很大的轰动，现在来讲那是相当的复古和时尚。但是一些上了年纪的老师的微词让我在高涨的艺术创作热情中冷静下来。我所在的中学是北京市十一学校，最早是军队高干的学校，所以学校的设施相当的好。学校的礼堂也是50年代军队大院的那种。所以当我们穿着军装扎着板儿带上台的时候，很多老师又想到了文化大革命，想到了红小兵，甚至有的老师有些不寒而栗。我们本想通过这样的一种形式表达我们这代人对于一段历史的感怀，因为我们毕竟对绿军装还有一段自己的记忆，但我们两代人之间对于绿色的记忆并不是重合的，所以，这个节目在老师中也有

不同的讨论。我们最终没有拿到第一名，当时有点不服气，因为评委用了莫须有的理由扣掉了我们的分数。但当我和高中同学每次再看到当时照的很模糊的照片时，依然能感受到那个时候青春飞扬、热血奔涌的我们。现在，已经没有了。

上了大学再也没有"红五月歌咏比赛"了，也很少再能看到大合唱这种形式的表演了。前段时间和一个朋友去看一台周总理诞辰纪念日的演出，是由武警文工团合唱团表演的，没想到节目竟是由大合唱贯穿的。当100多位男合唱队员走上舞台的时候，听着咚咚的脚步声、熟悉的口令，我仿佛又回到了童年，在被那歌声震撼的同时，仿佛又看到了那个小小的我站在舞台上，轻轻地唱起一首熟悉的歌。那歌声穿越了时光的隧道，回荡在我久远的记忆中。

《激情九九》之前

"九"在中国的文化当中有长久、吉祥的意思。这也许就注定了我会在新旧世纪交替的这一年做出我人生的一个重要选择。

1996年大学毕业后，我在北京教育考试院下属的一个单位工作了一年半，主要做计算机管理。参与的几项考试可能大家都很熟悉，比如，计算机等级考试、英语等级考试、成人高考等。有的是阅卷管理，有的是考试组织，还有参与录取等工作。当时考试院刚成立，计算机大学本科毕业生只有两三个，计算机考务管理也才刚刚起步。我和很多人一样，对自己的第一份工作都会有些懵懵懂懂。我不是一个太主动选择自己命运的人，所以也就不会轻易发现自己热爱什么，不热爱什么。

那个时候，我白天上班，和许多在这样单位的人一样要看别人的脸色行事。然而我到现在也没有完全学会，也许是不需要学会了，也许是根本学不会了。晚上我要到电台做文艺台八点档的一个小时的直播节目《演艺圈》，一周两次。还要到当时一个非常火的广播公司，为如今的广播电视界输送了很多主持人的达人文化做一档在文艺台早上7点半日播的资讯节目《早安，北京》。那段时间我非常辛苦，因为单位做成人教育，占用的都是下班和周末的时间，而电台的节目也只能利用业余时间做，所以几乎没有休息日，还经常熬夜。白天在单位生活在非常真实的现实生活中，和每一个刚毕业走上社会的大学生一样，有一点自己的坚持，有一点自己的理想，也有一点自己的看不惯和一点自己的不适应。我想，如果我在那里继续下去的话，我也会像很多现在和我一样年纪的人一样，一切都按部就班，一切都平平常常。其实那样也没有什么不好，我

一直觉得每一种生活都会适应一类人，我没有选择的生活只能说不适合我，相反，我在现在的生活中依然在追求一种平淡，一种平凡的内心感受和一种平静的生活。让我发现自己还有一颗可以雀跃的心的正是广播。那个时候，只有当夜晚自己面对话筒的时候，才能真正感受到用心灵触摸生命的感觉。所以，我会经常沉浸在有音符跳跃的空间里，表达如许多有一份坚持的年轻人面对现实的一份无奈和挣扎。这么说并不表示我是一个叛逆或者不安分的人。相反，我会压抑自己的很多感受，我总是觉得，生活这样的安排可以让我在两个极致中游走，也许会是一种事半功倍的历练。

　　这样的生活一直持续到1998年的春天，我终于下定决心，即便是辞职也要离开这个单位。从小我在很多人的眼里就是一个很听话的孩子，只是在我沉默的背后还有一份倔脾气，一旦爆发，可能很难拦得住。从一个让很多人觉得非常稳定的单位出来，首先想到的是父母的承受能力。其实我的父母在观念上很传统，和很多人的父

母一样，并不要求自己的孩子一定要挣多少钱，或者出人头地，只要能安安稳稳地过日子，健健康康地生活，多一点快乐，少一点烦恼就好了。而我的第一份工作就很符合他们的这几点想法，但最后快乐和烦恼恰好相反。可如果没有快乐，恐怕前面那几项要求也就无从谈起了。所以，他们尊重了我的想法。我也如愿以偿地开始了我的第二份工作，在北京富士通系统工程有限公司做软件工程师。我一下子进入到一个正常的生活中了，朝九晚五，没有人事纷争，只要做好自己的事。电台的节目依然在做着，人也胖了不少。

　　从1995年进入广播圈到1998年电视综艺节目开始出现，广播进入了一个相对更加小众的时期。1995年的时候，正是电台大量招客座主持人的时候，各行各业的精英都曾出现在广播节目中，很是百花齐放。那时候有一句流行的话，"如果有石头从天上砸下来，砸死十个人，有九个都是主持人。"但客观地讲，那个时期像我这样的"业余"主持人有这样几个优势：第一，对广播充满热爱。这里的很多人都是希望能够通过广播更大范围地发表自

己的意见和观点，认为是在做一件很有乐趣的事情，所以会特别投入。第二，因为是第二职业，所以不计较得失。那时候，台里的正式职工一个月的工资恐怕都不到1000元，是一个相对清贫的职业。我们采编播一个小时的节目也仅仅50元，而这样的节目一个星期最多做两到三期，因为要很费心力地去制作，不可能多做。所以一个月的"副业"收入也没多少钱，大家不会因为经济利益的驱使来做节目。第三，因为对自己的节目所涉及的领域积累比较多，所以想象力丰富。那时候我们做节目都是根据自己的兴趣和所从事的职业去选择适合的节目，在自己的领域都有很好的人脉。又因为很多人在各自的领域中又是很精英的人物，所以比台里的主持人做节目更大胆些。而那个时期也正是从播音员向集采编播于一体的主持人过渡的时期，本来就在摸索主持人应该什么样，于是我们做了很好的实践者。

　　1995年前后，当时文艺台最多的时候有40多位客座主持人。职业从学生到记者，从军人到翻译，行业跨度很大。这些人基本上都没有广播经验，都是从如何编稿、如何录音开始学起的。也没有固定的老师交，全靠自学。当时最热闹的应该是我们晚间部了。现任北京电台广告经营部主任的孟立老师当时是我们的主任，很喜欢她那时主持的一个节目叫《文化人》。其实那时很知性的女主持并不多，而孟老师的声音我觉得至今都是很难得的那种很知性的女声，声如其人。手把手交我做广播的是后来获得过中国广播影视大奖的张美华老师，她是广院文编系毕业的。她那时对我的要求就是一切要有规矩，严谨、踏实是她的工作作风，而这些言传身教我至今都非常受益。经常一起吃饭的有新华社俄语翻译吴学兰，现在是电影频道《流金岁月》的主持人潘军，当时在湖南就已经很红，现在在天娱工作的潘峰，也是他们两位最终帮助我走上电视的。当时还有一个人做的节目很超前，但现在看来却是个不可多得的好创意，他

就是创作了臧天朔红极一时的那首《朋友》歌词的黄集伟，那个节目叫《孤岛访谈》。后来他还出了一本根据这个广播节目内容集合起来的书。不同的职业，不同的背景，面对一个宽松的环境，于是就碰撞出了很多现在看来都是很精彩的广播节目。最重要的是在那个环境里，无形当中培养了大家去动脑筋积极创意节目、制作节目的积极性。

很幸运自己在广播主持人刚刚起步的时候就加入其中，在那个黄金的清贫创作年代和很多我的师长以及伙伴们互相鼓励，共同成长起来。随着制作技术、沟通技术的不断发展，如今广播又进入了一个相对成熟稳定的时期，可我们依然怀念那个纯真年代。十几年后，有人依然快乐地做着广播，有人重新回到了广播的那一边快乐地听广播，但这份广播情节却是我们永远都无法忘怀的。虽然那些青涩的声音已经离我们远去，虽然那份激动的心情已经被平淡代替，可每当我们再次听到那熟悉的台标乐响起，那就是一种召唤，一种力量，我们会永远记住那个让我们在电波中绽放的年代，我们会永远与广播相随相伴。

从《激情九九》到《一路畅通》

"你原来叫杨柯吧？""一听就是你的声音，现在到北京了？很想念《激情九九》，我现在也来北京工作了。"每当在短信平台上看到这样的短信，我都会有一种莫名的感觉。十年了，至今还可以偶尔看到这样的短信，感谢我的观众。然而在《一路畅通》中，我很少提到自己的这段经历。每次都是李莉很善意地读出来，而我却有些回避。今天，可以有这个机会来谈谈，也是因为它跟我能够进入交通广播有些关系。

　　1999年，我在软件公司做着一个快乐的程序员，与其他人不同的是我在广播中还可以快乐地说话。但感觉自己总是经常游走在两种不同的状态，跨度太大了。当时电视综艺节目已经开始抬头，随之而来的就像当初广播主持人出现后会有大量缺口一样，电视主持人队伍也需要大量的新人加入。1999年初，在一次聚会上，也曾在文艺台做过客座主持人的潘峰和潘军正好聊到河北电视台国际部要上一个综艺节目，邀请潘峰去做主持人，由于工作原因他无法去，于是就推荐我去。我当时的想法其实很简单，去试试呗，不行再回来做计算机也不耽误什么。

　　当时虽然在广播中已经游刃有余了，但对于电视主持应该是一无所知，特别是现场综艺节目，完全不知道是怎么回事儿。河北台那边已经定好了试镜时间，我跟单位请的是年假，因为我无法跟公司解释我为什么要去试着当电视主持人，很奇怪的事情。所以就把它看做一次特别的休假旅行。

　　从小对舞台还是很熟悉的，但跟电视还是有很大差距。当时背着一个旅行包，里面装了几件试镜的衣服就去了。制片人刘丽

萍老师和总导演冯新明老师接待了我。我知道他们的制作团队一直是拍专题片的，没做过综艺节目。为了和当时文艺中心在当地很红的一档综艺节目，也是全国较早的综艺节目之一《大家来欢乐》抗衡而创办了《激情九九》。他们之前到当时综艺节目已经很发达的湖南考察了很长时间，发现在湖南当地，《快乐大本营》并不是最火的娱乐节目，经视的《真情对对碰》最受欢迎。这个节目的主持人在湖南当地也很有知名度，他们就是汪涵和仇晓。后来他们在湖南卫视主持的《真情》其实就是这个节目中的一个版块。我们当时对娱乐节目的了解非常有限，开始时基本都是参考内地的节目，后来开始接触到台湾的综艺节目。其实《真情对对碰》基本就是翻版台湾由张小燕和庾澄庆主持的《超级星期天》。如今这些节目我们在网络上可以很轻易地搜索到，十年前只能通过安一个"锅"来看。

　　试镜的地方是一个抠像的棚。我第一次走进河北台的化妆间，有一位女主持人也正好来试镜，她就是方琼（现在央视经济频道有她主持的节目）。我第一个印象就是，她的个子很高，脸真小，很适合上镜。大家打了一个招呼，好像也没聊什么。我不属于自来熟那种，见了陌生人不太知道该聊些什么，沉默反而是很多人见我的第一感觉，大概我的朋友也都如此。等她化完妆，轮到我了。化妆师我们叫她莉姐，曾经拍过电视剧《三国演义》，很有功力。那时彩妆不像现在选择这么多，我当时甚至有一半的妆是油彩妆，现在看来属于很戏剧的那种。

　　试镜的内容就是两个人分别说一段自己熟悉的话，然后两个人再合一段。我记得自己说了一段直播节目中的歌曲介绍，挺流利的，别的就没什么感觉了。花了半天的时间，然后坐火车回到了北京。之后的半个月杳无音信。后来才知道我是他们试过的第七个男

主持，一共试了十几个人。我在其中的优势是因为做广播所以语言没问题，形象没感觉，最大的问题是必须辞职来河北，这是他们最担心的。于是那边的决定就是如果本地有差不多的，就不用我了。但开播在即，实在没办法，所以就先用我了。

我抱着试试看的态度又一次赶年假前往石家庄正式录像。我当时看中《激情九九》的一个重要原因是因为它是一个大现场互动节目，它对主持人的要求和磨炼是不一样的，把它作为自己电视主持的起点是一个不错的选择，但对一个电视门外汉也充满了挑战。最初面对镜头的感觉就如我当初面对话筒时一样，一切都是崭新的，一切都是未知的，一切都得从头学起。只是这个时候我已经有了话筒前的磨砺，多了些舞台上的经验，所以广播的主持经历给了我再次出发以很大的信心。

为了保险起见，正式录制前一天进行了带机彩排。我和方琼基本上在无意识和忐忑的状态下完成了节目。我们根本没有任何上镜经验，而制作团队由于不是搞文艺节目出身，所以对于艺术把握也属于摸着石头过河。按道理讲，你会觉得这样一个"草台班子"能做好一个这么大的节目吗？我要说，这个团队其实是一个"潜力股"，这个潜力来自于大家在各自领域积累起来的艺术实践。制片团队出身于纪录片，他们有很扎实的电视理论和电视实践，所以在各个环节中善于组织精英团队。电视是一门综合艺术，需要各部门的合作。当时《激情九九》的舞美设计获得过星光奖，灯光师也获过全国大奖，化妆师是河北最好的。至于主持人，从今天的成绩来看，说是"潜力股"也不为过。由于那时的综艺节目正在盛行明星参与，明星是节目的最大话题。而这个节目所坚持的理念是"平民造星"，主持人是这个节目最大的明星。所以即使是在这个节目最难的时候，我们都没有请过一个明星，而坚持走平民路线。

说起方琼，她有极高的天赋和表现力，这与她的经历是分不开

的。她曾经在部队文工团干过，练就了"万金油"，唱歌、跳舞、演戏，甚至打灯光都行。她学的是幼师，所以对孩子非常喜爱。这些经验是很多科班主持人在学校里学不到的。而我通过广播积累的语言和现场把握以及从小的艺术熏陶让我在这个节目中发挥得淋漓尽致。但当我们在彩排第二天到机房看到片子时，却有一种天要塌下来的感觉。方琼表现很自然，但话少，我话多，但说话的时候有表情，不说话的时候呆若木鸡。我那个时候很瘦，只有110斤，看上去就像一个高中生。临上场还有一个小时，可我的名字还定不了。不管是电视台还是电台都有规定，就是同一个台中不能有两个人的播音名一样。而那时河北电视台总编室主任是播音出身，他的名字就叫杨洋，所以我就必须改一个播音名。我记得一位阿姨说我起个带"木"字的名字运气好，于是我就翻到字典中木字旁那页，开始组名字。最后选定了"柯"字，"杨柯"这个名字就这样出现

了。而方琼也是她的播音名，我们开玩笑说，叫"方富"多好呀！

晚上七点半，热场过后，当500多观众坐好，全场压光、喷烟、灯光闪烁，音乐响起，"有请主持人方琼、杨柯！"出场门后的我们却有些迟疑，迈出这一步，未来的路伸向何方，当时的我们看不清楚，甚至有些退缩，紧张充满了我们的全身。当多年后我跟方琼谈起这一幕的时候，我说当时我对自己说："你如果不想被紧张折磨的话，那么你就退下吧！回去继续做你的工程师。"方琼对自己说："如果你想改变你的生活，只有迈出这一步。"事实是，我们手拉手地在大门拉开的一瞬间，微笑地走了出去，然后在舞台中央很刻意地、重重地击掌，喊出了口号。接下来的事情就这样按部就班地发生了，我辞职、往返于北京、石家庄两地，开始了真正职业主持人的生涯，打那儿至今，我也再没编过软件。

我和方琼的进步很快，每次录像都会有很大提高。我对自己说，不要着急，每次改掉一个缺点就好。由于没有语言的负担，所以肢体语言和表情的改正就会少些担心。我们也会想很多的办法，比如采访时有点"静"，我们就会加入一些夸张的肢体语言，让自己"动"起来，如果太过了，可以再收，但首先放开自己很关键。我们也会看一些台湾的节目，但坚持自己的风格却是一致的。到第十期的时候，我们的主持已经成熟起来了，再加上栏目组又加入了很多新编导，节目组的运作也趋于正常。就在我们认为节目越来越好看，甚至有点沾沾自喜的时候，收视率的压力却越来越大了。当时的收视率只有一左右，离台里的期望值差得很远。我们迷茫了，因为找不到理由可以改进。节目质量上升的势头如此明显，但就是得不到市场的认可，怎么办？停止录像、改版。本来想在下一季推出的宝宝秀提前推出，孩子天真烂漫、童言无忌的特点是任何年龄的观众都无法抗拒的。作为主持人，其实在一开始我是有些心理顾虑的。我做广播的时候最初的栏目是一个学生节目，我后来用了很

大的心力来转型，而儿童节目是我不太愿意去碰的内容，因为如果观众有了固定的印象，以这样的年纪就很难转型了。还好，超级宝宝秀只是《激情九九》的三个环节之一，但不可否认，也是它最为人熟知和喜爱的环节。而且我们当时就定下了一个原则，不论是主持还是节目编排都把这些孩子当成"大人"，以平视的眼光走进他们的世界，这样就会和儿童节目区分开来。有一个动作是我们坚持做的，那就是和孩子交谈时一定要蹲下，和孩子的目光平视，这其实也是心理平视的一种体现。

宝宝秀这个环节《真情对对碰》大概做了三个月，在《快乐大本营》中不定期地出现。我们当时集合了这两个节目的优势，但没

　　有完全照搬，而是加入了更新的环节在里面，这就是"超级宝宝大搬家"。我们无意中在台湾的一个中午的节目中发现了这个内容，并且结合自己的情况做了改良，结果很成功。其实当时《激情九九》的编导只有一两个是专业出身，其他人跟我和方琼一样都是从头学起，很多人都是从学对编机开始的。大家的专业也是五花八门，有英语专业的、法律专业的、会计专业的等等等等。但正是由于大家的教育背景不一样，所以在做节目的时候没有框框，更具想象力，而且不服输，所以创造了这个栏目的辉煌。

　　　如今这些曾经一起战斗的朋友已经找到了各自的方向。一年后我回到了北京，开始了十年的《一路畅通》；方琼走进了央视，登上了更大的舞台；邓军在北京继续着自己的电视梦；彭茜远赴法国，真的拥有了一段浪漫的经历；小熊也来北京继续深造，现在已经有了自己的宝宝……时间过去十年了，我们聚在一起的日子并不多，然而《激情九九》带给我们的那些有笑、有泪的日子却会追随

我们一辈子。那是一段激情迸发，创意无限的岁月，同时也是一段无畏、无怨、无悔的青春岁月。

《超级宝宝秀》一经推出正如预料的那样带动了整个《激情九九》的收视率，很快就到了十左右。一到周末，观众都会准备好笑容，守在电视机前，而那些宝宝的表现也会成为接下来一周大家的话题。更有宝宝成了明星，拍电视、做广告，本来想做半年的节目，一下子做了好几年，直到这个栏目消失。

离开《激情九九》是我的一个非常突然的决定。我永远希望自己在一个相对真空、纯净、简单的环境里工作生活。但这其实是一件很奢望的事情。仅仅一年的时间，《激情九九》在河北家喻户晓，辐射北京等北方地区，而这种表面的繁荣背后并不能掩盖我对它更多的忧虑，而有些问题是我所无能为力的。于是在2000年5月的一个早晨我做了一个决定，我想回家了。

回想那个早晨，其实是我第一次有种思乡的情绪。从小到大，上学工作都是在北京，这次的离开虽然短暂，但"故乡"的意义突然显现开来。这也是我之后开始主持《一路畅通》时会经常出现的一种感觉，城市——家——故乡，在交融越来越多的今天，这三个地方反而会越来越远，所以我总爱说"在我们生活的这座城市"，这座城市是你的家还是故乡？它也许会成为你的家，但永远不会变成你的故乡。

在《激情九九》录的最后一期节目是"六一"特别节目《超级宝宝大联欢》，我们尽情地唱，尽情地跳，台上台下乐翻天。而在这之后我收拾好所有的家当：一台从家里拿来的录像机，一个海绵床垫，还有一堆CD，把它们装上了车，然后独自一人登上了回北京的火车。没有告别，也没有留言。之后的几年河北的同事还有各种场合遇到的观众都会告诉我离开节目之后大家对我去向的猜测，其中包括我出国了，结婚了，甚至掉河里死了。我没有解释，只是

一笑，只要你记住了那个曾经每个周末和你在一起的"杨柯"就好了，因为我又回到了我自己，我叫杨洋。

回到北京的日子很平静，没有了掌声，没有了舞台，不用化妆，不用走台，一个人可以有时间对着街道发呆，和家人聊天，日子突然从繁忙变得很平淡，就像小时候一个人站在清晨卸了妆的舞台上一样，你又看到了那个最清晰的自己。我很庆幸自己可以常常看到那个清晰的自己，不管眼前的色彩有多么艳丽，灯火有多么辉煌，童年舞台的那一幕总会在这个时候如约而至，你永远都需要保持这样一份本真的感觉，我喜欢时常遇到那个清晰的我。"看透了人间聚散，能不能多点快乐片段"，以自己的年龄和阅历我不敢说看透了什么，但我知道，快乐是内心的，你越接近那个清晰的自己，你就会越快乐，这份快乐，是别人抢不走的，也是不会理解的。

就在那一年，我没有在文艺台做节目，结束了《黎昌唱晚》，只是一个月去录一次中国教育电视台北京频道的《校园点歌台》和王为、孙佳星轮流主持。7月的时候，偶尔打车，听到交通台招主持人的广告，但并没想到会跟自己有什么关系。正巧《校园点歌台》要商量暑假去韩国拍片的事情，于是遇到了王为，之前录像都是分开的，所以基本碰不到。闲聊中我们就聊到了交通台招主持人的事情，王为说："这次是全国招主持人。"当时作为地方广播媒体全国招考主持人应该还是没有的。他说："主要想找个男播，因为《一路畅通》少个男主持，顺便也看看女主持。"那次招考主持人确实有很多来自于全国各地电台的主持人报名，竞争很激烈，但始终没找到适合《一路畅通》的男主持。王为大概知道我的经历，于是问："要不要试试？"说实话，之前在文艺台做了五年的节目，对交通台的节目一无所知，那时又不开车，对路也不熟，所以对节目完全没感觉。那个时候还是有客座主持人的，所以自己一

想，反正也不耽误什么，多做一档节目也没什么不好，就答应做一个样带给领导听。

  制作机房是管朋友借的，录了一个旅游节目，大概是介绍一个景点儿，把带子交给了王为。一个星期后，王为跟我说："汪台长听了，说还可以，就是'这个、那个'太多了，语言不干净，可能是做电视的原因。"这条规矩我到现在还记着，其实'这个、那

个'多只是表面上的反应，更多的是因为语言准备和思想反应不足所造成的。我改了一版样带又交给了王为。没过两天他跟我说，"你来台里一趟吧，应该没问题了。"我就这样懵懵懂懂地跨进了交通台的大门，开始了我在这里唯一的一个节目《一路畅通》，一做就是十年。

  据参与创办《一路畅通》的交管局新闻中心也是我们交通广播

原新闻部宋林祥主任说，当时他也听了样带，他并不知道我是谁，但我的简历被他当时还上学的女儿看见了，说经常看我的节目，同学们都挺喜欢的，于是对我有了印象，还跟王秋老师说了。所以大家都多了一份期待。

王为跟我说过一段话，他说："《一路畅通》今后一定能非常受到欢迎。"我问："为什么？"他说："这个时间段太好了，大家都需要。"我问："那为什么台里没人做？"他说，"因为这个节目早晚直播很辛苦，大家都有自己的一摊工作，忙不开，所以要赶快找人。"事实上这个节目在当时罗兵走后，由于交通台又开始了国道行的报道，台里几乎所有的记者、主持人都上过这个节目。我赶对了一个时机，遇到了有知遇之恩的领导和朋友。

唐琼是当时唯一的女主持人，显然她还没有完全适应罗兵走后带来的真空感。罗兵和唐琼是2000年《一路畅通》开播时的元老，大概半年后因为个人原因罗兵离开了交通台。2002年《一路畅通》改版时又回到了这个栏目。我跟唐琼实事求是地说了一大堆我的困难，"路况我不会读，一读我就紧张；以前主要做音乐节目，新闻很少接触；呼号你报，我怕习惯性报成文艺台……""你什么时候能上节目？""您说呢？""明天。"就这样，2000年8月1日，"我是杨洋"出现在了《一路畅通》中。那时在节目中我主要负责选歌和操作机器，唐琼负责编稿。我们每天早晚见两次，她总像个大姐姐一样爱护着身边的朋友，也精心呵护着她一手开创的《一路畅通》。直到后来她主管《一路畅通》，对这个节目的每一点变化、每一点进步都倾注了自己无限的热爱和真挚感情。而在荣誉面前，她永远甘当幕后的那一位，但我知道，她是由衷地高兴和自豪的。今天看来，《一路畅通》能有一些成绩，跟在这个节目中奉献过自己智慧的众多主持人的热爱是分不开的，时间或长或短，但每一位走进《一路畅通》的主持人都是满怀热爱地行走在这个节目

中，这样的情怀和境界如今在这个很多人眼中名利双收的节目中是很难得的。正如我们当初踏进交通台的时候对于这个集体的热爱和奉献是一样的。

也就在那个时候，我接到了山东电视台的邀请，开始主持一档周六晚上的直播综艺节目《开心假日》。由于游戏类节目不好把控，而直播对时间的把握要求很高，长短不能超过30秒，所以充满了挑战。我也希望通过这个节目保持自己的电视状态，于是每周一到周五做《一路畅通》，那时周六、日没有节目。到了周五晚上下了直播就坐火车到济南做《开心假日》，周日再回到北京，这一跑就是两年。虽然辛苦，但相当充实。后来又接了山东卫视的《阳光快车道》和《志在必得》，所以山东的观众又以为我是山东人。我们台站岗的武警就有山东人，有一位总对我笑，临退伍的时候，他跟我说上学的时候看过我的节目，没想到在北京遇到了。我很感谢生命中的这些巧合可以让我如此幸福地接触到每一份爱。

做主持人很幸福，就是有人会把自己成长的片段和记忆同曾经看过的、听过的你的节目连在一起，并且把它永远地定格在那一刻。而当你发现自己已经离那一刻已经很远了的时候，他们又会把那一刻当做一个不老的故事讲给你听，而且会加上很多自己心情的注解，让你在过去与现实间游走一次。我还年轻，所以每次回望的时候都不免诧异，真的有那么久吗？其实，我更愿相信是因为烙印深，所以印象久。但是回首走过十年的《一路畅通》，因为爱得深，所以并不觉得久。在下一个十年，我们会遇到更多的人，更多的事，彼此鼓励，相携相伴。正在和我们一路向前的朋友，你就是一位。

一个**不说话**的时候

更喜欢用**眼睛**去描绘世界的人

并认为**思考**和心情的表达

不应该如**语言**般具体

于是遇到了LOMO

希望在这个**喧嚣**的环境下可以有机会

让每个人发现自己另一种**安静**的表达

LOMO带你走进一个

有你却也许**不属于**你的世界

记录 **感动** 分享

这 就是我的LOMO**态度**

原来生活可以这样美丽

——关于LOMO的态度

时下翻开很多人的书包都会有一部相机，网络中经常可以看到大家用影像记录的日子，这在胶片时代是不可想象的。

妈妈说我小时候很爱照相，虽然我小时候留下的照片并不多。而给我印象最深的是和爸爸在一位叔叔的暗房里冲照片时的情景。屋里泛着暗暗的红光，把相纸放在盛满溶液的盘子里，影像就这样一点一点地浮现出来，太神奇了！据说现在的胶片发烧友一定要有自己的暗房，我倒还没有这方面的冲动。

记得我家的第一台相机是我上小学四五年级时爸爸买的一台傻瓜相机，不能变焦，大概200多块钱。拿到相机的时候我着实很兴奋，要知道那时候相机可是家里的"大件"电器。花了两块钱买了一卷公元牌黑白胶卷，开始了我的摄影生涯。当然洗照片的时候也要考虑成本，全部洗成一寸大小。如今我早已忘记了那个相机的品牌以及它后来的去向。多年以后姐夫从香港带回一台奥林巴斯可以变焦的胶片机，画质有了质的飞跃，这台机器我至今留着，但已经很久没用过了。

爱上摄影是发现LOMO以后的事情。那是2005年11月，偶然在朋友送的一本当时还没有公开发行的杂志上看到了一篇介绍LOMO的文章，于是当天下午就很冲动地去五棵松买了一台著名的LC-A，后来才知道我买的是一台翻新机，但我现在经常使用的依然是这台相机。有了LOMO，生活真的可以不一样。起初，我也不太会拍什么。从小到大，我在美术方面的表现一直是相当的平庸。所以，总对那

些会画画、会摄影的人充满了敬佩之情。有了小A，我希望自己也可以拍出感人的片子。于是，每天机不离手，眼睛睁得大大的，努力去发现身边的细节。其实，人在一种机械的状态下是不可能发现好东西的。所以，在那段日子里，我的小A，并没有让我成为"摄影家"。渐渐地，我开始明白，小A是"神器"，但不是"神笔"，LOMO是需要用心交流的。

真正让我"开窍儿"的是2006年的世界杯之旅，当时是受好朋友乐魔网的老程之托去拍世界杯，到现在为止那组片子也应该是比较绝版的。十天的行程我带了四十个反转片，最后拍了三十二卷，只能用疯狂来形容，太过瘾了！那时候数码相机已经很普遍了，而胶片机反倒成了另类。团队中也有专业摄影师，他

们看到我的片子后的第一个反应就是，你的"眼睛"很"另类"。回来后北京电视台的一个世界杯特别节目让我去谈谈感受，还嘱咐我带点特别的礼物给观众，我一下子就想到了我的LOMO世界杯。编导很不以为然，她觉得还不如送个吉祥物小狮子什么的观众会喜欢。而我很坚持，因为我知道每幅照片背后的故事才是最特别的。

《对话》是我觉得最有意境的一张。科隆大教堂前一个德国少年正在独自踢球，熙来攘往的人群并不能打扰他的专注，爸爸在远远的地方观望，他也被孩子的这份专注所吸引。古老的建筑与小小的少年在对话着；热闹的人群与专注的孩子在对话着；脚下的足球与孩子的热爱在对话着；孩子熟练的动作与我手中的镜头在对话着。它们在对话什么？我想每个人都会给出不同的答案。我现在依然能够感受到当时快门按下时的那份心跳，真的很感谢老天赐予我这短短的十几秒钟的留白，让我的画面中只有少年的身影。

面对LOMO，每个人都会有不同的态度。同时，它也会改变我们对生活的态度。翻开你的相册，在你拥有的照片中，你的"美人照"应该占到90%吧！从这些照片中，你可以看到自己成长的轨迹，但在这一路上陪伴你的人和路过的风景可能就会被我们渐渐地遗忘掉了。而生活中最动人的细节，也早已找不见了踪影。生命中的很多时候，我们都是以自我为中心的，就像这些照片，风景只是点缀。而LOMO会打开你眼前的另一个世界，告诉你，你看到的这个世界，还有很多比你自己更重要的东西，其实超越本身是另一种完

善。而当你沉浸在这个瞬间即永恒的画面中的时候，你就会发现，你变得更宽容了，心有多大，天地就有多宽广。

LOMO确实很另类，它的"玩儿法"，它的视角，它的色彩是与众不同的。为什么LOMO的色彩，明暗对比会如此的夸大？甚至它特别偏爱用广角镜头？其实，它就是希望把这些生活的细节最大限度地放大，让我们已经麻木的感官再次活跃起来，发现更多生活的本质。通过这些被放大的生活，你的生活态度也会随之改变。你会变得更快乐，更积极，更充满希望。

生活中的我们变得越来越快。走路要快，开车要快，吃饭要快，旅行要快，甚至睡觉也要快。想快的欲望，让科技突飞猛进，让生活更加的便捷。我们甚至会跳过过程直奔结果，至少我们希望所有的事情缩短进程，直接呈现。但有的时候，过程却是最美好的

体验，LOMO会改变你对快的态度。

从仔细上卷儿，调整光圈，按下快门，用手倒到下一张，到怀着一颗期待的心，等待把胶片变成画面的过程，你曾有过吗？因为没有电量显示，我们只能通过观察小灯来判断电池的电量，因为没有自动对焦，我们只能目测距离，也许因为我们没有上好卷，所有的画面只能永远地留在记忆中，或者只能靠语言描述和别人分享。这些看似复杂，甚至有些遗憾的事情，也正是LOMO最想要告诉大家的，要想发现生活中的细节，你就必须先把自己的细节做好，生活中总会有些不完美，但其实，你最想要的东西，已经永远留在你的心里了。

每次旅行，我都会带上一两台LOMO做伴。后来，我又拥有了鱼眼，2005年底去香港的时候又收了部蛙眼。如今，我又拥有了让我

的视野可以更宽，更广的202，还有我至今都没敢碰的18K，因为它太精密了，可以蒙太奇的HOLGA也是我的挚爱，还有一部8M，很绝版！前两年也迷过二手胶片机，在网上买到了两部。比如上个世纪60年代在台湾很红的一部相机——OLYMPUS-PEN和XA。前些日子在Flickr上建了一个相册，又认识了很多来自不同地方的喜欢胶片的朋友。当然我也不拒绝数码的东西，比较爱GRD，刚刚把Ⅱ换成了Ⅲ，那片蓝天太迷人了。相机不在多贵，把它当做自己身体的一部分，去表达你自己的想法就足够了。

这些年也参与过很多LOMO的活动，与其说是影像的展览不如说是心情和经历的分享。去年夏天"自游展"邀请了几位主持人和歌手办了一个影像展，邀请我参加。后来发生了"5·12"大地震，他们决定拍卖一部分照片作为捐助。我从没想过自己的照片还可以去帮助别人，面对拍卖心里确实有些忐忑。那天来了不少LOMO迷，也有路过的朋友。其实喜欢LOMO的大多是年轻人，以在校学生居多，因为他们更需要一种表达。我准备了一幅在德国拍的顽皮的小男孩的照片，和一幅在澳大利亚黄金海岸拍的一位孤独的旅行者的片子。小男孩儿的照片竞争很激烈，一位女士和一位学生模样的男生都志在必得。其实我觉得拍卖价格的高低并不重要，大家的一颗爱心才是最可贵的，所以我决定最后让他们说说理由来决定片子的归属。男生的理由让我无法拒绝，他说自己是无意路过的，因为看到片子里的孩子很像自己小时候的样子，所以来试一试。我突然觉得，有时候镜头不就是一面镜子吗？它可以照到一份自己从前的心情，恍然间我们又有机会和过去的那个"我"再次遇见，又和过去的一份心情打了个招呼，而这一切又是那么的不经意。其实眼前的男生和画面中的男孩儿在我看来并无太多相似之处，但男生却会想到自己的童年，这不就是一次很奇妙的遇见吗？男生高兴地捧走了照片，也感谢他的一份爱心。

今年在LCA25周年之际，lomography集合北京、上海和广州的LOMO玩家，共同演绎"复活"的DIANA（LOMO的另一款机器），我特意利用五一假期去了一趟长城，用一双"古老"重生的"眼睛"去探访一段久远的记忆。三地的巡展让更多的朋友认识了LOMO。

玩儿LOMO，也有不幸。辛苦拍出的片子因为各种原因没有变成最终的影像，我为世界杯专题曾付出过一部全新小A的代价。从陌生，到拥有，再到有一点点贪心，这何尝不是生活的写照呢？既然LOMO是让我们记录平凡生活中的惊喜，那么，平常心，平常态，也是我想要告诉自己的。我同意LOMO是一种生活的说法，你要用自己的态度去对待它，不在乎你用什么样的方式。

记录，感动，分享。这，就是我的LOMO态度。

疯狂的世界杯　宁静的德国

如果你问我一定要在2006年去旅行的地方，特别是作为男人，不去可能是终生的遗憾，至少会念叨半辈子，然后用剩下的时光去慢慢等待，我想，那一定是德国。因为四年一届的世界杯在这里举行，因为也许在接下来的二十多年里，这个全世界最棒的大party都不会再出现在欧洲了。如果我们可以等到下一次，那个时候，我们可能有了钱，有了闲，但你不再有信心在烈日下裸露你的胸肌，袒露你的疯狂，因为岁月不饶人，毕竟足球的疯狂是需要年轻的资本的。为什么世界杯只有在欧洲才是最棒的？那是因为在欧洲可以用最短的时间做最精彩的旅行。所以全欧洲、全世界的帅哥美女都聚齐了，套用一句老话，山美，水美，人更美。

其实这次去德国完全是因为世界杯。曾经在2003年到过德国，自驾走过一些地方，叫做浪漫之旅。对德国的印象一般，总感觉不

如英国来得大气和厚重。所以对这次再次的造访，之前并没有太多的期待。也许正是因为这种心态，反而使自己放松下来，再加上世界杯，让我有了很多意外的惊喜。

走之前没想到办签证会这么烦琐。现在去欧洲好像都是这样，需要提交存款证明，单位营业执照代码，单位证明等一系列文件。还好，因为去过德国，所以没被面试官接见。我们同行的一些人还有被拒签的，都是因为提交文件不仔细，或者因为马虎而留下了不良记录。你可千万别糊弄欧洲人，他们的认真和办事的有条不紊其实是很让人佩服的。

去世界杯，不需要什么特殊的准备，只是多带了两个LOMO相机。这也是我这次世界杯之行非常得意的收获，成为LOMO拍世界杯的第一人，而且相当成功。

终于出发了。经过9个小时，跨越了6050公里的距离，享受了一天有30个小时的时光，我们到达了慕尼黑。刚下飞机的时候，有点失望，以为会鼓号喧天，彩旗飘扬，所有的人都跟打了鸡血似

的，言必谈Football。结果使劲找了半天才在一个IP电话亭上找到了一个足球的装饰，总算松了口气，要不以为走错地儿了！

机场没有想象中的繁忙，但一看就知道这里聚集了很多国家的球迷，有成群结队的，也有单独旅行的。在法兰克福飞往慕尼黑的班机上，旁边坐了一位在纽约生活的美国姑娘，她是来旅行的，正好赶上世界杯。我直接告诉她美国队这次成绩不好，人家倒没提中国还没

出现的事儿，而是说从美国来的观众太少了，所以队员提不起劲儿，但他们都支持美国队，虽然他们快回家了。她说话的时候，一脸神采飞扬，丝毫没有惋惜之情。你看看人这球迷，绝不把踢球这件本身也是娱乐大众的事儿和国家的体面、男人的尊严这样的事儿联系起来，说白了，人家不累。

这姑娘在美国是做电影的。我告诉她北京正在上映Ice age 2，她很自豪地说那是她的一个朋友编剧的。她没来过中国，当知道北京要办奥运会的时候，她说她一定来北京。我问北京哪儿吸引你？她说，到时候北京一定会像这次的德国一样，有世界各地的人聚在一起，多热闹呀！敢情是一爱凑热闹的主儿。

三年前曾经来过德国，是自驾。这里的绿色给我留下了深刻的印象。在慕尼黑你随处可以看到一片有如森林般的公园，很多环保的细节都值得我们借鉴。比如，这里的小树都用四根木棍固定住，以便成活；而高压线塔下总有一堆白色的花围住，非常美观。在德国的高速路上没有一块广告牌，所以视野相当干净。

其实德国人喜欢一种更内敛的表达，支持自己的球队就在私家车上粘两面国旗。而在德国生活的外国人也会很有分寸，只是在自己家的窗口挂上国旗表示支持。而在公共场所，比如酒吧、饭馆，会挂起所有参赛国家的国旗，凡是有电视的地方，一定会转播世界杯。而大街小巷，你会不时看到几个穿着不同国家队服的年轻人走

过，但他们的脸上有时还会挂着一丝羞涩。

现在在德国，足球就是共同的语言，而且一聊起足球，不论你来自哪里，彼此之间立刻就会亲近了许多。中午吃完饭，一个人在宁静的午后，慢慢地欣赏慕尼黑的街景。在一个转弯的地方，门口的铁栅栏上挂着几个五颜六色的气球，于是端起相机正准备拍摄时，男主人领着小女儿出来了，他非常友好地冲我笑了笑。我问他对一会儿巴西与澳大利亚队的比赛怎么看，他便滔滔不绝地讲了起来，他认为结果应该是平局。我想，他肯定不希望巴西队踢得太好，这样德国队就有希望拿冠军了。不过他的友好让我觉得这个午后的阳光更多了一份温馨的感觉。

　　这已经是第二次来德国了。上一次是在2003年，自驾穿越德国。当时对德国的交通有着非常好的印象。其实，整个欧洲的交通文明都相当不错。

　　经常觉得国内的交通状况不是太好，主要是人的环境，交通参与者之间互相抱怨。经常羡慕国外的交通参与者素质高，那是因为有些恶习人家见都没见过，想都没想过。从小坐在大人身边，看大人开车，家长们都规规矩矩的。所以长大后，他也自然会规矩许多。比如拿大灯晃人，按喇叭，这样看似很小的事情，在人家看来，都是侮辱人的行为。

　　德国人爱开两厢车，但他们也爱骑自行车。经常会看到好几辆自行车被绑在车顶或者后备箱上。给我们开大旅行车的司机在行李箱里就放了一辆自行车，可见运动与环保在自行车上被完美结合起来了。

　　都知道德国高速不限速，但其实它在某些路段上还是会有限速标识的，比如80，120，但开过去不长的距离就取消了。德国的车道很窄，但我们这些天无论在高速上还是在市区里没有看到过一起交通事故，这跟我们天天报事故信息真是天壤之别啊！德国高速的指示标识非常清楚，它不是挂在头顶，而是在最内、最外车

道两边都有牌子。这样，一方面方便两边车道的人都能看到，另一方面，空间很美观，愉悦驾驶者的心情。出入口在还有800米处就开始提醒车道情况，然后每隔200米提醒一次，最后告诉你出口所去方向，很人性化。

说到人性化，那天我们从海德堡赶往林堡，正好下起了大雨，有些车就停在了应急停车区。德国的高速不封闭，所以没有主辅路之分。应急停车区旁边就是草地。这个区域大约能停三四辆车，旁边有长条木椅供人休息。在德国，你经常可以看到白发苍苍的老人在开车，所以这些服务区域为他们提供了方便。

世界杯让德国这样一个不怎么堵车的国家也堵了。比如我们从林堡到科隆正好赶上英格兰队对瑞典队的比赛，路上排起了长龙。但很安静，也没有乱并线的，非常有秩序。在安联球场，我们体会了世界杯的交通组织。安联球场位于法兰克福的郊外，旅行车停在一片很大的空地上，距离球场大约有1000米。然后是一个大型停车楼，供私家车停靠。在安联球场前的广场上可以看到摩托车和自行车以及房车停在一些角落，没人看管，但很有秩序。通往安联球场的这1000米的道路上全是观众和球迷，但开车来看球的人并不多，这跟我们的想法不太一样。将近七万名的观众如何迅速退场是

　　我们关心的问题。原来，这里没有公交车，市区和安联球场的联系主要靠地铁。市区到安联球场坐地铁需要20分钟，散场的时候地铁里挤满了球迷，很是壮观，但秩序井然。半个小时左右，刚刚还热闹非常的球场，一下子变得安静下来。

　　说到停车，我觉得德国的停车管理不如英国的严厉。在街边是可以停车的，但没有施画停车位。因为考虑到车的大小不一样，不划线也许还能多停几辆。这里也没有人管理，大家都很自觉。北京跟德国一样，在路边为了防止停车，钉起了铁桩子。但不一样的是，德国的便道铺的是灰色的地砖，所以桩子也是灰色的，这样融为一体，非常美观。

　　在细节上，我们还有很多可以借鉴的地方，必定细节也体现了人性化。

　　德国是一个美丽的国家，足球让这个钢铁战士在2006年的夏天又活跃了起来。我很幸运，在三年中享受到了德国的不同侧面。但说实话，经过这次世界杯的德国之旅，我有点不敢再碰触这个国家

了，因为我怕再去到那里的时候，耳边依然会响起球场上的疯狂，而眼中却是一片宁静。不过男人真的不应该错过世界杯，给自己一个一生中的惊喜吧！

小麦爸

小麦是一个一岁多非常可爱的男孩儿。我没见过他，只看过他的照片。三个星期前，在《杨家锵》里做了一期《全职爸爸》，请到的嘉宾就是小麦的爸爸，我们叫他小麦爸（不是小麦霸）。但由于参加全国记者节的晚会，由别人代班做了这期节目，始终耿耿于怀。于是决定回电台再录一次，但又觉得再耽误小麦爸的时间，很不好意思，听说他很忙。没想到，有一天在做《一路畅通》的时候，小麦爸给我发了个短信，说很想聊聊。那正中我下怀，于是约了上周五做节目。

之前在准备节目的时候就想，一个男人不上班，专心在家带孩子，要么是吃软饭的，要么是太喜欢孩子了，总之跟一般男人不一样。自己也知道不能以一种偏见去采访，但多少还是有些好奇的。问过接触过他的杂志编辑，她说，小麦家的经济状况不太了解，但知道小麦爸自己开车，那看来应该还不错。

见到小麦爸的时候，因为有了一次短信联络，所以并不生分。简单的寒暄之后，他立刻递给了我一个本子。本子的第一页是可爱的小麦的照片，后面是小麦爸摘录的有关这次采访的方方面面，其中还有他的感想。一看就是留给小麦长大以后看的。他还嘱咐我，让台里其他的主持人签名，我有点感动。一个爸爸，不愿错过孩子任何成长的点滴，即使他还不懂事的时候，也不愿找借口错过。我想，除了自己的父母，真的没有别人可以办到了。

采访很顺利，气氛出奇的好，大家聊得很开心。原来，小麦爸和小麦妈本来想做一个丁克家庭，后来小麦妈反悔了。于是小麦爸提出，如果要孩子，我就要全职在家带孩子。我很惊讶，人家小麦

妈想要孩子，凭啥你不上班了带孩子？小麦爸是一个追求完美的人，所以如果有了孩子一定要自己带。他之前是做IT的，而且已经是主管一级的了。小麦妈在银行工作，很稳定的职业。所以小麦爸决定自己回家，因为以后再出来做事会容易些。而小麦妈难得有这么稳定的职业，辞职了太可惜。

但男人带孩子确实不容易。我问小麦爸认不认识其他的全职爸爸，他说不认识。而且起初全职妈妈们也不接受他，他就只好借助网络跟大家交流了。小麦爸确实遭到过很多的质疑，但他很乐观。他是从小麦出生前一天开始全职爸爸生涯的，一年多了，他对自己的选择感到很幸福。

采访快结束的时候，我问小麦爸，如果孩子长大后，不如你期待的那样，你会失望吗？我看见了小麦爸眼中的湿润。他说，孩子

的成长有很多的因素，我付出了很多，但他不一定会像我期待的那样，可在和他一起成长的时间里，我很幸福，因为，我没有错过。

是啊，在了解了太多的不容易之后，我把自己的担心问了出来。但想想，孩子其实是父母的一个作品，但这个作品又会出现很多的意外。从孩子出生开始，父母就像一个送行的人，送别千里，终需一别。这一路走来，会有平坦的大路，也会有崎岖的小径，有父母的陪伴，除了帮助孩子跨越荆棘，更希望教给他们穿越险阻的方法，我们希望能把孩子送上一条光明的大道。当然孩子前面的路，我们并不能肯定。但再想想，和孩子这一路的辛苦，一路的汗水，对父母来讲，又何尝不是一种幸福和成长呢？在这个作品涂画的过程中，我们没有错过任何的细节，没有错过任何的心情，心里的那份坦然是一辈子的。其实这也是对社会尽了一份做父母的职责。

当然，不是所有的人都有条件做一个全职爸爸、全职妈妈的。陪伴孩子，时间的长短并不是最重要的，而爱的方式才是最重要的。难得的是小麦爸把这个爸爸做得很认真，像模像样。我问他，今天你出来，谁带孩子，他说，是妈妈，她请假了。多好的家庭啊，有点羡慕。

快乐的家庭，快乐的父母，当然会带出快乐的孩子。

中午，把小麦爸留给我的作业交给台里的其他主持人，我们从没如此认真地给一个现在还看不懂这些东西的孩子写得那么仔细。只是因为，小麦太可爱了，小麦爸让我们感动。

小麦，快乐地长大吧！爸爸妈妈没有让你错过你的任何一个微笑和哭泣，因为有你的陪伴，爸爸妈妈才会如此的幸福！

后记：

四年了，小麦爸每年都会制作一本小麦的台历寄给我和李莉，

我们把他摆在办公桌上，笑称这是自己的孩子。两年前小麦爸独自一人带着小麦去了加拿大，妻子留在了国内。过年发短信时，他说会在网上听《一路畅通》，小麦可以很轻易地叫出"李莉阿姨"、"杨洋叔叔"。照片中的小麦长大了不少，很快乐的样子。我很佩服小麦爸的勇气和毅力，可有时还会有一份担心，所以会时常挂念起这组特殊的听众。但愿父子一切都好，可怜天下父母心。

变 变 变

北京今天始终笼罩在大雾弥漫中。早晨直播特别紧张，因为路况实在太多了，哪儿哪儿都堵。中午和同事吃饭，中心是有个女生昨晚的历险。她的楼上发生了爆炸，屋主不幸丧生。结果出于安全考虑，她也被迫借宿他人家中，而且一周之内都无法回家。所以想，现在买房，除了楼盘的质量考虑外，邻居的素质也一定要好。可这实在太难了，甚至无从考察。听天由命之际，提醒大家，以防万一，还是买份家庭财产保险吧！

下午上节目依然浓雾弥漫，道路依旧拥堵，这就是北京，这才是北京。说了一个很轻松的话题"车里声音的改变"，不知你有没有想过。听众的短信很受启发。晚上和朋友吃饭，喝咖啡，闲聊，很惬意。到家整理完，倚在床上，打开电脑，零点整。这是一天交替的时刻，也许今天的一个小改变，就会是明天的一个大变迁。

可能是做广播对于声音的敏感吧，其实每个人的车里，主动的，被动的，里面的声音都会发生着一些改变，而伴随着的是我们生活的变迁。下面是听众给我发的短信，想想，每条短短的文字后面都应该有一个故事，而主人公也许已不在身边，或喜或悲，或平淡，这就是生活。

以下是大家的短信:

2068	公交车厢里,从售票员的卖票声改成电视声了。
2916	我每天上下班坐班车,天天听你们的节目!早上车里几乎没什么声音,都没睡醒呢!晚上下班大家就开始神侃了!
9595	我的宝马车里最近多了个宝贝的声音!他一岁多了。这是幸福的生命!您二位觉得呢?
5791	坐公交车听手机的铃声特有意思。单音变和弦,再到鸟鸣狼嚎,再到人声歌曲,人民生活水平提高真快啊!
7707	有啊!今天坐6路,语音报站时说:"某某酒提醒您,下一站是某某站。"以前就报某某站到了。听着别扭。
6730	我的车没声音了。周围除了你们的声音没别的了。因为我的车打不着了。
7792	我一个人时放重金属,我爱人怀孕时放钢琴名曲,现在我儿子上学了改放剑桥英语了。
8321	刚才我女友说我们刚开始的时候,车里什么声音都有,热闹。现在没声了,安静。
3085	车厢里?车行吗?我们家车的喇叭从立体声变成单声道了!一个喇叭不响了!
2612	我的车里由两个人的声音变成了一个!由欢笑幸福嬉戏的声音变成了只有你们的声音!一个人好伤心!好难受!
2818	以前开车始终听见哐啷的声音,现在我换车了,听不到那种声音了,觉得很不自在。
3360	今天我们家的车上多了一种声音,就是我们家狗狗。它可乖了。现在正趴在我的怀里看我给你们发短信呢!我老婆开着新买的车,祝福我们吧!
533	车厢里有一只蚊子在我耳边转,真讨厌!声音嗡嗡的,还看不见它。
1496	老板在开会!都开了一下午了!你们节目也不早点开始,都闷死我了!我在车上睡觉呢!外面一会儿安静一会儿喧哗,我都没睡好!还做了好几个恐怖的梦!郁闷吧?
3958	现在我车里的声音除了你们的声音就是我肚子的叫声,我饿啊!

7711	不知道这算不算？有一次我开车听相声听得哈哈大笑，旁边的司机好奇地看着我。过了一会儿，他也自己乐上了。
8797	车老了什么声都有。
0432	我的车厢里就两类声音。我儿子在车上只能放周杰伦和SHE的！他要不在，我就听1039和915国际台。老婆只能放什么听什么！
7718	我的马达！嗡嗡嗡嗡的！别坏了！
1274	我的车里平放着两个半瓶的矿泉水，车子一颠就咕咚咕咚地响，特解闷儿！
2520	独自伤心的哭声。他出差一个月，却爱上了别的女孩儿，我痛失了我四年的爱！
2068	我好像听见锅碗瓢盆的声音了！因为我看见家了！
4843	以前是两个人快乐的声音，后来是一个人傻乐的声音，现在又多了个小子叫妈妈的声音，美呀！
7138	我把车里的音响换了。现在听你们的声音更好听了，而且也更亲切了，仿佛你们就坐在我的身边。
2888	我原来是一辆奥迪，超标只好改索纳塔了。感觉声音没有原来好了。不过音响还行。
1844	我是一个离异的母亲。我的车里少了我儿子的声音。我以前每天都送他上学。可现在不行了。我好想他呀！
3850	每次下班，我都去接我女友。总是一个声音，便是受骂声。因为我总是开车太快。但是我听着骂也很幸福。
9996	一个人开车上下班，每天就听1039和CD。自从买了MP3播放器，时常听听相声大鼓，也不错！要有个女朋友陪我一起听就更好了！
9290	我们的车里说的都是吃什么。本人感冒，流眼泪、鼻涕，又加了一样儿，口水！
2765	我和我老婆在车里听着你们的节目，我们在无声的沉默中。我是石头。

每个人都有一个故事，这些故事都在同一时间发生着。穿梭的车流，就像一个个小小的窗口，透出的滋味儿，各自品尝吧！

开车大冒险

现在什么是最冒险的运动？答："开车！"

回答正确!

开车大冒险一：健康上的冒险。

请开车的朋友拿出一张开车前的照片，对着镜子比照一下现在的身材，你一定会怀疑肚子的位置是不是被装上了哈哈镜，大了，太大了。当然女性怀孕者除外。这只是身体上看得见的变化。像什么高血压、心脏病，这些隐患随着车龄的增长会慢慢显现。

那精神上呢？你易怒了，唠叨了，甚至神经质了。进而导致睡眠不好，精神崩溃。

开车大冒险二：家庭生活上的冒险。

由于以上健康上的高风险会直接导致家庭生活的不和谐。另外，你去过北京著名的汽车影院吗？据说那里停着的汽车都会蹦，为什么？自己想。反正里面装的人不一定都是有执照的。当然，喜欢在荒郊野外、河边树丛冒险的人就更多了。

开车大冒险三：把自己的一辈子搭进去的冒险。

"前天一辆婚车在菜户营桥上违章倒车，结果撞死了新郎的叔叔，婚礼被迫取消，肇事司机叶某已于前天晚上被刑事拘留。前天上午，司机叶某驾车受雇于新郎蔡某一家，双方在昨天早晨才互相认识。事故发生时，由于叶某走错了路，新郎的叔叔蔡某下车引导该车倒车，结果被撞死。医生证实蔡某死亡后，新郎一家情绪激动，险些与司机发生肢体冲突。由于此次意外，前天的婚礼仪式也只得取消。"

看见没有，开车这件事儿能使红事变白事。很多朋友都说，这

俩人肯定散了，亲叔的一辈子被婚车结束了，两个人的幸福也被结束了。

昨天呢，还有一件事。昨天中午12时30分左右，一辆丰田轿车突然冲进东四环慈云寺桥下停车场收费亭，造成室内多人惊吓，三人受伤。"一瞬间，手中的馒头没了，自己也倒在沙发上动不了了。"停车场管理员李新江说。

昨天下午1时许，车号为京H339**的丰田车由车主从收费亭艰难倒出，该车两只前灯完全损毁，车内水箱破裂，底部不时流出防冻液。

"我们正在吃饭，那辆车就'轰'地冲进来。"管理员李新江说。事发时，一名收费员正在值班，三名车场管理员在收费亭内吃饭，轿车撞碎窗户一侧的胶板墙，半个身子钻进室内，三名吃饭的管理员猝不及防被顶翻在地。120急救车随后赶到将三名伤者送往朝阳医院救治。经过检查，三人腿部和髋部多处骨折，所幸无生命

危险。

据车场工作人员说，肇事车上的两名男子也受了轻伤。停车场所属的公司负责人说，肇事的一名中年男司机称他在桥上转弯时为了避让一辆快车，失控冲进收费亭。交通队判该肇事车对事故负全责。

听着像闹剧，但还挺有画面感。怎么样？开车还真是一项冒险运动吧？！所以有了第四条。

开车大冒险四：家破人亡。

不需要多说了。即使不"家破"，算一算飞涨的油价和高额的罚款"败家"也还是有的。

所以提醒各位玩儿家，握好您的方向盘，把风险降低到最低限度。提醒各位裁判，把风险规避到最小。提醒各位看客，看好您的腿脚，别老往跑道上蹿。

凭责任　凭良心

这两天，好几个朋友跟我抱怨，这个春天很多事，大事小事，总是心烦意乱，我也有点儿。还有好几个朋友的父母身体欠佳，所以总让人感叹事事无常。

上周末终于完成了在五环路上突发心脏病，但因为得到无数好心人救助而转危为安的曹女士的节目。我们找到了当时122的录音，用声音再现了当

时紧张，感人的场景。很多事实的真相是需要你凭责任心去发现的。就象起先策划这个节目，只是想举案说法。但随着采访的深入，很多好心人的形象开始历历在目。特别是当我听到那位我们最后通过录音才知道始终用自己的车子帮曹女士挡在身后，而且陪伴在她身边，直到交警和救护车赶到现场，才说了一句："你来了，那我走了"的那位中年男子的时候，我决定，和大家一起分享这份爱的传递。

有时候声音真的很奇妙，我们只能通过曹女士的手机隐约地听到那位男子焦急的声音，和曹女士无助的话语，但那个场景和人物却让你仿佛身临其境。每次听到这里我都会为之一震。节目播出后，很多听众甚至我的同事都说流下了眼泪。我在想，这眼泪除了感动之外，是否也因为我们已经久违了这种在危急时刻被关怀的感觉，以及对比这些好心人我们自己内心的一点点愧疚的感觉。这就是良心。

昨晚看望完朋友的母亲，从人民医院出来，看车的大爷正在收费。我交完钱后，突然听到大爷用很焦急的声音催促前面的保安："快打开门，后面有救护车！"我从后视镜望去，后面正有一辆救护车闪烁着警灯。大爷的声音很威严，但反应却很本能。这是一份责任，也是一份良心。

做事情，应该负责任，再加上一点良心，会更有人情味。

这个春天的夜晚，真的很美，很温暖。

附：

《曹女士事件引发的思考》获得2005—2006年度中国广播影视大奖优秀广播专题类大奖

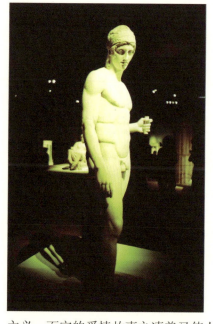

金刚本色

做一个像金刚一样的人。

昨天看了电影《金刚》。三个小时，没觉得长。不想写影评一样的东西，只想分享一些心得。

看《金刚》，让我想起了两部影片。《后天》和《泰坦尼克号》。《金刚》和《后天》都是运用特技虚构的一个惊险故事，但又都充满了人本主义。而它的爱情故事之凄美又使人想到了《泰坦尼克号》。

金刚，有情有义，为爱不顾一切，最后为爱付出了自己的生命，但依然无怨无悔。这些词，仿佛在形容一个人，而金刚却是一副动物的身板儿。也许导演就想让看电影的人反思一下我们人类的情感。

金刚为什么淳朴执著到为爱不顾一切？因为它生长在大自然中。虽然那里充满了生存的危险，但那里只有一个法则，就是弱肉强食，而没有尔虞我诈。大自然的美景陶冶了它的情操，让它在野性的背后，还有柔情似水的一面。

而生存在都市中的我们的生存法则又是什么呢？恐怕太长了，每个人都可以写成厚厚的一本书吧！

结尾卡尔说了一句话："金刚是被美女杀死的。"有道理。但细想想，金刚忠于自己的信念，义无反顾，死而无憾。而我们面对

美女呢？要么想吃怕烫，要么虚情假意，要么没安好心，还要当心受骗上当。总说人与人之间的情少了，那是因为我们离没有雕琢的大自然太远了。当我们按照一定的规则建立起我们的城市的时候，无形中也把自己的心墙立了起来。

其实金刚的死是必然的。当它站在城市的最高处放眼望去，发现自己已经没有家了，这个时候，就注定了它的命运。我当时还在想，会不会他们再搭上一艘船，回到最初的地方？但这个奇迹没有发生。

虽然有点遗憾，但我想，要做就做金刚这样的人，让我们还可以有勇气去面对那个真的我，让人与人之间还可以用眼神信任地交流。

庆贺北京交通台开播

一路畅通 广播人 梦开始的地方

张丽

《一路畅通》节目开播于2000年1月1日，是一档集路况信息、新闻资讯、出行提示、话题交流为一体的大型互动直播节目，每天早晚高峰时段在北京市公安交通指挥中心直播间四小时播出。开播以来，节目的主创人员以"三贴近"为基本原则，将移动人群作为目标受众，以鲜明的贴近性、反应的快速性和服务的伴随性，成为政府与群众沟通的有效渠道、移动人群获取即时资讯的交流平台，是一档深受京城百姓喜爱的广播节目。数据显示：《一路畅通》节目稳居北京广播市场收听率及市场占有率首位，每年客户在节目中的投放量占到交通广播总量的60%。节目倡导的理念是"大家帮助大家"。遇有雨雪、大雾、沙尘暴等恶劣天气和影响市民出行的重大突发事件时，《一路畅通》节目就成为政府联系群众的纽带。当2001年12月7日的大雪、2004年7月10日的暴雨和2006年1月3日京广桥辅路路面塌陷等突发情况严重考验北京的应急能力时，北京交通广播通过《一路畅通》特别节目及时传递的服务信息、交通疏导和情感陪伴，得到了听众和上级领导、主管部门的高度首肯。

上面这段文字是参评中国广播电视协会"新中国60年有影响的60个广播栏目"时，依照评委会专家500字以内的要求，我给《一路畅通》写的推荐词。

做这个节目的主持人是耀眼的，是被人侧目的。

这个节目创造的利润是可观的，两亿多元的年广告效益在业界是开创先河，短期内是绝对难以企及的。

这个节目的主持人是绝对有话语权的。这个节目传播的内容是备受各界关注的，听众遍布各个行业，达官显贵、市井民众，年龄上至耄耋老人，下至妈妈腹中未出生的宝宝。在某个时期或阶段，《一路畅通》成了北京交通广播的"代名词"。

《一路畅通》的十年，某种程度上浓缩和经历了北京交通广播稳步发展的黄金阶段。十年里，我是给《一路畅通》这个知名的节目写各类参评材料、总结最多的人，一直都是。我忠实于这个节目，说不清是她"陪伴"我，还是我"陪伴"她。我是《一路畅通》的听众，一直都是。关注着她的丁点变化，用内行的思维，从内容、形式、风格、主题等等不同的角度。

起初是工作需要。之后，这种需要，变成了习惯。

听资讯，听话题，听主持人的把控，听对听众的引导，彼此间的调侃、默契，听精心选择的好听音乐，听弦外之音等等。因为或多或少了解一些生活中的他们，所以能听出那拌嘴儿的俏皮、反应快慢的心理博弈，彼此间善意"下套"的狡黠。

一个人开着车，会心地笑。细细想来，我喜欢节目中主持人不经意间流露的那种"不过于自信"的状态，不一味追求过分流畅的"不完美交流"，各具特色的风格和个性化的语言表达。

不自信，就会不懈怠，就会更随和，更努力……

不完美，就会有特点，有个性，有参差，有魅力……

说实话，现在开车在路上，时间合适，我依然会听《一路畅通》，只是不再专注。我常常从听众的角度自问，为什么？——这儿有精选的主持人、充实的节目架构、一整套流畅的应对套路，有成熟的运行模式，个个驾轻就熟，深谙此道，不会出任何纰漏。细琢磨，自己内心可能是期待《一路畅通》的变化吧。

最初的节目创意就是"及时、有效的路况信息+好听、动感、时尚的音乐"。在这个大前提下,《一路畅通》节目开始了"大刀阔斧"的探索与尝试:

＊在全台遴选主持人,交通广播内部、北京电台范围内,李秀磊、唐琼、刘思伽、罗兵、杨洋、李莉等"优中选优",之后四人相对固定,徐凯、杨晨、朱海明等主持周末版。后来,王佳一、顾峰加盟,再后来,郭炜、园园来了。主持人个性鲜明,特点突出,节目风格"一枝独秀"。

＊全交管局范围内招选播报路况信息的女警官,整个的过程就是依照主持人招聘的程序,一丝不苟,经过严格筛选,小红(周小红)、小艾(艾焱)、小潘(潘梦瑜)三位警官脱颖而出。

＊在交管局指挥中心建直播间,《一路畅通》节目移至交管局播出,路况信息的传递更加权威和及时。

＊引入新闻资讯,加大信息量。

＊通过手机短信引入话题的互动交流。

＊请音乐人为主持人量身创作歌曲,通过主办北京的士爱心公益基金义演,在朝阳、西城举办交通安全消夏文化广场等形式,传播公益形象,启动了广播主持人"梦工场"的造星运动。

......

这些《一路畅通》节目目前运行的模式和内容架构,磨合到位确实已有时日,而且基本动作似乎没有"大变"过。当然,十年中,播出设备更加先进,播出地点更加开阔、交流平台更加多样,路况信息的掌控更加智能,主持技巧更加纯熟,包装手段更加现代,展示的舞台更加广阔......

在这一切经历了磨合、发展,到高峰,步入平台期之后,十年间,和《一路畅通》节目一同成长的听众,"胃口"也自然越来越高,或者说已足够的专业,节目中所能传递的鲜活东西自然就感觉

"不解渴、不过瘾"。

主持人在煎熬，听众也在煎熬，像我这样的"内部听众"，内心感觉更是一种纠结，真的，特较劲，一点不夸张。

谁都知道，发展十年是要"变"的，但"变"是要承担大风险的，特别是给创造着如此辉煌业绩的《一路畅通》节目"动大手术"，是要经历阵痛的。

《一路畅通》节目承载的东西很多，播出内容、包装形式、主持特色等这些都是可变的，变了，哪怕是一丁点儿，精明的听众是听得出来的，特别是在互动交流的状态中，主持人是"灵魂"，主持人的语言自然就是节目的特色、风格。活力、时尚、勤奋、刻苦、有个性、敢冒险、有冲劲……如当年，期待全新的主持组合能够替代现有的，并超越现有的水平，承载着广播人新的梦想，以全新的模式在不断求索中追寻和书写新的未来！

不知怎的，我总觉得《一路畅通》成长的十年，似乎也承载着我的广播梦。

今后的日子，我依然会关注她。

那些路况是怎么来的

潘九阳

　　表达能力也是一种创造力，每当听到李莉、杨洋他们几个《一路畅通》主持人把枯燥的路况掺和进他们的连珠妙语里时，我就很钦佩。

　　路况信息是一种程式化的短语，含有"地点、方向、程度"三个要素。所以，有时接到听众来电话说半句的路况——西单这儿堵啊……啪挂了，这就让人很无奈，西单大了，光那商场就得逛半天。接线员们只好互相看看，等着下一位性子慢些的。堵半道上是起急，毕竟买的是车不是车模，心情很可以理解，但是通报路况不可以是感叹式或者惊呼式的，总得把事儿说清楚吧！

　　当然也有慢悠悠儿的：在什么路上，冲什么方向，第几条车道，俩车追尾，造成了后面的车吧，已经排得很长了，得有好几百米啊，你问多少米？"三百吧，不止都……"接线员说谢谢，准备挂断，又来一句"这个事故吧，就是我撞的。"这个，说得太清楚了，当然，就不必了。

　　上面说的是听众通过电话通报来的路况信息，我们管这叫一个"路况采集渠道"，就是李莉、杨洋他们常说的"大家帮助大家"，很可贵的精神！再有就是我们的出租司机信息员渠道，交通台为他们几十位每人配发一台车载无线电台，他们拉活儿时看见路上的事故等，便报告，就像电影里演的，长江呼叫黄河那种，是那意思，不那么称呼而已，我们这儿是"呼叫总台"。当然，更不会

像电影里演的那么使劲嚷着报，那是在炮火中，没办法。老有人问怎么当这信息员，其实就是先作为听众打些电话报告路况，过一段时间，了解了您大致的运营区域，路很熟、口齿清，自然就会有人联系您了。"走后门儿"也行，这是个公益的事，没有报酬，但这样的往往坚持不了几天，"长江长江我是黄河"，新鲜劲儿一过，河没了，只有黄了。

出租司机信息员流动性很强，通过他们，路上发生的大事小情的确能掌握不少，但是也有点缺憾，想知道后续情况时，人家早颠儿了。于是建设出了另一个采集渠道："固定观察点。"2003年，从1000多户报名的临街高层建筑住户中挑选了100多户人家，大都是离退休赋闲在家的老人，他们在早晚两个交通高峰时段在家观察窗外的路面情况，然后，不用通话，按电话按键通知总台，我们这里的电脑就自动生成一句"某路某方向车多或拥堵或畅通"的人话。当年选址的时候，我常常惊奇，有些人家住得让人拍案叫绝，南窗俯视半个地区，北窗又是另外半个，像这样的都会拍成照片存档。有一位老人听说要照相，一早就换上体面的衣服，把小孙子也打扮得跟过年似的，早早就坐床边等着，其实我是去照窗外，得，索性就再照几张人物吧！

车越来越多，路越来越宽，交警越来越辛苦，手段越来越高科技。我们得到的权威信息也越来越多和快。

这两年，又慢慢形成了短信平台采集渠道、网友信息员渠道、QQ群。不久还会有数字无线电台、浮动车采集……没完没了，但是写只能写到这儿，写多了就没劲了。

幸 福

刘思伽

《一路畅通》十周年了，想请每位主持人都写篇文章……"接到杨洋的约稿电话时，我正在休年假，正悠闲地在西湖国宾馆喝下午茶。不远处的座位上有闲人雅士在临水演奏，箫声随风而来。而先前随着午饭下肚的两盏黄酒已让我薄醉微醺。晴空，暖阳，薰风，香茶……我的目光飘过湖水那边的雷峰塔，耳畔传出的男声变得有些不真实。我答应着，注意力却无法集中：10月的杭州，绵绵密密如蓝调音乐一般浮动在半空中的桂花香气常让人忽然一下出了神。一路畅通，我在心里重复着这个曾经非常熟悉，至今依然非常上口的短语，考量着我和它之间的关系。我离开《一路畅通》只有不到一年吗？我在心里对我的答案画着问号——难道不是很久很久以前的事情了吗？

"文章好了吗？出版社后天最后截稿了。"翻出杨洋这条短信的时候，已经是北京的第二场雪后了。空气冷冽而澄澈。在回复了一条"对不起，刚刚开始写，一会儿准发给你"的短信之后，我偎坐在电脑前，关掉所有浏览的新闻页面，开始态度端正地撰写一篇有关我和《一路畅通》的文字。

我应该感谢《一路畅通》。不是感谢它让我成名（我生性内向，喜欢独处胜于聚谈，对于在公共场合被人辨识出来至今尚不能完全泰然处之），而是感谢它带给我的很多温暖的记忆。这中间有属于小女孩的好梦成真：比如，在某个冬日的傍晚，多年前的偶像

齐秦来到了我们的直播间，这个大男孩样的男人就坐在我身边，和我们以及所有彼时正飞驰或拥堵在北京某处的听众像哥们儿一样交谈，并且用"齐氏"普通话相当庄严地播报路况信息（虽然效果相当娱乐）。这中间还有不期而至的感动：比如，在2003年的"非典"流行时段，彼此隔离的人们却在我们的节目中通过短信的往来互相鼓励，为我们自己也为我们美丽的家乡北京加油。比如，在2008年汶川大地震之后，当我们读出了纪念诗篇时，很多听友纷纷告诉我们他们或默默流泪，或痛哭失声，为每一个被地震吞噬和毁坏的家庭，为每一个或悲壮或脆弱地告别我们的生命……我记得所有这些，真的。但我不愿说起，因为在我看来，最高贵的情感不需要淋漓的表达；但是，每一个真挚的词语我都记得。主持节目是我的工作，而这些丰富沉甸甸的情感则成为我人生的宝贵收藏。

还应该感谢我的好朋友：王为、罗兵、顾峰。三个性格各异的男人都曾在《一路畅通》中做过我的搭档，或长或短。当然，还有早期的搭档赵颖、杨洋……据我近距离观察，《一路畅通》的男人们通常具备宽容坚忍贤良淑德等传统美德。是他们的大力配合让这个男女搭配的节目无比和谐。

把最应该感谢的听众放到最后吧。"人民群众是真正的英雄"，这话显见是我引用的名人名言。不过，所有听过《一路畅通》的人都该了解，在这个集思广益的节目里，听众早已不再是一个面目模糊的受众群体，而是无数个代号四位数的古灵精怪、贫嘴呱舌的好人。

离开《一路畅通》之后，我久已不见北京的黎明。再也不用在大雪纷飞的早晨慌忙开车夺路飞奔到直播间，以赶在早高峰之前用热乎乎的贴心话替辛苦赶路的上班族驱寒解闷。现在的我有时醒来看看表"8点"，还早，便又倒头睡去，也渐渐地不会在半夜惊醒，迷迷糊糊地使劲儿想今天要不要上早班了。

现在的生活是一种幸福吧。和主持《一路畅通》时不一样的幸福。我得说，和《一路畅通》一起远去的也是一段幸福的时光——不是有一首歌就叫《一起吃苦的幸福》吗？幸福不在于吃苦，而在于一起。

至今，在各种场合，我常常面对这样的询问："为什么要离开《一路畅通》？"可是，为什么不能离开呢？或许在这篇文字里，我的回答可以作为官方解释：就像当初离开北京去英国读书一样，我喜欢寻找人生另外的可能性，按照自己的心情。在每一个岔路口，我会毫不犹豫地选择自在和快乐，然后大步向前。就像这个早晨，当我用一杯香气四溢的咖啡暖手，并看着心爱的两只金毛猎犬在白雪覆盖的庭院里追逐嬉闹的时候，我希望你们——我亲爱的听众朋友们，和我一样幸福，一如既往。

祝福《一路畅通》

徐凯

　　跟刚结识的人聊天通常要互相介绍职业，当对方知道我是节目主持人后，很多人言必称"你们演艺圈"如何如何。每遇此，我便会强调："我们是新闻工作者，不是文艺工作者。"之所以被误以为演艺圈，我想有一个很重要的原因：主持人头上有一圈明显的光环。近二十年，广播从复苏到跻身主流媒体，听众越来越多，主持人越来越被关注，"东京玫瑰"式的主持人从幕后走到了台前，大家不仅"耳熟"而且"眼熟"。"十佳主持人"评选前走向街头的预热宣传；大型车展的直播现场；主持人签售、台庆晚会……所有这些令主持人们掀开了往日神秘的面纱，展现出明星般的光彩。

　　北京交通广播是全国广播界的明星，《一路畅通》是北京交通广播的明星栏目。在北京，驾车出行的人几乎没有人不知道北京交通广播，几乎没有人不知道北京交通广播的《一路畅通》。能够主持《一路畅通》是每一个主持人的骄傲。及时的路况信息、"大家帮助大家"的服务宗旨、轻松的话题、时尚的音乐……每天早晚高峰四个小时的"脱口秀"大餐，给京城饱受堵车之苦的人们带去了一份安慰和快乐。主持人或睿智或亲和或活泼，尽管风格不同，但都得到了听众的认可和喜爱。可以说《一路畅通》成就了北京交通广播一批"明星"主持人。

　　但凡事都有两面性，成功的背后，《一路畅通》也带给了主持

人们巨大的挑战。每天四小时快节奏的大板块直播，需要充沛的体力；十年如一日的节目形态，更会掏空主持人的"积蓄"。所以唯有不停地学习，不停地"充电"，才不会在听众面前显得苍白。这也是人们经常讨论的主持人与栏目的关系——相辅相成，很难说是主持人打造了栏目，还是栏目成就了主持人。如今，走过十年的《一路畅通》将会给主持人带来更大的压力和挑战，所谓"水能载舟亦能覆舟"。

　　能够主持《一路畅通》是主持人的幸运。虽然在十年的栏目史上我只有短短一年的主持经历，但那几乎是我全部主持生涯的浓缩。至今我仍完好地保存着2003年至2004年这一年中《一路畅通》假日版听众短信平台的内容。我把它们整理、打印，连同我美好的记忆一同封存。还记得每个周六早晨的一声问候，每个周日黄昏的一句道别；还记得交管局指挥中心直播间交警们忙碌的身影，大屏幕上流动的城市；还记得搭档杨晨的默契和那些善意的"补台"；还记得最后一期节目难掩的泪水和一名职业主持人很不职业的"哭场"；还记得2003年深冬，交管局院子里那熟得通红通红的挂在枝头的柿子……

　　《一路畅通》开播十年了，十年是一个时代，十年会让一个人从青涩到成熟，十年磨一剑。我主持《一路畅通》的2003年，刚好是我从事广播工作的第十年，那一年我获得了北京交通广播的第一个中国新闻奖，那一年我得到了北京人民广播电台首届"十佳主持人"称号，那一年《一路畅通》带给我很多很多。

　　我不知道再过十年北京交通广播会不会还有一个叫《一路畅通》的节目，我不知道那时《一路畅通》的主持人里还有没有李莉、杨洋。但我知道，《一路畅通》曾经那样深深地被大家喜爱，《一路畅通》曾经是多少主持人的梦想和青春年华。

　　祝福《一路畅通》，祝福交通广播。

写给快乐春天版

杨晨

2002年秋天的一个傍晚，打车经过工体北路。那个时候我还不怎么有上下班高峰堵车的概念。那天堵车，车缓慢地行驶，对于如此的缓慢还有些很不适应。

司机打开交通台，我之前就认识的杨洋和一个叫李莉的女孩在主持个叫《一路畅通》的节目。这节目怎么那么不一样啊？他们的主持亲切到仿佛就在你身边，他们告诉你你身处的工体北路因为车多所以有点堵，而且我第一次知道广播节目还可以有短信互动参与，那么多幽默的人儿在给他们发信息问路或者指路或者讲笑话等等。这一切太新鲜而刺激了。

当时感觉，整个节目的"气场"，或者叫做"听觉感受"与整个城市此时的节奏是完全吻合的，因为也是做这行的，我立刻意识到这是个很牛的节目，而且无论节目设置还是主持人水平都达到了一个很高的境界，且不可复制。那天杨洋李莉聊的是什么不记得了，只记得当时听到他们的时候很开心、愉快。他们说他们的版本是"快乐春天版"，觉得贴切，也觉得他们的明媚就像那天车窗外红彤彤的夕阳。而且，这感觉一直延续到今天。

当时还有个心里的小活动：

1. 杨洋做得真不错，该向他好好学习。

2. 李莉太可爱了，杨洋"艳福"不浅啊！

（李莉说写什么都行，我就照实写出来了。）

谢谢您

王佳一

你好我的朋友，我是北京人民广播电台交通广播的主持人王佳一。刚开始主持交通广播《一路畅通》的时候，听众向我问路，我指了一条路，人家笑了："您是加油站的吧，这路指的也忒远了。"这是听众给我上了一课。六年来，我努力学习交通知识，熟悉北京的路况。拥堵的路、难走的桥我都要走到。为的是让听众少走冤枉路。我计算了一下，如果我的670万听众每人因为我的介绍节省十分钟，加起来就是1116666小时，相当于130年。

在我体验天通苑交通的时候，的哥听出了我的声音："你是王佳一，甭给钱了，你是在替我们干活呢！"一位听众发来短信："王佳一，我家就在立水桥，我给你送水去啊！"

就是这样，当你全心全意为听众奔走的时候，听众的心和你贴的是最紧最紧的！

在风雪袭来时、突发事件时、事故发生时，我和我的同事们都会第一时间陪伴大家、安抚大家。疏导交通、疏解心情！我们和听众携手同行、共创和谐。

堵车的时候，听众发来信息说："又堵车了，烦死了！佳一唱首歌吧！"好啊："有我陪着你，你还怕什么！在喧嚣的路上为你守望着！"

"佳一，说别人的绕口令没意思，咱自己编一个！"好嘞，您

听我这个写的行吗："主路的车多，辅路的信号多。走辅路是怕主路的车多，走主路是怕辅路的信号多。可到底是选择主路的车多还是辅路的信号多，那得看老婆的小脸儿什么颜色，媳妇儿的小嘴儿怎么说！"心通路才通！路堵心也通！我不是歌唱家，绕口令经常拌蒜。但如果我的听众需要欢乐和轻松，我就勇于展现，我想我的心被他们看见。

当然！听众看得见。我们共同为患白血病的孩子们捐款，我们一起成为奥运志愿者去清洁北京，我们一起建设希望小学：在河北、在新疆、在四川！

有三个字，世界上没有任何一个节目有我们说的多。听众对我们说，我们也对听众说。

当断指儿童乘坐夏利车行走在八达岭高速上去往医院急救时，《一路畅通》一声求助："请为夏利车让路！"我们对所有让路的司机说了那三个字。

抗震救灾时，北京城所有义务献血车旁，都排起百米长队。一个女孩伸出手臂要献血200cc。医生说看了看她："姑娘，你太瘦了，就献100cc吧。""您就让我献200cc吧，我想为灾区同胞做点儿事！"我们对这个女孩说了那三个字。

这三个字，再让我对亲爱的听众说一声，那就是：谢谢您！！！

我们用无线电波凝聚起千万听众，我们用话筒把党、政府和人民紧紧地连接在一起！这就是我们作为新闻工作者神圣的责任——对国家的责任、对社会的责任、对民众的责任！

为什么我工作起来不知疲倦，因为我对我们的事业爱得深沉！

为什么我的声音充满激情，因为我对神圣的话筒爱得忠贞！

关不掉的收音机

顾峰

　　有人说北京交通台最名不副实的节目当属《一路畅通》了，上下班高峰期没几条路是畅通的，可能真得像有些朋友理解的那样，一路畅通就是只有一条路是通的。说实话没有人愿意堵车，既耽误时间又浪费油钱，一路畅通仿佛是我们梦中一道美好的风景。但是交通确实是这个罹患多种"大城市病"的庞大身躯的头号难题。记得在2003年"非典"时期快过去的时候，有听众激动地给《一路畅通》节目发来短信说："北京终于又开始堵车了。"短短的一句话透着大家伙对于热闹的期盼，对于人与人之间距离更近的渴望。没有人愿意堵车，但是在那个不堵车大家更不乐意的特殊时期，这则短信则让很多听众忍俊不禁。

　　最搞笑的《一路畅通》：

　　电视里正在转播着北京奥运会体操各单项的决赛，我们希望能够在第一时间让听众了解到赛场上的最新战况，在节目进行过程中我们也在看着电视的画面对比赛进行着解说。

　　〔电视画面正直播着男子双杠的决赛，某一国家的运动员完成了自己的全部动作下了器械但是没有站稳〕

　　王佳一略带遗憾的口气说："哎呀！太遗憾了，这位运动员从杠铃上下来没有站稳！"

　　"杠铃"？？举重比赛？

〔电视画面正直播着女子平衡木的决赛，某一国家的运动员由于紧张，动作没有做到位导致失误，从器械上掉了下来〕

王佳一略带惋惜地说："唉！这位运动员由于失误，从马上下来了一下！"

"马上"？？跳马比赛？鞍马比赛？还下来了一下，真是照顾运动员的情绪啊！可惜运动员听不到！哈哈！

最令人感动的《一路畅通》：

2009年7月28日下午的《一路畅通》节目，和往常的节目一样我们在报着路况聊着话题。可就在这个时候，我们接到正在北京市公安交通管理局指挥中心值班的周小红警官的传来的信息说是家住沙河的一个小男孩，不慎将手指伸到工业用的大电扇中，小男孩的四根手指被切断，目前拉着小男孩的车子正在沿八达岭高速赶往积水潭医院。当时正值下班晚高峰，八达岭高速公路极为拥堵，如果不能及时赶到医院，小男孩儿很可能失去四指。就在这时我们一方面通过广播引导在八达岭高速进京方向行驶的朋友注意避让，另一方面我们要配合122报警台寻找这辆车的位置以便由交警接应带路。我们在广播中播出了这辆拉着小男孩的车辆的号牌，十几秒钟之后就收到了听众的回复信息报告车辆的位置。沿途交警为车辆开道，我们随时通报车的行驶位置，请听众让开应急车道，给小男孩的断指再植争取更多的时间。经过所有在八达岭高速进京方向上驾车朋友的积极配合，小男孩的手指得到了及时救治。第二天我们得到消息，手术很成功，小男孩的四个手指都保住了。当时有一位听众朋友的短信是这么说的：为每一位路上的人感动，为北京的交警和媒体感动！

最紧张的《一路畅通》 最可爱的听众：

同样是在2009年7月28日晚上的《一路畅通》节目中，在大家的配合下及时将断指小男孩送到积水潭医院，每一位听众朋友的心

刚刚能够平静一些的时候，让大家更加揪心、紧张、愤怒的事情又发生了。这是一起一辆外地号牌大货车在东五环由北向南行驶中不慎发生意外，车辆从路中隔离带飞过砸向由南向北方向正常行驶的车辆。由于事故车辆严重变形，需要大型破拆工具、清障车辆到现场救援，但是由于很多司机占用应急车道，致使抢救伤者的工作不能够及时有效地进行。

以下的这段文字选自我们《一路畅通》的一位听众——美丽刺猬。当时刺猬也是在听完了救助断指男孩之后继续行驶在东五环上。

怀着感动并伴有激动的心情，听着王佳一、顾峰焦急的声音，感觉一定是个比较严重的事故。20分钟后到家，老伴儿和女儿向我通报，五环路发生重大交通事故，目前已经六死一伤，二女儿已经在网上见到了事故现场的视频。震惊之余，十分痛心，自责！震惊的是就在我几乎每天都要通过的五环路，发生了如此重大的交通事故，几个鲜活的生命顷刻远离了这个世界，多个家庭在瞬间家毁人亡，感到十分痛心！想到我刚刚还占用了应急车道，感到深深的自责，虽然我后面并没有救援车辆，但应急车道这条生命通道在任何情况下，是不可以随意占用的，我错了，今后，我一定改，永不再犯！

每一期节目都有很多的故事发生在我们身边，这仅仅是十年当中的点滴瞬间，每当我们坐在话筒前直播时，通过监视器看到北京大街小巷的车流和匆忙赶路的人们，想着我们虽然未曾谋面，但我们的声音、我们的情感却通过空中电波与他们同行，就有一种难以言表的快慰和感恩。感谢工作给了我们这个平台，感谢那些默默支持我的人、感谢这种奇妙的交流让我的心和许多人如此贴近。

《一路畅通》 十年一剑

罗霄兵（跋）

一路畅通，开车人的理想；一路畅通，多少人在共同努力的一个目标。

《一路畅通》在许多北京人的心目中，她又有着双重的含义，这多出的一重，就来自FM103.9，北京交通广播。

1999年底，我是北京交通广播新闻部主持人，当时的部主任、现在的台长助理宋林祥大哥对我说：你要是不走，还想让你上《一路畅通》，当时听了有些遗憾加失落（由于人事管理方面的原因，我去了别的频率）。现在看来没有参与到这个节目从起步到辉煌的全过程更是遗憾。

2004年，当我机缘巧合重回103.9的时候，《一路畅通》节目已经成为北京广播市场上的头牌。不善表演的我于是在此后台庆晚会举办之夜成为《一路畅通》下午版连续五年的主持人（"善演"的主持人们都去准备在晚会表演了）。

2009年底，《一路畅通》满十岁了，她是北京交通广播收听率最高的节目，是时段创收最高的节目，是中国广播电视协会评出的"新中国60年有影响的广播电视节目"。

"十年磨一剑"，《一路畅通》剑锋正利；

而以后的路，更长。

尾　声

　　2009年11月7日，南京江苏卫视剧场，"时代的回响——新中国广播电视60年巡礼"晚会现场。

　　汪良台长被评为"新中国60年有影响的广播电视人物"之一；《一路畅通》被评为"新中国60年有影响的广播电视栏目"之一。

　　一个人，一个栏目，概括了北京电台及北京交通广播在中国广播发展历程中的影响力。

　　此时，老一辈著名播音员铁城老师紧紧地拉住了我的手，我们这一老一小，要携手走上这个舞台，我不紧张，有些感慨。

　　大幕拉开的瞬间，铁老箭步登上最后一级台阶，拉起我的手，高高扬起，一位饱经沧桑的老人的激情澎湃瞬间淹没了我。

　　走下台阶，铁老微笑地说："行个礼。"我像一个孩子一样被呵护着。其实，这些动作我本已十分熟悉，但今天和这样一位我极为尊敬和亲切的老人共同完成，心中竟多了一份惶恐但温暖的感觉。

　　这何尝不是我和《一路畅通》走过的路呢？

　　十年，《一路畅通》受到了太多来自师长和听众的无私呵护与帮助。

　　而对于我该用怎样的词汇来形容呢？如果让我只选择一个词的话，我想应该是"成长"吧！

有那么多爱她的人，关注她的人，把《一路畅通》当做自己生命中这十年的坐标，一起收藏起来。我们也在懵懂、轻狂甚至有些任性中长大。面对这些伙伴十年后的文字，我突然有种感觉，如果十年前我们就这般"懂事"该多好！

这当然是不可能的！我们经常说《一路畅通》是一个大家，正因为我们之间，我们和听众之间共同见证了彼此的成长，这十年的记忆才会如此地鲜活起来。

此时台下传来一阵掌声，而我的思路却无法从铁老的谈话中跳脱出来，在这样的舞台上，我更愿意充当一个倾听者，因为它会让你从一个长者的故事中找到人生的另一个方向与可能。

这何尝不是我和《一路畅通》走过的路呢？

当我们被太多的鲜花与掌声充满的时候，一份清醒与自省是何等的珍贵。如果我有时也会晕眩的话，那些爱护我们的老师和此时正在看这些文字的我们的听众一定就是最及时的苦口良方。而下决心把这些年的心情呈现出来本身就是一种面对与参照。

思伽赶在午夜之前把稿子发了过来，然后又改了几个字，短信告诉我，"反正我说希望听众和我一样来着，你说我的心情是好是坏？"其实她写了一篇很幸福的文字，但直率是她的本色，她没有变。我们都希望幸福是一个幸福接着另一个幸福。所以离开一个幸福不代表就是不幸福。

我们都会离开，但在离开之前如果每次都可以用这一本书的厚度来记录以及把一份更长久的幸福留在心间，那么，我相信，接下来的一定是更幸福。

真实地面对过去，才能勇敢地面对未来。

坚持自己所坚持的，保有一份最本色的纯真其实也是一件

很可爱的事情。我发现，十年了，我的伙伴们依然如此。我庆幸，我在他们中间。

我和李莉是经常把感谢挂在心间的。但我要向她道歉，因为在我们两个共同完成的这些文字中，我没有经常提到她，也没有写一篇关于我俩的文章，这似乎不太合情理。但我原谅了自己，最熟悉的人往往不知该如何下笔，就像影子，它时刻在你身边，但你却抓它不住。我觉得我用再多的词汇也无法把她形容完整，还原真实。所以，我宁愿把这份感觉挂在心间，留给以后。相识十年，合作八年，我没有给我们的未来一个期限，所以来日方长。如果说这个解释像一个借口的话，那么把它当做一个由头和悬念也不错嘛！但感谢还是要表达的，虽然感觉有点见外。一路走来，我是你的第一个听众，我很窃喜有这份幸运；对于荣誉，我们没有太多的计较，能共同分享是彼此最由衷的喜悦；经历了一路的风光，平淡从容，真情面对，保有心底最纯真的一面，这份收获可以让我们和听众在今后的日子里继续分享到生活中更多的快乐与感动。

感谢把这些文字留给《一路畅通》过去十年的师长、伙伴们；

感谢每一位陪伴、见证《一路畅通》成长的听众朋友们；

感谢这些年来帮助、爱护我们的长辈、同事们；

感谢为这本书的出版奔波忙碌的老师们；

感谢广播让我们相识、相知、相伴地一路走过……

就像这些洋洋洒洒的文字终于要结束在最后一个标点了，还是会遗憾一些没有被呈现出来的心情。

但生活哪有这么多拖拖拉拉？

十年，
　已经甩在了身后，
下一个十年，我们已经更加
坚定地出发了，
你来吗？
一起走吧！

2009年11月15日